CW01336734

Domingos Amaral
Verão Quente

Leya, SA
Rua Cidade de Córdova, n.º 2
2610-038 Alfragide • Portugal

Reservados todos os direitos
de acordo com a legislação em vigor

Título: *Verão Quente*
© Domingos Amaral, 2012

Capa: Maria Manuel Lacerca

1.ª edição CASA DAS LETRAS: Junho de 2012
3.ª edição CASA DAS LETRAS: Agosto de 2012
2.ª edição BIS: Julho de 2015
Paginação: Leya, S.A.
Depósito legal n.º 395 096/15
Impressão e acabamento: CPI, Barcelona

ISBN: 978-989-660-337-3

http://bisleya.blogs.sapo.pt

Para a minha querida filha Leonor

1

Julieta é cega, mas vinte e oito anos depois volta a ver. Os médicos não entendem o fenómeno, acredita-se num milagre, uma fatalidade benigna sem explicação científica, que estamos destinados a aceitar.

Cegou em 1975, ao cair de uma escada, na casa da família, na Arrábida. O acidente deixa-a semanas em coma, a posterior recuperação é lenta, dolorosa e incompleta. Primeiro, regressa a fala, depois o andar, por fim a ordem dos pensamentos e uma parte significativa da memória. Mas nunca regressa a visão, nem a memória específica daquele fim de tarde de 3 de agosto de 1975. Meses depois, Julieta lembra-se já perfeitamente do nascimento da filha, um ano antes; do dia do seu casamento, em 1970; e até da manhã em que partiu um dedo na escola, ao cair de um baloiço, em 1953, tinha ela cinco anos. Só nunca se lembra da tarde trágica.

Curiosamente, recorda com absoluta nitidez as horas que antecedem o seu inferno: a partida matinal para Lisboa, guiada pelo motorista do pai, o senhor Simões, homem baixinho cuja tagarelice a exaspera; o bebé numa alcofinha a seu lado, febril, motivo da urgência na ida à capital; a consulta no médico, as suas palavras tranquilizadoras e a receita do antibiótico. Também recorda, como se fosse hoje, o controlo à saída da ponte a que a revolução mudou o nome; os militares barbudos e desorganizados à procura de «fascistas», a mandarem parar carros de gente rica, como é o *Mercedes* preto do pai.

«Dom Rodrigo» – assim, com nome de doce, é conhecido o industrial Rodrigo, pai de Julieta – foi preso em Setembro de 1974, «engavetado» em Caxias, na companhia de muitos outros «fascistas», e essa memória está viva no coração da filha. Teme que o Copcon a prenda, e ficará convencida de que só a presença do bebé impede tal destino. Comovidos com a febre da criança, deixam seguir a mãe, e essa boa ação dos militares ainda lhe provoca hoje uma paradoxal raiva. Tivesse ela sido presa ali, na ponte, e talvez não regressasse à casa da Arrábida ao fim dessa tarde quente, e talvez não subisse ao quarto e não «tombasse» pelas escadas.

A última recordação de Julieta nessa tarde fatal é vívida: diz ao senhor Simões que não pare o carro ao sol, por causa do bebé. Depois, vê a porta de casa e abre-se um «buraco negro». Julieta sabe o que disseram dela, dos atos horríveis que supostamente comete nesses breves minutos dentro de casa, mas durante vinte e oito anos serão sempre inúteis as constantes viagens às profundezas do seu cérebro. Nada nasce naquele pedaço de terra queimada. Enervada, costuma afirmar à filha que há um «buraco negro» dentro dela.

É, pois, uma dupla e extraordinária surpresa que recupere as memórias perdidas desse dia ao mesmo tempo que volta a ver. Irónica, como é seu hábito, Julieta considera ser objeto de dois milagres simultâneos. O segundo milagre é a destruição progressiva do «buraco negro». Julieta não só deixa de ser cega (o primeiro milagre), como desata a recordar-se de pormenores da tragédia: as manchas de água no tapete do corredor; o marido seminu, deitado em cima da cama; o biquíni azul que a irmã usa. Aos poucos, renascem fragmentos de memória, que uma catapulta cerebral atira cá para fora sem sequência lógica, como se fossem peças de um *puzzle* que alguém espalhara aleatoriamente no chão de uma sala, e que só no fim, quando as juntamos, fazem sentido.

Esta aventura de reconstituição é uma das razões do meu fascínio por esta história. Por mera coincidência, conheci Julieta nesse momento de transformação íntima espetacular, em que volta a ver e a lembrar-se, e entusiasmei-me com a investigação de um grave crime. Duas pessoas – o marido e a irmã de Julieta – são assassinadas a tiro, com duas balas no coração de cada uma. Eu, Julieta e a sua filha iremos reviver muitas vezes a tarde de 3 de agosto de 1975 e, pelo caminho, regressar ao revolucionário Verão Quente, assim baptizado porque Portugal quase se parte ao meio numa guerra civil.

É que, para compreender o crime acontecido na mansão de Dom Rodrigo, é necessário reexaminar as paixões que dividem o país num momento raro, de libertação mas também de perigo, e que condicionam a narrativa dos homicídios. Nesta história, não há só enredo, há também contexto. Aquele não é só um crime, mas igualmente uma metáfora sobre a irracionalidade que assola Portugal, em 1975.

Para além disso, existem as pessoas. É necessário biografar os envolvidos, decifrar as suas personalidades, segredos ou mentiras, e determinar, sempre que possível, o papel que cada um desempenha. Nada acontece por acaso em 1975, durante o Verão Quente. Não é por acaso que Dom Rodrigo e sua mulher, os pais de Julieta, estão fugidos no Brasil, e a sua ausência cria um vácuo permissivo, onde florescem caoticamente as emoções subversivas que destroem aquela família. Não é por acaso que uma das vítimas mortais é Miguel, o marido de Julieta, um reacionário que destila ódio a Otelo e aos «comunas», que se diz um «duro», admirador fervoroso de Kaúlza de Arriaga, e que, apesar de se descrever como católico, salazarista e monárquico, respeitador de Deus, da Pátria e da Família, é também um incontinente sexual, e acaba assassinado e seminu, na cama com a cunhada, num teatral e imoral adultério.

Não é igualmente por acaso que a sua companheira de destino cruel é Madalena, irmã, uns anos mais nova, de Julieta, que desde 1968 sofre uma metamorfose galopante, reinventando-se como *hippie*, fumadora de charros e leitora pouco atenta de Sartre, Foucault e poesia barata; uma defensora do *peace and love* ao fim da tarde, que eleva o sexo a valor supremo, perdendo pelo caminho qualquer critério na seleção dos machos com quem copula. Incluindo o critério político, pois, embora sempre se afirme de «extrema-esquerda», abandona o marido, um capitão do MFA, e acaba a seduzir o cunhado Miguel, que costumava batizar de «capitalista, chato e insuportavelmente parvo».

Não é também por acaso que o motorista, o senhor Simões, anda cada vez mais tagarela, nervoso com o que se passa nas empresas de Dom Rodrigo; nem que a cozinheira e o jardineiro da Arrábida, contaminados ainda por um temor reverencial típico do antigo regime, e que a revolução iria destruir em breve, façam o que os patrões mandam «sem tugir nem mugir», expressão muito do agrado de Miguel.

Nada disto acontece por acaso, e Miguel e Madalena são vítimas dessa colossal balbúrdia íntima que se instala no coração das pessoas, mas também da confusão nacional, que transporta o crime da sua dimensão de explosão passional para a de conveniente exemplo político de como os «fascistas» se «matavam uns aos outros», como chegam a escrever os jornais em 1975.

Estas são razões do meu fascínio, mas não posso esquecer a própria Julieta. É preciso lembrar que ela passa vinte e oito anos cega. Ora, em 1975 Portugal é muito diferente. Há poucos frigoríficos e televisões, poucas estradas e nenhuma autoestrada completa, a Arrábida fica no fim do mundo e é difícil ir e voltar a Lisboa no mesmo dia, pois existem poucas bombas de gasolina pelo caminho. Além disso, o Portugal de 1975, o último que ela vê, está a ser virado de cabeça para baixo: o Estado Novo cai, Marcello Caetano e Américo Tomás são enviados à força para o Brasil, e mandam os militares do MFA, os comunistas e a extrema-esquerda. As transformações políticas são já profundas, embora ainda em sentidos imprevisíveis, mas as económicas, tecnológicas e sociais, que mudaram o dia-a--dia de cada um de nós, vão ainda demorar algum tempo a chegar.

Imagine-se o choque de uma mulher ao voltar a ver em 2003! Julieta descobre em semanas o que o país descobriu ao longo de vinte e oito anos: a televisão a cores e os DVD, os telemóveis e os sms, a Internet e os *e-mails*, as autoestradas e a Via Verde, os centros comerciais com centenas de coloridas lojas, o euro em vez do escudo, a banca privada e o multibanco, os condomínios com piscina e os *spa*, e também os milhares de automóveis que enchem as nossas ruas. É como se, de repente, ela entrasse numa máquina do tempo e fosse atirada vinte e oito anos para o futuro! É evidente que, sendo uma mulher inteligente, apesar de cega ela apercebeu-se de muitas das transformações, e em alguns casos, como o do telemóvel, até as usa. Mas saber que as coisas existem é completamente diferente de vê-las! Esse choque traumático, ao mesmo tempo que lhe traz alegria, altera-lhe as opiniões sobre o mundo.

Cega, sofrida, condenada pela sociedade revolucionária de 1975, Julieta torna-se uma mulher cáustica e até azeda, embora sem nunca perder o humor subversivo que lhe tempera o carácter desde a infância. O trauma de 1975, o do país mas sobretudo o seu, gera nela o que à superfície parece ser um fino asco ao presente. Por isso, louva Salazar e o «antigamente» e castiga o Portugal atual com o seu humor corrosivo, como se a sua cegueira fosse uma punição injusta que dela exige uma vingança, e os comentários hilariantes com que vergasta todos, com uma raiva alegre e um pouco tonta, a única forma de a executar.

Além disso, a sua cegueira funciona também como uma desculpa, ou uma garantia de imutabilidade da sua visão do mundo. Diz que é cega e já não vai mudar, mas quando volta a ver é como se acontecesse dentro dela outra revolução. E aí descubro que o seu humor ácido não é mais do que um escudo protetor, e que afinal ela, como, aliás, deve ter sido no passado, é muito interessada nas mudanças do mundo. O regresso da visão provoca, pois, em Julieta o retorno de um certo humanismo perdido, de uma certa ilusão, e ela deixa finalmente de culpar o Verão Quente de 75 pela sua tragédia pessoal e familiar. Quando vê o presente, Julieta volta a apaixonar-se pelas ironias humanas, e faz as pazes com um Portugal que sempre amou, mas por quem se sentiu rejeitada.

Estas são boas razões para contar esta história, mas mentiria se dissesse que são as mais importantes. É verdade que a história do crime da Arrábida é perturbadora. O que acontece naquele quarto? Miguel e Madalena são mesmo amantes secretos? Julieta disparou a arma que está na sua mão quando é encontrada, inanimada, no chão? A polícia fez um bom trabalho ou enche-se de preconceitos e decide depressa de mais quem é o assassino? O tribunal de Setúbal é justo na violenta condenação que profere ou deixa-se levar pelo clamor da cidade contra os supostos «fachos», como chamam à família de Julieta?

É verdade também que a notável mutação que se dá em Julieta é impressionante. Só as comparações que faz entre o mundo até 1975 e o mundo que vê em 2003 dão para escrever um livro. Mas, para mim, o mais importante não é isso. A principal razão por que me liguei a esta história é outra e muito mais simples: o amor. Tenho de reconhecê-lo: a verdadeira razão do meu entusiasmo é uma rapariga chamada Redonda, a filha de Julieta. Foi por ela que me apaixonei. A história que tenho para contar é essa: o meu perigoso amor por Redonda. O resto, por mais importante que seja ou pareça, vem por arrasto, como o peixe nas redes. Quem eu quero e desejo, desde o primeiro instante que a vi, é Redonda. E foi para seduzi-la, para conquistá-la, para tentar roubá-la ao marido, que mergulhei nesta história, onde há muito mais do que quatro balas assassinas, uma revolução confusa e dois milagres improváveis.

2

Como as conheci? Em finais de maio de 2003, faz agora três meses, tirei uns dias de férias, numas termas antigas que uma renovação havia transformado num moderníssimo *spa*, numa serra próxima de Coimbra. Cheguei numa quinta-feira à noite, já passava das dez e meia. Ao fazer o *check-in* no balcão da receção, a pensar a que hora marco a massagem do dia seguinte, sinto movimento nas minhas costas. Olho por cima do ombro e vejo duas mulheres. Uma veste de negro, mas não é um vestido qualquer, pelo corte parece Armani, é distinto, suave e sofisticado. Com rugas na cara e no pescoço, a mulher aparenta mais de sessenta anos. Anda com dificuldade, ligeiramente curvada, um braço apoiado numa bengala e o outro numa segunda mulher, bem mais jovem. Intrigam-me os seus enormes óculos escuros, não são horas para aquilo. Deduzo que é cega.

Quanto à mais nova, parece-me bonita, mas só a vejo de relance. Veste *jeans*, ténis, uma camisa branca e larga, tem olhos azuis e cabelo castanho-claro, madeixas loiras e bastantes ondulações. Dá-me a ideia de que é esquiva, mira-me meio segundo e depois, ao perceber que a observo, fixa de imediato o olhar no tapete. Mas incomoda-se, pois a mulher mais velha pergunta-lhe: «Quem estava ali, porque tremeste?», e ela responde: «Mãe, que disparate... é só um homem, sei lá quem é.»

Só as volto a ver na manhã seguinte. Nessa primeira noite durmo mal. Devido aos hábitos noctívagos recentes, só adormeço pelas três da manhã. Para meu azar, o quarto não tem estores (é uma mania dos hotéis modernos), os cortinados não impedem a luz de entrar, e acordo às oito. Uma hora mais tarde, farto de dar voltas na cama, decido ir nadar. Visto calções de banho e *T-shirt* e saio pela varanda, pois o meu quarto é no piso térreo. Descalço, percorro talvez cinquenta metros, atravesso um relvado ralo e suave, respirando o ar puro da manhã. À medida que me aproximo da piscina, dou-me conta de que alguém apanha sol numa espreguiçadeira. Como a cadeira se encontra virada de costas para mim, só muito perto é que vejo uma mulher. Então, com aquela cerimónia que tenho perante desconhecidos, desvio a minha rota, de maneira a passar uns metros ao lado e não a perturbar. Como venho de pés nus, não faço barulho, e só me vê quando entro no seu ângulo de visão. E aí assusta-se.

Pelo canto do olho, reparo que se levanta bruscamente, tapa o peito com um braço e com a outra mão agarra a parte de cima do biquíni, para o recolocar. É evidente o seu constrangimento ao ser apanhada em *topless* na piscina de um hotel, o que é normalmente proibido. Dou-lhe tempo, debruço-me sobre outra espreguiçadeira, levanto-a pelos pés da frente e manobro-a de forma a virá-la para o sol. Ainda de costas para a mulher, dispo a *T-shirt*. Só então me viro e forço os meus olhos na direção da piscina. Avalio-a como se nunca tivesse visto uma. Não há nada de especial naquela piscina, mas tento calcular mentalmente o seu comprimento, a sua largura, a sua profundidade. A dada altura, (é mais forte do que eu), os meus olhos desviam-se para a mulher, e aí dou-me conta de que, ao contrário de mim, que faço um esforço heroico para não a observar, ela mira-me sem qualquer reserva.

Reconheço-a, é a mulher mais nova da receção e reparo que já recolocou o biquíni. Mesmo que não queiramos, nós, homens, olhamos logo para as mamas de uma mulher. É uma coisa instintiva, primitiva. E, no caso, compreende-se. Pisco os olhos, em dois segundos de perturbação, mas ela capta o meu alarme, e isso parece diverti-la. Esboça um ligeiro sorriso. Não é convidativo, mas é matreiro, como se estivesse lisonjeada pelo efeito que causa.

Dou-lhe os bons-dias, e ela pergunta de imediato se eu sei porque não têm rede os telemóveis. Senta-se na sua espreguiçadeira, mostra-me o aparelho na mão, como um comprovativo. Quando se movimenta, as suas mamas mais gloriosas me parecem. Engulo em seco, e balbucio qualquer coisa como «já dei por isso». Então, ela dobra os joelhos, coloca os pés e as pernas para trás das costas, arqueia ligeiramente a coluna e transforma-se numa sereia sentada.

Encanta-me num segundo. Aprecio os seus olhos azuis, as bochechas do rosto, a pele de bebé, suave mas repleta de sardas, a forma graciosa e feminina como se move, o cabelo ligeiramente caído sobre o ombro direito, a boca carnuda aonde nasce um sorriso. Esta mulher domina com perícia as regras da sedução animal, sem, contudo, se mostrar demasiado oferecida. Ao ver-me, tapou-se primeiro com o biquíni, um sinal de respeito, uma convenção conservadora, mas agora mexe-se como uma subtil predadora.

Sugiro que a falta de rede talvez se deva à altitude e ela menciona a mãe.

– A minha mãe anda esquisita.

Como se a mãe fosse um engenho tecnológico afetado, com um funcionamento irregular. Franzo a testa e ela explica-se melhor: a mãe é cega, vieram descansar, mas à noite a senhora agita-se muito, às voltas na cama. A rapariga protesta:

– Fala a dormir, diz coisas incompreensíveis, e está sempre a acordar-me. Isto nunca aconteceu. Sempre dormiu bem, pelo menos desde que eu a conheço!

Estranho esta última afirmação. A filha não conhece a mãe desde que nasceu? Contudo, atraído como estou pelo seu físico, não me concentro demasiado nas suas palavras. Aproximo-me dela e sinto-me a examinar uma obra de arte viva, uma boneca falante, linda e adorável. Pergunta-me o meu nome, digo-lho, e informa-me do seu: Redonda. Sorrio, surpreendido. Ela faz uma careta e diz:

– Não caia na asneira de me gozar, de dizer que até não sou gorda! Isso é o que todos dizem!

Não é gorda, nada disso. Mas Redonda é um nome apropriado para quem tem as barrigas das pernas redondinhas, as coxas e ancas arredondadas, a cara redonda, o umbigo redondinho, as mamas redondíssimas, e aposto que o rabo também é um coração redondo e arrebitado, embora ainda não o veja bem. Mas aquele é um tema sensível e, em vez de gracejar, afirmo:

– Ao falar sobre a sua mãe, disse «desde que a conheço». Não percebi.

Esboça um sorriso e sinto que estou a entrar pela porta certa. Quando conhecemos uma mulher bonita, não a devemos apenas lisonjear, isso todos o fazem, mas sim ir direto ao que ela dá importância. No caso, a mãe.

– Só a conheci quando tinha dezoito anos, e só convivo com ela há cinco. É uma história complicada.

Sorrio, convido-a a prosseguir.

– Teve um acidente em 1975, tinha eu um ano e pouco. Nasci no dia 25 de Abril de 1974! Quando me perguntam o signo, costumo responder: «Revolução!»

Sorrio outra vez. Tudo o que a sereia diz me encanta. Mas não deixa de ser uma coincidência original.

– A minha mãe sofreu muito. Foi muito maltratada. Chamavam-lhe fascista, a ela e ao meu avô. Passou tempos horríveis. Não vivi com ela, mas sim com a minha avó paterna. Só quando ela morreu é que me passei a dar com a minha mãe.

De olhos no chão, murmura:

– Confusões familiares...

Sim, parece ser uma família complexa, mas isso não me aquece nem me arrefece. Só tenho olhos para ela e está na altura de ser brincalhão.

– E, ao seu lado, a sua mãe sempre dormiu bem?

Ela ri-se:

– Normalmente, ela dorme em casa dela, e eu na minha! Mas sim, sempre dormiu bem, nunca se queixou. Aqui é que não dorme nada bem.

Confiante, lanço a minha primeira piada de engate:

– Ao pé de si, é capaz de ser difícil adormecer.

Ri-se outra vez, mas não morde o isco. Observa o horizonte, os moinhos de vento no alto das montanhas, o vale verde à nossa frente. Nervosa, diz:

– Este sítio é um bocado arrepiante, parece tipo o «hotel do *Shinning*!» Ouvem-se histórias estranhas, os telemóveis não funcionam, a minha mãe fala a dormir! Não sei se foi boa ideia trazê-la para cá. Talvez seja melhor voltar para casa.

Nem pensar, logo agora que a conheci! Desdramatizo as insónias da mãe, acrescento que muitas vezes «estranhamos» uma cama diferente, um novo quarto. Depois, digo:

– Ontem à noite, passaram por mim na receção e reparei nos óculos escuros da sua mãe.

Conta-me como a mãe cegou, vinte e oito anos antes. É a primeira vez que ouço falar da casa da Arrábida, do bebé Redonda com febre na alcofinha, da queda de Julieta pela escada. Porém, Redonda nada me revela sobre o crime, a morte do pai e da tia. Adianta apenas que a mãe fica em coma, tendo depois recuperado, embora permaneça debilitada. A dada altura, usa a expressão «buraco negro».

– Sabe o que é mesmo estranho? A mãe ainda hoje, vinte e tal anos depois, não se lembra do acidente! Recorda-se de chegar à casa na Arrábida e depois, mais nada. Diz que tem um «buraco negro» na cabeça. É como se tivesse ficado cega antes da hora! Não é surreal?

Os específicos detalhes do desastre da mãe não são a minha prioridade, mas, para manter vivo o interesse da rapariga em mim, é necessário focar-me no tema. Discorro generalidades sobre os traumas dos desastres, acrescento que um amigo meu também não se lembra do acidente de carro que sofreu e defendo a teoria de que o nosso cérebro bloqueia essas imagens como forma de nos proteger contra o sofrimento. Impressionada, Redonda concorda. Depois, informo-a de que também dormi mal, embora atribua a culpa das insónias às permanentes noitadas dos últimos meses.

Curiosa, Redonda pergunta-me porque saio tanto à noite, e conto-lhe a verdade: divorciei-me há quase um ano. Entramos no território da minha intimidade. A atração sexual primitiva, que foi mútua, transforma-se agora em curiosidade racional sobre o estado dos afetos. Claro que ela quer saber porquê.

Encolho os ombros e remato:

– As coisas boas também acabam.

É uma maneira inteligente de dizer tudo sem dizer nada. Maldizer a ex-mulher, pondo-lhe as culpas em cima, é uma forma fácil, mas errada. Qualquer pessoa sabe que a culpa só muito raramente é de uma das partes, e quando se começa por aí uma explicação de um falhanço demonstramos raiva e ressentimento e não uma serena aceitação de um fracasso mútuo. Ora, a raiva é uma emoção viva, e uma mulher nova não gosta de sentir no homem essas emoções pelas mulheres passadas, mesmo quando são más emoções. Para além disso, as mulheres não gostam de um homem que diz mal das mulheres, gostam mais de ser elas a fazer isso. Portanto, dou-lhe a entender que houve amor no passado («as coisas boas»), mas que sou um tipo lúcido e experiente, pois sei que as coisas «acabam» (boas ou más, daí o uso do «também»). E deixo transparecer uma firmeza fundamental sobre o fim da relação. Ou seja: o passado está fechado e o futuro aberto. É um inequívoco sinal de disponibilidade e uma garantia necessária para a evolução da nossa nascente ligação.

Satisfeita com a explicação, Redonda suspira, e limita-se a comentar:

– Um casamento é uma coisa muito difícil.

O lugar-comum, acompanhado de suspiro, revela um certo desconforto. Redonda mexe-se, examina as unhas da mão direita, como se precisasse de retocar a sua pintura avermelhada. Reparo que não usa aliança e, portanto, é uma surpresa ouvi-la afirmar:

– O meu marido não quis vir connosco. Está sempre a trabalhar...

Esta frase produz vários efeitos em mim. O primeiro é de desilusão. Ao ouvir as palavras «o meu marido», sinto um baque no coração. Aquela magnífica e bela sereia, que já desejo, é casada! Durante um segundo, uma enorme distância nasce entre nós e ela afasta-se, transforma-se num ser inatingível. Porém, o meu cérebro capta igualmente o «não quis vir connosco», onde há uma crítica implícita. Deduzo que o marido talvez não tenha paciência para a mãe de Redonda e os seus problemas, o que o desqualifica aos olhos da filha. Ao terceiro segundo, a deceção inicial cedeu o seu lugar a numa nova esperança, reforçada por aquele «está sempre a trabalhar», cujo tom revela o desprezo que devolve ao marido por ele usar o trabalho como desculpa para desprezar a companhia dela!

Em três segundos, vou da ilusão à desilusão e regresso a uma nova ilusão, que tem um estado civil diferente da primeira. Antes, desejava «aquela mulher», agora desejo «aquela mulher casada»! A coisa, é evidente, complicou-se. Mas não sou de desistir à primeira contrariedade, e prossigo o diálogo.

– Meteu uns dias de férias para ficar com a sua mãe?

Redonda é esperta, intui o que quero saber. Sorri, mas é um sorriso triste, e diz:

– Eu não trabalho.

Se não tivesse esboçado aquele sorriso triste, eu provavelmente teria concluído que não precisava de trabalhar para viver, ou ela ou o marido eram ricos. Mas o sorriso triste é revelador de uma notória infelicidade.

– Tem de acompanhar sempre a sua mãe?

Lanço esta simpática pergunta para lhe dar a possibilidade de se caracterizar a si própria como uma boa filha, dedicada e nobre, que ajuda uma mãe com limitações e transforma essa obrigação, com algum sacrifício, mas sem queixas, no seu trabalho diário. Só que já suspeito de que não é essa a principal razão.

Redonda responde:

– Sim. Também é por isso, mas...

Nesse preciso instante, Redonda abandona a posição de sereia e encosta-se para trás na espreguiçadeira. Que idade tem aquele docinho? Faço contas de cabeça, estamos em 2003, nasceu em 74, tem vinte e nove. Que maravilha.

– O meu marido não quer que eu trabalhe.

Ora aqui está o comprovativo da sua infelicidade! É como se ela não encontrasse espaço para a sua pessoa e vivesse subjugada pela vontade do marido e pela doença da mãe. Naquela primeira conversa, é essa a impressão que Redonda me deixa: a de um animal incompleto, a quem a submissão reduz e limita a identidade. Sem filhos, sem trabalho, obrigada a cuidar da mãe, Redonda sente-se vazia de triunfos individuais, e deduzo que há nela inúmeras carências e vulnerabilidades que, pensando nos meus objetivos de sedução, são verdadeiras benesses.

Até porque, embora insatisfeita, não está, porém, conformada, e manifesta já sinais de rebeldia emergentes, tanto nos óbvios movimentos sedutores do seu corpo, como nas suas palavras. Na sua alma germinam as sementes de uma revolta contra as circunstâncias, e apenas lhe falta a coragem para mudar a vida. Redonda parece-me pronta para se reinventar, para se relançar numa aventura de novas emoções, e isso entusiasma-me como nada me entusiasmou nos últimos meses. Naquela meia hora de conversa quase fútil à beira da piscina, dou-me conta de que encontrei um objetivo para os próximos tempos e tudo irei fazer para seduzi-la.

E essa convicção solidifica-se quando conheço a sua mãe, Julieta.

3

Nessa mesma tarde, por volta das quatro e meia, estou a dormir ao sol, deitado na espreguiçadeira, quando um barulho de vozes me acorda. Olho na direção dos quartos e vejo uma mulher caída na relva. Redonda corre para ela, gritando por ajuda, em voz angustiada. Fosse porque a minha natureza me leva a reagir ou porque não podia perder tal oportunidade, é evidente que me levanto e corro para lá. Chego esbaforido junto delas, e de imediato agarro num dos braços da senhora, que reconheço como a mãe de Redonda, ajudando-a a erguer-se do chão. Curiosamente, e em contraste com a aflição que vejo na cara da rapariga, a mãe não se queixa e exibe um sorriso um pouco tonto e até deslocado perante a situação.

Redonda pergunta-lhe se ela se magoou, se é preciso chamar um médico, mas a mãe recusa. Cada um do seu lado, amparamo-la a caminho da varanda do quarto delas que, tal como o meu, fica no piso térreo. A senhora está perfeitamente consciente e sem qualquer ferida, mas, com a sua idade e sabendo das suas fragilidades, sugiro que se sente. Recusa entrar no quarto, e pousamo-la com cautela numa das cadeiras da varanda. Sempre sorridente, compõe com um gesto feminino o vestido, mas não recoloca os óculos.

Olha-me e, embora pareça não me ver, comenta:

– Ainda bem que foi você que apareceu...

Nem tenho tempo para decifrar este enigmático comentário, pois ela fixa o olhar nas montanhas à sua frente e murmura:

– Eu vi, eu sei o que vi.

Para uma pessoa cega, é uma singular forma de expressão. Talvez fale da sua imaginação ou de recordações do passado. Por vezes, todos «vemos» situações que aconteceram tempos antes, numa mistura de memória e fantasia cerebral, e nada impede tal possibilidade, pois Julieta não nasceu cega. Mas ela estende o braço direito em frente, e acrescenta:

– Já não vejo tudo negro, Redonda. Vi cores, formas, sombras.

Estupefactos, nem eu nem a filha reagimos. Julieta prossegue:

– Foi por isso que comecei a andar, em frente, na direção da luz.

Mais improvável ainda, Julieta explica que caiu apenas porque estava espantada, não porque tivesse perdido a força nas pernas.

Redonda reage, exaltada:

– Mãe, isso é impossível!

Julieta encolhe os ombros, como se não desse importância à exclamação da filha, e pergunta-me de rompante:

– Acredita em milagres?

Pensei que se referisse aos milagres bíblicos e explico-lhe que, não sendo um crente fervoroso, no fundo do meu coração acredito em milagres.

– Acredito na alteração da ordem natural das coisas, seja lá qual for a causa; aquilo que não podemos explicar com a razão, só com o coração.

Julieta aprova, satisfeita:

– Eu sabia que ia gostar de si.

Volta a mirar o horizonte e proclama:

– Isto é um milagre. Eu estou a ver. Vinte e oito anos depois.

Redonda permanece incrédula e nervosa:

– Mãe, por favor, a mãe fez os exames todos!

A sua progenitora levanta a mão, como para a calar:

– Eu sei! Os médicos disseram que os meus olhos estavam estragados, que era irreversível. Mas, pelos vistos, enganaram-se, porque eu estou a ver.

Então, levanta-se da cadeira, piscando os olhos, e estende a mão para a frente, como se quisesse tocar no horizonte, murmurando:

– É este sítio...

Ao observá-la, acredito que ela vê. Ou, pelo menos, acredito que ela acredita que está a ver. Sem se voltar, Julieta pergunta:

– Redonda, lembras-te do que contou o pastor que encontrámos na serra?

Uns dias antes, mãe e filha dão um passeio pela serra. A meio, param, saem do carro e escutam o vento, sentadas nas rochas. Aparece um pastor, que mete conversa e lhes conta histórias que há muitos anos se escutam naquelas montanhas. Carros que em ponto morto sobem estradas inclinadas, ou um cão que ressuscita depois de ser atropelado por um camião. Segundo os relatos, um homem leva-o com os intestinos de fora e submerge-o na água de um lago, e os ossos do cão juntam-se onde se tinham partido e as suas feridas fecham e ele volta a ser cão novamente.

Julieta respira fundo:

– Há cinco dias que mergulho nestas águas termais. Deixo-me ficar ali muito tempo, com a cabeça debaixo de água. Será isso?

Reparo que a íris dos seus olhos é redonda, do tamanho normal. Ela pergunta-me:

– Acha possível?

Ainda cético, respondo:

– Talvez fosse melhor consultar um médico.

Redonda concorda comigo e Julieta murmura, enigmaticamente:

– Que surpresa, estarem os dois de acordo.

O seu comentário gera um breve constrangimento em mim e em Redonda, mas Julieta ignora o efeito que provocou e afirma:

– Não me apetece! Quero meter a cabeça debaixo de água mais vezes e ver o que acontece. E se fosse à cidade, além de ir ao médico, teria de me cruzar com o teu marido.

Redonda não reage ao remoque e defende uma ideia sensata: a mãe não se deve iludir, criar falsas esperanças, pois só aumenta o seu sofrimento posterior. A progenitora reage com desdém:

– Mais do que já sofri é impossível.

De seguida, interroga-me:

– Já sabe o que me aconteceu?

– Por alto. A Redonda descreveu-me o acidente.

Ela ri-se com desdém e depois exclama em voz alta:

– Qual acidente, qual carapuça! Fui ao inferno e voltei!

Redonda suspira, como que enfastiada:

– Mãe, eu já lhe contei.

Julieta franze a testa, enervada, e mantém o tom de voz elevado:

– Aposto que lhe contaste a versão *light*. É como os cigarros, há os mais fortes e os *light*. Até há uma marca que tem *ultralight*! A minha vida pode ter versão *ultralight*, *light* ou dura. É consoante. Aos estranhos, a Redonda normalmente conta a versão *ultralight*, a da mãe que caiu das escadas e ficou ceguinha... Mas já vi que você é diferente, a si ela deve ter contado a versão *light*, acrescentando que sofri muito durante muitos anos, e que não me lembro dos minutos antes do acidente!

Porque me rotula ela como «diferente»? Depois da ironia inicial, do murmúrio sobre eu e a filha estarmos «de acordo», surge esta catalogação da minha pessoa. Diferente porquê? E de quê? Não tenho tempo para esclarecer dúvidas, pois ela continua:

– A última coisa de que me lembro é de chegar à casa dos meus pais na Arrábida. Demorámos horas, fomos mandados parar pelos militares do Copcon na Ponte Salazar.

Ergue um dedo, tantos anos depois e ainda zangada:

– Sou teimosa como uma mula: para mim é Ponte Salazar, não é Ponte 25 de Abril! A única coisa boa que aconteceu a 25 de Abril de 1974 foi o nascimento da Redonda! E mesmo assim veio com o cordão enrolado ao pescoço e ia morrendo sufocada! O resto foi uma desgraça: aqueles barbudos aos pulos, os soldadinhos com as G-3 cheias de cravos, a fingirem-se românticos. O tanas! Mal puderam meteram o meu pai na cadeia, em Caxias! Se não fosse ele ter fugido para o Brasil, acabava no Campo Pequeno!

Descarregada esta breve diatribe reacionária, Julieta regressa à sua história pessoal. Recorda a ida a Lisboa, ao médico com a filha; o regresso à Arrábida, a queda pelas escadas; a estada no hospital e a recuperação que nunca lhe devolve nem a visão, nem a memória dos minutos antes do acidente.

– Esta é a versão *light*. A que a Redonda lhe contou, aposto.

Confirmo, e ela fica contente consigo própria por ter acertado.

– Pois, bem me parecia. Infelizmente, é muito mais complicado do que isso.

– Mãe...

O murmúrio de Redonda é constrangido, mas Julieta indigna-se:

– O que foi? Mais vale contar já! Se ele se espantar como um pardal assustado, é melhor que seja agora do que mais tarde!

Exasperada e ao mesmo tempo impotente, a filha limita-se a encolher os ombros. Eu não sei mesmo o que dizer, por isso mantenho-me em silêncio e escuto Julieta.

– O meu marido, o Miguel, pai da Redonda, e a minha irmã Madalena foram encontrados no quarto dela, em cima da cama, mortos, cada um com dois tiros junto ao coração. E deram comigo inanimada, no final da escadaria, depois de ter caído aos trambolhões. Não só fiquei cega, como viúva e sem irmã. E, o que é bem pior... – Faz uma pausa: –... acusada de um duplo assassínio, pois quem me viu diz que eu tinha na mão direita a pistola que os matou aos dois.

Cai um pesado silêncio sobre a varanda. Eu pasmo. Afinal, a história é muito mais espantosa do que eu pensava! Como que aliviada por ter soltado aquelas palavras, Julieta continua:

– Depois de dois anos no hospital, entrevada e «taralhouca», mandaram-me para a cadeia, dezasseis anos.

Orgulhosa, respira fundo e endireita as costas, e nesse momento reparo que ela tem boa figura. Apesar de a forma como se movimenta não a favorecer, é uma mulher bonita e bem desenhada, a cegueira não lhe atrofiou o corpo. Redonda tem a quem sair. E, agora que observa o horizonte de novo, parece manter mais direita, como se estivesse mais confiante em si mesma. Há já uma pequena transformação no seu ser, visível na sua postura. Embora a voz ainda denuncie acidez, quando diz:

– Era uma «fascista», tinha de aprender uma lição, foi o que se disse na altura. E eu sem me lembrar de nada, cegueta, sem me poder defender. Ninguém quis saber de mim. A Redonda era um bebé, o meu marido tinha morrido, a minha irmã também, os meus pais estavam no Brasil e sofreram um tal desgosto que morreram pouco depois de eu ser presa. No espaço de duas semanas. Primeiro a minha mãe e depois o meu pai, que Deus os tenha.

Volta a observar-me, mas agora os seus olhos estão diferentes. Tem as pálpebras mais fechadas, como se fizesse um esforço para ver. E curvou-se ligeiramente, como se estivesse a regredir nos progressos.

– E até hoje não me consigo lembrar de nada, meu caro amigo! Não me recordo de entrar no quarto, nem de os matar, nem de ter caído, como a Scarlett O' Hara, no *E tudo o Vento Levou*, aos trambolhões pela escada.

Faz nova pausa e cerra as pálpebras. Sinto-a subitamente cansada, baixa o tom de voz.

– Como me podia defender desta horrível acusação? Nunca na minha vida dei um tiro em alguém! Mas a verdade é que só lá estava eu, fui a única que entrou em casa, o senhor Simões ficou cá fora, com a Redonda numa alcofinha, eu tinha-lhe pedido que não parasse o carro ao sol, pois ela estava com febre e podia fazer-lhe mal.

O que se diz num momento destes? Por mais que os nossos pais nos eduquem bem, e nos ensinem o que dizer ou não dizer em certos momentos, ninguém nos prepara para um assim. Prefiro o silêncio a qualquer lamento piedoso. Ela faz nova pausa, abre as pálpebras, e olha de novo para o horizonte. Mas, como que desiludida, volta a fechá-las, antes de dizer:

– Hoje, quase vinte e oito anos depois disso tudo, voltei a ver.

Contudo, parece já estar em esforço, os seus olhos já não são os mesmos do início da conversa. Ao observar esta mudança, curioso, questiono-a:

– E agora, está a ver alguma coisa?

Explica que os clarões perderam a força, já só vê uma luz distante, muito difusa e fraca. Redonda insiste numa consulta a um oftalmologista, e recorda que eu sou da mesma opinião. Ao ouvi-la, a mãe recupera em segundos o bom humor. De repente, exibe um sorriso enigmático e matreiro, parecido com o que Redonda me brindou de manhã, na piscina. E diz:

– A Redonda ficou muito impressionada consigo.

A rapariga protesta, veemente. Entre mães e filhas há sempre alguma tensão, mas Julieta parece ter um prazer especial em embaraçar a filha à minha frente. Com requintes de malícia e gozo, conta-me que Redonda se alvoroçou na noite anterior, na receção, ao ver-me; e que no final da manhã, ao chegar ao quarto depois da nossa conversa na piscina, estava emocionada e falava depressa de mais.

– Achou-lhe graça. Apesar de não ter vivido com ela muitos anos, topo-a a léguas! As pessoas acham que eu sou cega, mas há coisas que vejo muito bem.

Julieta está orgulhosa. É como se precisasse de demonstrar, com estas pequenas evidências, que conhece bem a filha e a sabe observar. Ao mesmo tempo, as suas palavras parecem, de uma forma surpreendente, aprovar as emoções da filha por mim. Ora, isto é o oposto do que esperamos numa mãe, que ela seja defensiva, e até hostil, a um homem desconhecido por quem a filha casada revela excitações. Porém, Julieta não só ignora os protestos de Redonda, como aprova a nossa química nascente.

É claro que, ao fazê-lo desta forma, expõe a filha a um certo ridículo, e provoca nela uma reação desagradável, forçando Redonda, só para a contrariar, a «desconstruir» em minutos o sentimento nascente que me tem como objeto. Embaraçada, tenta negar por palavras o que o seu coração e o seu corpo sentem. Estamos, pois, num momento imprevisível, onde tudo se pode perder, mas não consigo desviar-me daquela emocionante armadilha, e revelo a ambas que também fiquei impressionado.

– A Julieta tem uma filha muito bonita, de que se pode orgulhar.

Redonda faz-me uma careta, desaprova aquele charme forçado e convencional, mesmo sendo verdadeiro.

Julieta concorda:

– É boa rapariga, eu sei – mas depois acrescenta: – Só é pena ter escolhido mal o marido.

Esta arrasadora opinião fica a pairar sobre nós, sem que alguém a comente. A própria Julieta também não quer desenvolver o tema e informa-nos de que deseja entrar no quarto, deitar-se na cama, descansar. Em tom de despedida, remata:

– O que nos vale é que nada é definitivo na vida. Nem o teu casamento, nem, pelos vistos, a minha cegueira.

Depois de as deixar, matuto sobre estas últimas palavras de Julieta. Confirmam a minha intuição inicial de que Redonda é infeliz no amor, e clarificam também alguma incerteza que ainda existia em mim sobre as motivações de Julieta, elevando-a à categoria de minha aliada. Desde o início da conversa que ela, com subtileza, primeiro, e depois com alguma malícia incentiva o *flirt* entre mim e Redonda. E este último comentário, apesar de cáustico ao ponto de poder magoar a filha, é muito mais do que isso, é a franca revelação de um objetivo estratégico: a vontade de acabar com o seu «mau casamento». Para Julieta, o marido de Redonda é dispensável e, portanto, a minha aparição e as trepidações que provoco na rapariga são motivos de alegria, provas vivas de que a filha se emociona já por outro homem e começa a desapegar-se do marido.

Interiormente, sinto satisfação. Em teoria, é sempre mais fácil seduzir uma filha quando temos a bênção explícita da sua mãe.

4

Antes de se recolher, Julieta convidou-me para jantar com elas, o que aceitei de pronto. Como a minha massagem termina às oito, marcámos novo encontro às oito e meia, no restaurante. Depois de passar pelo quarto, dirijo-me ao *spa*, que se encontra num piso inferior, e para o qual se desce por uma escadaria sombria, intencionalmente mal iluminada, onde se ouvem os acordes de uma música oriental, suave e embaladora, como é usual nestes locais.

Ainda com as palavras de Julieta e Redonda no espírito, ultrapasso uma porta de madeira escura e avanço para uma receção, a qual me recorda um restaurante japonês que costumo frequentar. Apesar da intenção de silêncio forçado que sempre existe nestes espaços, as três mulheres que vejo atrás do balcão (vestidas de branco como se fossem enfermeiras ou assistentes de dentista) falam, entusiasmadas. Mesmo quando me aproximo, não conseguem conter a sua excitação, e quando uma delas se acerca de mim as outras duas mantêm o seu animado diálogo. Parecem ao mesmo tempo felizes e espantadas, como se tivessem tomado conhecimento de uma boa, mas inesperada, notícia. Por vezes, tenho a sensação de que as mulheres falam entre si numa língua diferente da dos homens, cifrada, em código, impedindo-nos de as compreender, e, portanto, limito-me a reparar que a minha futura massagista é o centro de atenções, e as outras lhe sorriem, como que a desejar-lhe sorte.

Chama-se Soraia, é morena e aparenta ter cerca de quarenta anos. Tem pequenas rugas debaixo dos olhos e uma cara bonitinha, embora um pouco rústica para meu gosto. Parece-me uma daquelas mulheres crescidas nas aldeias do interior de Portugal, a sonhar com a fuga para as cidades, mas absorvendo o ar puro dos campos, ganhando como herança, e prova de origem, bochechas que se ruborizam com facilidade.

Soraia leva-me para um «gabinete», é assim que chama à pequena salinha, e dá-me instruções sobre onde pendurar as minhas roupas e onde estão as toalhas. De seguida, sempre a sorrir, sai. A marquesa encontra-se coberta por um lençol branco, e numa das paredes existe um espelho e uma bancada com potes e cremes, velas perfumadas a arder, e toalhinhas brancas, dobradas com afinco e certidão. A um canto, numa pequena *box* com porta, descubro um chuveiro. Dispo-me e tomo um duche rápido. Seco-me com uma das toalhas, enrolo-a à volta do ventre e deito-me na marquesa.

Um minuto depois, Soraia regressa e pergunta se posso retirar a toalha. Respondo, constrangido, que não tenho nada por baixo. Sem pingo de incómodo, entrega-me uma pequena saqueta que apanhou em cima do balcão, dizendo para eu «as colocar». Volta a sair do gabinete e deixa-me de novo sozinho. Abro a saqueta e verifico tratar-se apenas de um pedacinho de pano transparente, semelhante à parte de baixo de um biquíni, que à frente somente segura os meus órgãos genitais, sem os esconder ou tapar, e na traseira se limita a um minúsculo fio dental. Observo-me ao espelho e sinto-me ridículo. O meu baixo-ventre lembra o de uma dançarina feia, peluda e disforme, num processo transformista onde a minha sexualidade se altera apenas por obra de um minúsculo acessório.

Deito-me de novo na marquesa. Soraia reentra no gabinete, dirige-se à bancada e começa a olear as mãos. Depois, coloca-se em frente dos meus pés e dá início à massagem. Sou normalmente conversador nestas ocasiões, mas ela é uma verdadeira tagarela. Enquanto vai apertando os músculos dos meus pés, Soraia lança uma avalanche de dados biográficos. Como suspeitei, nasce e cresce numa aldeia do Minho. Só aos vinte anos desce à grande cidade, e só depois de saltitar entre empregos descobre a vocação para as massagens.

Pelo caminho, casa, há quinze anos, e só aceita este novo emprego há poucos meses porque o marido concorda em segui-la. A sua massagem sobe pelas minhas pernas, desbloqueando-me os músculos tensos. Sinto o bem-estar invadir-me. Ao de leve, enquanto me massaja as coxas, toca-me agradavelmente nos testículos e provoca-me um princípio de animação sexual. Contudo, há na situação um inesperado paradoxo: quanto mais próxima dos meus órgãos sexuais, mais ela fala do marido, o que me leva a pensar se aquilo pode ser considerado um ato de infidelidade. Quão disparatados somos, ao procurar significados ocultos e imorais em situações tão banais para uma massagista!

Quando se afasta das minhas coxas, a minha leve excitação diminui, mas verifico, contrariado, que Soraia não para de falar do marido! Diz que ele trabalhava nisto e naquilo, apelida-o de «persistente» e «determinado», ao ponto de a conversa me começar a incomodar. Porque me massacra com os traços de personalidade do «esposo»? Por descargo de consciência, pergunto-lhe se têm filhos, e aí acontece algo totalmente surpreendente: Soraia desata a soluçar!

Abandona o meu cotovelo esquerdo, largando-o como se ele fosse uma peça de roupa que despiu à pressa, e leva as mãos aos olhos, tapando-os, envergonhada por chorar à frente de um cliente desconhecido. Perplexo, mantenho-me em silêncio, dando-lhe tempo para se recompor. Limpa as lágrimas com rapidez, e depois a minha surpresa aumenta, pois brinda-me com uma curta gargalhada, e cora, qual camponesa apanhada num palheiro a praticar poucas-vergonhas!

O que se está a passar? Primeiro, chora e agora ri e cora? Entrecortando pedidos de desculpa, Soraia lá se explica: comoveu-se com a minha menção aos «filhos». É que ela e o marido, embora se amassem e muito tentassem, nunca os tinham gerado. Uma bateria de testes, executada ao longo dos anos, não revelara impossibilidades físicas nela, mas expusera uma pequena limitação do marido. Segundo os especialistas, ele tinha espermatozoides «preguiçosos», que morriam prematuramente, antes de fecundar os óvulos dela.

O casal tentara então espicaçar os «preguiçosos» com uma alimentação cuidada, exercícios físicos, bebidas especiais e toda uma série de métodos de ajuda à procriação. Soraia conta-me (em mais um acesso de intimidade que me espanta) que até se prestava a ficar, nas horas seguintes à consumação dos atos sexuais, deitada com as pernas mais altas do que a cabeça, para que os «bichos» (é assim que lhes chama) pudessem aproveitar a força da gravidade na correria a caminho dos seus óvulos. Porém, nada se passara. Haviam sido anos de tentativas frustrantes, muito sexo nas épocas férteis, mas sem qualquer resultado prático.

Ao proferir esta frase, Soraia aperta com força o meu braço direito, talvez para se aliviar da raiva provocada pela recordação. Faço um ligeiro esgar, e ela deve ter percebido que estava a ir longe de mais. Interrompe a massagem e ordena que me vire de costas. Aproveita a minha rotação para me dar a boa nova: na semana passada, notou «uns dias de atraso», fez os testes e descobriu-se grávida! Sim, finalmente e aos quarenta e dois anos! A confirmação tivera-a essa manhã, numa ida ao médico com o marido.

Fica assim explicada tanta comoção, bem como a excitação das colegas na receção. Dou-lhe naturalmente os parabéns, enquanto ela inicia a massagem das minhas costas, e expõe a sua «teoria» sobre o aumento da velocidade dos espermatozoides do marido.

Para Soraia, haviam sido os banhos no *spa* a dissolver a preguiça dos «bichos»! As águas da região eram, todos o diziam, dotadas de minerais únicos, de propriedades energéticas invulgares, e isso, ao fim de pouco tempo, provocara alterações químicas no marido, possibilitando-lhe um ganho de produtividade sexual que noutras paragens não existia! Onde antes havia lesmas molengonas, diz Soraia a rir, enquanto me aperta a lombar, havia agora, como que por «milagre», atletas rápidos e vencedores!

É claro que esta «teoria» de Soraia me causa alvoroço interior. Ela usa a palavra «milagre» para descrever a sua inesperada gravidez. No mesmo dia, é a segunda vez que ouço o termo religioso explicar um fenómeno anormal. Primeiro, Julieta e o «milagre da visão»; e, agora, Soraia e o «milagre da gestação». Dois acontecimentos, na aparência independentes, têm a mesma explicação: a influência maravilhosa da água da região sobre o corpo das pessoas. Será possível ou é apenas uma feliz coincidência?

* * *

Esta novidade merece ser partilhada com Julieta e com Redonda, e é o que faço, à mesa de jantar. Para minha surpresa, ambas reagem com alguma irritação. Redonda, ao ouvir-me tão enfático a falar de Soraia, desata a questionar-me sobre as características físicas e psicológicas da massagista. Que idade tem? É bonita? Fala de mais? Tem mãos grandes ou pequenas? Eu estava nu ou de cuecas? É boa massagista? E fala mal do marido? Mas porque me revelara a sua vida íntima? A Redonda interessa-lhe pouco o suposto «milagre» da gravidez, muito menos os «espermatozoides preguiçosos»! O que a enerva é a ligação nascida entre mim e a massagista, a impressão que ela me causa. A dada altura, Redonda classifica mesmo Soraia de «velha», como se ela fosse um móvel antigo e com caruncho.

Este comentário provoca uma reação imediata da sua mãe, que se exalta:

– Ó menina, veja lá, se ela é velha, então eu!

Redonda encolhe os ombros, amuada, e cala-se. Julieta ri-se, mas depois também me surpreende, pois embora concorde que este segundo «milagre» confirma as potencialidades regeneradoras da água do *spa*, considera-o menos notável que o seu «milagre».

– Não é a mesma coisa, pois não? Uma mulher ficar grávida aos quarenta anos não é assim tão raro! Agora, uma cega voltar a ver, isso é de deixar qualquer um com a cara à banda! – divertida consigo própria, acrescenta: – Se isto chega aos ouvidos das televisões, ainda vão querer fazer uma reportagem comigo!

Torna-se óbvio que insistir nos óvulos fecundados de Soraia é um erro. Tanto Julieta como Redonda são personagens solares, que exigem ser o centro exclusivo das minhas atenções. Querem que fale delas e do que estão a viver e

não de uma massagista campónia que rondou tangencial-
mente os meus testículos!

Mudo de assunto e pergunto a Julieta:

– Neste momento, vê alguma coisa?

Ela suspira:

– Não. Mas amanhã vou passar as primeiras horas do dia
no tanque, e depois se verá. Talvez à tarde.

De súbito, empalidece. Cala-se e abre a boca várias
vezes. É como se um pedaço de comida lhe tivesse ficado
engasgado na traqueia. Mas não tosse.

– Mãe? Mãe?

Assustada, Redonda levanta-se da cadeira, e dá um pulo
na direção da mãe, mas Julieta levanta a mão, para a tran-
quilizar. Nós trocamos olhares, à espera de uma explicação.
Que chega quando Julieta dá um inesperado grito:

– EU NÃO OS MATEI!

5

No restaurante não estão mais de dez pessoas a jantar, e três criados cirandam de mesa em mesa, satisfazendo os pedidos. Mesmo assim, são cabeças suficientes para nos embaraçar, ao voltarem-se todas na nossa direção ao mesmo tempo, depois de tão inusitado grito. Julieta berra, bem alto: «EU NÃO OS MATEI» e, de imediato, o tilintar dos talheres e o rumor das vozes se extingue na sala, como se os espectadores de um filme tivessem suspendido a respiração, à espera da próxima fala.

Mesmo cega, e apesar do grito descontrolado, Julieta recupera a presença de espírito em segundos, e capta o silêncio geral, pressentindo que o interesse da audiência converge sobre si. Sorri, tenta disfarçar, dá uma pequena gargalhada, e recomeça a comer. Leva o garfo à boca e mastiga um pouco do borrego que escolheu.

A cada segundo, a atenção dos presentes dispersa-se. Provavelmente as pessoas notaram que é cega, devido aos enormes óculos escuros, e deduziram apressadamente que não é bem acabada, sendo o seu grito um sintoma de evidente desvario. Embora algumas ainda nos mirem, também eu e Redonda começamos a relaxar, não porque saibamos o que causou tal erupção em Julieta, mas porque já não estamos no palco, de holofotes apontados para nós.

– Mãe, o que se passou?

Redonda baixa intencionalmente o tom de voz, não fosse despertar de novo a curiosidade da plateia. Julieta encolhe os ombros e ri-se de forma atabalhoada, aparentando ser uma tontinha. Segundos depois, o barulho dos talheres e das vozes volta ao habitual, e já ninguém nos observa. Então, Julieta elucida-nos, também em voz baixa.

– Tive um clarão na memória.

A princípio, tanto eu como Redonda concluímos que voltou a ver e se perturbou, mas rapidamente percebemos que estamos enganados. Não tem a ver com a sua visão, mas sim com a sua memória.

– Redonda, abriu-se o «buraco negro». Tive um *flash-back*.

A filha fica estupefacta, calada. Faço um esforço para recordar a definição que elas deram à expressão. O «buraco negro», se bem me lembro, é o espaço de tempo entre a sua chegada à casa da Arrábida, naquela tarde de 3 de agosto, e o momento que tombou pela escada. Pela descrição de ambas, deve ter durado entre três e cinco minutos, e é um mistério.

– Pela primeira vez, recordei algo que se passou naqueles minutos.

Curioso, pergunto:

– O quê?

– Vi o meu marido e a minha irmã na cama, e eles já estavam mortos.

De imediato, Redonda contesta a mãe:

– Mãe, tu ouviste isso, tantos anos! É a tua imaginação a falar!

Julieta abana a cabeça. É uma memória real, explica, «uma espécie de *flashback*». Viu-se a si própria, vinte e oito anos antes, a entreabrir a porta do quarto, e viu-os na cama, ensanguentados e já mortos.

– O Miguel com os braços esticados para trás, e a Madalena deitada de lado, de costas para ele, de olhos abertos e vidrados.

Julieta leva a mão à boca, como se fosse conter um vómito, um mal-estar que lhe vem das entranhas. Interrogo-me se a sua memória bloqueada pode estar a dissolver-se.

Redonda liberta um comentário cético:

– Que conveniente. Já estarem mortos...

Esta rapariga vai da angústia ao sarcasmo num abrir e fechar de olhos.

A mãe responde-lhe à letra:

– Conveniente teria sido há vinte e oito anos, agora não me vale de nada! Já vi o sol aos quadradinhos dezasseis anos, a menina não se esqueça disso.

Redonda morde o lábio. Fica amorosa quando põe aquela carinha amuada, de quem perdeu a razão, mas não o orgulho. É altura de sair em sua defesa.

– Mas, se não foi a senhora, quem os matou? A polícia alguma vez considerou outras hipóteses?

Pelo canto do olho, vejo Redonda confirmar com um abanico da cabeça. Julieta exalta-se:

– Qual quê, queriam era meter a «fascista» na cadeia! A polícia... Em 1975, as polícias estavam nas mãos do MFA. A Judiciária, a PSP, até a GNR, que foi a primeira a chegar à casa da Arrábida. Decidiram logo que aquilo eram favas contadas: a menina do papá «fascista», a filhinha do Silva Arca, enfiou dois balázios no coração do marido adúltero, por ele andar metido com a «mana»! E depois, arrependida, atirou-se pela escada, tentando suicidar-se! O que havia para investigar? Era tudo óbvio!

É a primeira vez que ouço o nome da família, Silva Arca. Não me diz nada. Não era uma das grandes famílias ricas e conhecidas do Portugal do Estado Novo.

Redonda interrompe a minha divagação:

– A mãe não acredita, mas eles investigaram outras pessoas.

– Quem? Por favor, não me fales nos empregados do armazém!

Redonda recorda-me que o seu avô e pai de Julieta, a quem chamavam Dom Rodrigo por ser vagamente descendente de galegos, fez fortuna como fornecedor de embalagens e dono de armazéns de aluguer, em Lisboa e em Setúbal. Logo após o 11 de março de 75, o avô foge para o Brasil, e é o pai dela quem fica a tomar conta das empresas. Segundo se dizia, havia alguns empregados que não gostavam nada dele, e a polícia chega a investigá-los, mas tinham todos sólidos álibis.

Julieta barafusta:

– Claro que não gostavam dele, eram comunistas!

Irritada, vira-se para mim:

– Você já não se lembra desses tempos, era um rapazito! O país estava a ferro e fogo! O MFA nacionalizara as empresas e os bancos, havia greves em todo o lado, comissões de trabalhadores sentados nos conselhos de administração, piquetes a controlarem os capitalistas e os fura--greves, era uma balbúrdia!

Em tais circunstâncias, explica Julieta, eram normais as tensões entre Miguel e os sindicatos, que aliás já aconteciam antes, ainda com Dom Rodrigo aos comandos das empresas.

– Só porque o meu marido se punha contra as «exigências» da classe operária, faziam-lhe ameaças de morte! Eu bem me lembro, havia todas as semanas telefonemas lá para nossa casa, em Lisboa, homens a ameaçá-lo, a ele, a mim e ao bebé! Pode perfeitamente ter sido um desses gandulos, não acha?

Um crime político? Pelo que recordo da revolução e do Verão Quente de 75, não me lembro de nenhum com essas características.

Redonda insiste:

– A polícia investigou os empregados.

Julieta faz uma careta:

– Ora! Havia centenas de empregados, nas duas fábricas e nos armazéns, achas que os investigaram a todos? Dois ou três, os mais duvidosos, e mal os safaram esqueceram o assunto! Achas que a polícia queria culpar «operários» da «classe trabalhadora» em 1975? Era só o que faltava! Queriam era culpar «fascistas»!

Nela, as paixões políticas são uma ferida aberta, o que, de certo modo, é compreensível. Para uma mulher que sempre negou a autoria do crime, a busca dos verdadeiros culpados é uma necessidade primária, como respirar.

Entretanto, Redonda murmura:

– Também investigaram o tio Álvaro.

Ergo as sobrancelhas na direção dela, para que me elucide.

– Era o marido da tia Madalena.

Julieta acrescenta:

– O meu cunhado. O suspeito mais óbvio, além de mim.

Sete ou oito meses antes do crime, em finais de 74, o casamento de Álvaro e Madalena começa a dar evidentes sinais de desgaste. É uma surpresa para a família, que acha que eles têm muito em comum. Segundo Julieta, a irmã e o cunhado formam um casal especial, aquilo a que hoje se chamaria «alternativo». Madalena é uma libertária, uma *hippie* tardia, que defende os princípios do maio de 68 para grande desgosto do pai, que a adora. Julieta sente muitas vezes ciúme do afeto do pai pela irmã, em especial na infância e na adolescência, mas a entrada na idade adulta, e os turbilhões políticos do país, invertem as preferências do pai. Dom Rodrigo agasta-se progressivamente com as tolices do benjamim e aproxima-se de Julieta. Com o 25 de Abril, a rutura entre ele e Madalena é quase definitiva. É que, pelo caminho, ela casa, à pressa e contra a vontade dos pais, apenas dois meses depois de conhecer Álvaro, que estava na tropa, em Angola, e viera a Portugal entre comissões de serviço. O namoro é breve de mais, mas a preocupação de Dom Rodrigo é também política. Rapidamente se apercebe das inclinações de Álvaro, que não esconde a ninguém o seu inconformismo com a Guerra Colonial e com o regime.

Julieta comenta:

– O Álvaro ia a caminho do comunismo quando eles casaram. Acabou «capitão de abril».

Para a família Silva Arca, é um duro golpe saber que o marido da filha mais nova é um dos «heróis da revolução». O grupo dos «capitães de abril» forma a linha da frente dos revoltosos militares contra o regime do Estado Novo, os operacionais que aceleram a revolução nos quartéis, em Portugal e nos territórios ultramarinos. Para Dom Rodrigo, e também para Miguel, é como ter um traidor sentado à mesa, e nunca escondem a sua raiva. Hostilizado, Álvaro deixa de comparecer aos almoços de família, e mesmo Madalena reduz a um mínimo indispensável as suas presenças.

Entre abril e dezembro de 1974, o «capitão de abril» e a sua esposa praticamente desaparecem de vista da família. Porém, essa distância esconde uma realidade afetiva mais profunda, a de que Álvaro e Madalena estão, também eles, a afastar-se um do outro. Julieta recorda que Álvaro é um homem do novo poder, amigo de Vasco Gonçalves, e leal ao MFA. Madalena é diferente: era uma subversiva anarquista, e muito solta com os homens.

Solta um comentário bombástico:

– Talvez fosse ninfomaníaca.

Ao ouvi-la, Redonda irrita-se:

– Mãe, por favor! A tia Madalena gostava de homens, qual é o mal? O marido não lhe ligava nenhuma, ela precisava de companhia!

Julieta faz nova careta:

– A menina está a falar de si ou da sua tia?

Redonda não se fica:

– Mãe, só porque ela teve dois ou três namorados, já é uma ninfomaníaca?

A mãe abre a boca, fingindo-se chocada:

– Dois ou três? Por favor, Redonda, a menina não sabe da missa a metade! E não defenda a sua tia. Foi à conta dela que a menina acabou sem pai e com a mãe na cadeia!

Esta última afirmação cala Redonda. Elas têm uma relação verbalmente dura, mas a filha é mais emocional do que a mãe, que mantém sempre o seu registo, um misto de raiva e gozo.

Julieta prossegue:

– O sexo era tudo para ela, essa é que é essa. Como dizem agora, quantos mais «comesse» melhor!

Redonda desiste de contestá-la e limita-se a encolher os ombros, com um profundo desprezo pela observação da mãe, que recorda a forma como Álvaro se farta das loucuras de Madalena. Um dia, o «capitão de abril» sai porta fora para não mais voltar.

Ao que se sabe, só se voltam a ver uma vez no período que decorre entre a data da separação, dezembro, e o crime de agosto: numa reunião com o advogado para tratar dos papéis do divórcio. É esse único encontro que deixa dúvidas nos espíritos da polícia aquando da investigação do crime. Durante as duas horas em que estão no escritório do advogado, Álvaro terá insultado Madalena, e por várias vezes a terá ameaçado de a «meter na ordem um dia destes». Todavia, Álvaro tem um álibi à prova de bala: a polícia confirma que, na tarde de 3 de agosto de 1975, ele está num quartel em Lisboa, no Ralis.

Julieta duvida:

– Nunca se sabe...

Álvaro faz parte do Copcon, o comando militar revolucionário que manda no país, e, na época, ninguém investiga a fundo um homem desses. Julieta proclama:

– Ele era intocável.

Lanço então a questão que me paira no espírito:

– Acha que ele suspeitou de que Madalena andava de caso com o seu marido, e decidiu matá-los?

Redonda bufa, revira os olhos à minha questão, como se eu fosse um palerma só por a colocar, e declara:

– Por favor, que disparate! O tio Álvaro nunca foi sequer à Arrábida, como iria fazer uma coisa dessas? Até a minha mãe ignorava que eles andavam enrolados, como podia ele saber?

Contrariada, Julieta mantém-se em silêncio uns momentos e, por fim, vê-se obrigada a concordar com a filha.

– Isso é verdade. Além de que o Miguel não tinha paciência nenhuma para as loucuras esquerdistas da minha irmã, e ela estava sempre a dizer que ele era um «capitalista», chato e insuportavelmente parvo.

Fico uns segundos em reflexão, e depois arrisco uma sugestão perversa:

– Talvez os opostos se tenham atraído.

Julieta suspira:

– É provável. Mas tenho quase a certeza de que, a acontecer alguma coisa, foi a primeira vez e a última, naquele dia. Raramente estavam juntos. A Madalena, desde que se separou do Álvaro, em dezembro, passou o tempo todo na Arrábida, e o Miguel estava sempre em Lisboa, às voltas com os armazéns do meu pai. Todos sabíamos que ela recebia namorados na Arrábida, mas nunca ninguém desconfiou do Miguel. Não que ele fosse um santinho.

Julieta suspira e depois sorri:

– Que melodrama, não é?

Aquela saga familiar começa a deslumbrar-me. Por instantes, passa-me uma ideia pela cabeça, mas é cedo para a revelar. É melhor deixá-las dar-me mais detalhes, para que o quadro se torne mais nítido. Mas já não será hoje. É tarde, e Julieta mostra vontade de se recolher. Ao longo da conversa, notei mais uma vez que, em especial quando fala do crime, a sua postura física se altera: endireita as costas, abre os ombros, ganha confiança e graciosidade feminina, como se fosse uma mulher mais nova e sem qualquer tipo de limitação. Contudo, agora quebra-se-lhe um pouco o ânimo: encolhe-se, refugia-se de novo na sua forma ligeiramente curvada. E diz:

– Preciso de descansar. Redonda, leva-me ao quarto e depois voltas, está bem?

Mais do que uma sugestão, é uma ordem. A rapariga cora, mas promete voltar. E eu prometo ficar à sua espera, no bar do hotel. Vale a pena esperar por uma mulher assim.

6

Redonda recompensa-me pela meia hora que demora. Ao jantar, por cima do vestidinho azul-escuro, tapara-se com um leve casaco de algodão, da mesma cor, do qual fechara todos os botões exceto o primeiro. Agora, traz mais três botões desapertados, liberta assim o decote do vestido e mostra-me o peito em todo o seu esplendor. Que maravilha! Apetece-me beijá-la!

Será esta pequena informalidade um sinal? Terá sido incentivada pela desconcertante Julieta, que nestas coisas não perde tempo, e que tão depressa critica a defunta irmã pela sua exagerada promiscuidade, como espicaça a filha na minha direção com truques de alcoviteira?

Animado, pergunto a Redonda se deseja uma bebida. O bar é uma sala com vidraças abertas para a piscina, onde conjuntos de sofás e cadeiras modernas se espraiam, embalados pelo som de um *jazz* distante. Ela pede vodca-morango ao empregado, eu mantenho-me na cerveja.

Pergunto-lhe:

– A sua mãe ficou bem?

Senta-se no sofá na mesma posição em que se sentou de manhã na espreguiçadeira, e é agora uma sereia vestida, mas o encanto não se perdeu nem um bocadinho.

Ela diz:

– Trata-me por tu.

Depois informa:

– Deitou-se, mas ainda não adormeceu. Mandou-me embora, não queria que te fizesse esperar mais tempo.

O empregado traz a bebida, pergunta se é para o mesmo quarto, o que eu confirmo. Redonda murmura:

– Obrigado.

Dá um gole, saboreia o líquido, e depois pousa o copo na pequena mesa em frente do sofá. Suspira e diz:

– Uma pessoa complicada, a Dona Julieta.

Lembro-lhe o quanto a mãe sofreu. É natural a existência, no seu coração, de um sentimento permanente de injustiça e revolta.

– Sabes o que ela me disse no quarto? Que preferia ficar cega até morrer. Não lhe apetece conhecer a herança da revolução.

Redonda recorda o trauma da mãe, para quem a revolução de 1974 e o Verão Quente de 1975 representam o inferno na Terra. No espaço de um ano, as suas crenças tinham-se esfumado, a sua família desintegrara-se e perdera a fortuna, e ela havia sido acusada de um duplo homicídio.

– Diz que a alegria dela acabou em 1975, e que, mesmo que volte a ver, nada tornará a ser como dantes.

Mais uma vez, é compreensível a reação de Julieta. O que ela fora nunca mais seria. Dou um gole na cerveja e tomo coragem.

– Redonda, não leves a mal, mas… acreditas na tua mãe? Acreditas que ela não matou o teu pai e a tua tia?

Ela devolve-me um sorriso sereno, de quem já resolveu a questão dentro da alma.

– Não me resta outra opção.

Não esperava esta afirmação e franzo a testa. Ela sorri-me e continua:

– Tens de ver as coisas como eu as vejo. Não tenho mais ninguém.

Recorda que Dom Rodrigo e a avó Maria Emília haviam morrido no Brasil, e não existiam mais filhos além de Julieta e de Madalena. O seu pai, Miguel, era filho único, e os pais dele também já tinham partido deste mundo. Redonda não tem, pois, primos direitos, nem tios ou tias. Além disso, não há filhos. Resta um marido complicado. Acreditar na mãe não é apenas um voto de confiança, é também uma garantia de amor.

– Só nos temos uma à outra, o resto é solidão.

Pergunto-lhe se não tem amigas. Sim, duas, a Ana Rita não sei quê e a Carlota não sei quantos, mas ambas foram mães no último ano e têm cada vez menos tempo para ela.

Murmura:

– Não foi sempre assim.

– O quê?

– A minha mãe e eu, esta proximidade é uma coisa recente.

Viveu com a avó paterna a sua infância e adolescência, e ela nunca a deixou aproximar-se da mãe.

– A minha avó dizia coisas horríveis da minha mãe: que estava presa, era má, matara o meu pai. Ouvi essa lengalenga tantos anos, só fel e raiva. Claro que tinha medo de visitar a minha mãe. Quando ela saiu da prisão, mais ou menos na altura em que eu fiz dezoito anos, tentou falar comigo, mas a minha avó perdeu a cabeça, e proibiu-me de a procurar. A minha mãe percebeu que só me iria causar problemas e não insistiu. Voltou a afastar-se mais uns anos. Só me falava no dia dos meus anos e no Natal, como se fosse uma madrinha distante.

Redonda bebe mais um gole do seu vodca-morango e prossegue o relato. Só a morte da avó paterna, tinha ela vinte e quatro anos, altera aquela equação impossível e permite finalmente a aproximação entre mãe e filha.

– Entretanto, pouco depois casei-me, e isso voltou a complicar as coisas, pois o meu marido não quis que ela vivesse connosco. Por junto, estive dois anos em casa dela... um apartamento pequenito, só com dois quartos, perto do centro de Cascais, e foi uma época muito feliz. Apesar das tragédias do passado, demo-nos bem, conseguimos conhecer-nos melhor. Conversávamos até tarde quase todas as noites, ela contava-me histórias do meu avô, Dom Rodrigo, da minha tia Madalena, do meu pai. Só que depois apareceu o Tomás, quis casar e... Exigi viver numa casa perto da minha mãe, e foi tudo o que ele me concedeu.

Está explicada a aversão de Julieta ao marido da filha. Atrevo-me a dizer:

– É por isso que ela não gosta dele.

Redonda ri-se e faz uma careta.

– Não só, mas também.

Ergo as sobrancelhas:

– É assim tão desagradável, o bicho?

Ela dá uma pequena risada. É impressionante o quanto já a desejo. Destemido, avanço para fora de pé.

– Nunca pensaram em ter filhos?

De manhã, Redonda referiu que «não tinham filhos», o que, não sendo uma concreta manifestação de desagrado, deixa uma impressão de insatisfação. Ela surpreende-me com a resposta.

– Estamos sempre a tentar, mas até agora nada.

Raça da miúda, esperta que nem um alho. «Estamos sempre a tentar...» Como quem diz, passamos a vida a foder, que é que tu julgas, que sou alguma freira, ou que o meu marido é paneleiro? Há naquela expressão o orgulho típico de um casal, um «nós contra o mundo» que me atinge como uma facada. O problema não é, pois, de falta de sexo, o que só levanta mais incerteza.

Enervado, decido devolver a alfinetada:

– Talvez o teu marido devesse cá vir, olha o que aconteceu à Soraia!

Redonda fica imediatamente irritada ao ouvir o nome da massagista, mas eu sou assim, não consigo deixar de retaliar. Bebemos as respetivas bebidas, como se fizéssemos um brevíssimo intervalo naquele combate de esgrima verbal.

Depois, Redonda murmura:

– O problema dele não é esse.

Está sempre a murmurar, a sereia.

– Então?

– Não sei, ele é complicado. Não para de me perguntar aonde estou, aonde vou, com quem? Não faço nada de especial na vida, não me deixa trabalhar, e mesmo assim fica nervoso mal eu saio de casa! É uma coisa doentia, paranoica.

Engrossa o tom de voz, imita uma suposta voz masculina, para me exemplificar a atitude do marido:

– «Estás em que loja? Onde? E já foste à lavandaria, deixar as minhas camisas? E foste comprar o quê? Não andas a gastar dinheiro a mais? E vais daí para casa ou a algum lado antes? A casa da tua mãe? Outra vez?» É isto, o dia todo.

Suspira, enervada. Depois, é atacada por uma pequena vaga de nostalgia:

– No primeiro ano de casamento, ele era um amor, cheio de atenções, mimava-me imenso. Depois, nunca consegui perceber porquê, começou a controlar-me, a desconfiar de mim! Como se houvesse alguma coisa para desconfiar!

Porque mudou o marido, porque se tornou num homem inseguro? Terá sido uma transformação subjetiva ou havia alguma razão objetiva? Teria Redonda, mesmo sem o saber, mudado também, gerando tais desconfianças nele?

– Parece que tem medo de que eu o ande a enganar! Só fala nisso, diz que tem de estar atento, que as mulheres agora passam a vida a encornar os maridos. Como se eu alguma vez lhe tivesse sido infiel!

Redonda lembra-me um animal preso à corrente, obrigada a justificações permanentes, e isso degrada os seus sentimentos. Está na hora de desenvolver a minha teoria sobre o «ciúme» e a «infidelidade».

– Sabes o que eu acho?

Redonda olha-me, na expectativa.

– Normalmente, as pessoas mais controladoras, e as mais ciumentas, são também as mais infiéis. Como agem assim, acham que o mundo inteiro é composto por gente igual a elas, e vivem aterrorizadas, receiam que lhes façam o mesmo que elas fazem aos outros. Homens ou mulheres, nisso são muito parecidos.

A minha «tese» não a entusiasma. Faz sinal ao empregado e manda vir mais um vodca-morango. Depois, encolhe os ombros e diz:

– Ele é «vidrado» em mim, não acredito que ande com outras. Nem acho que tenha tempo, passa os dias a falar para mim, a mandar-me sms.

Caracteriza o marido como um ser angustiado, com uma necessidade de controlo intensa, mais do tipo «pobre diabo aflito» do que do tipo «garanhão castrador». A revolta de Redonda contra ele não é, portanto, espontânea ou sentimental, mas o resultado de um processo de cansaço, filha de um esgotamento da paciência. Convicta de que o marido não lhe é infiel, Redonda não sente mágoa, nem tem o orgulho ferido. Não existe nela raiva ou necessidade de se vingar. Exausta pelas exigências dele, tem apenas vontade de fuga, um desejo de libertação.

Mais uma vez, murmura:

– A minha mãe tem dúvidas.

De que o marido lhe seja fiel, explica.

– Ele também não se porta bem com ela. Parece que tem ciúmes do tempo que eu lhe dedico.

Aparentemente, o marido, além de controlador, é também má pessoa, e não compreende que uma mãe cega precisa da permanente ajuda da filha.

– É natural que a minha mãe vá minando a coisa.

Redonda dá mais um gole no vodca-morango, e então abre um enorme sorriso:

– Acho que é por isso, e só por isso, que ela gostou de ti!

Cabrita, a dar a entender que a mãe só a empurra para mim para se ver livre do genro! Decido provocá-la:

– Se calhar, não é a tua mãe que é cega.

Ela dá uma gargalhada, revirando os olhos:

– Que convencido!

Sorrio e mantenho a intensidade do ataque:

– Olha que eu também faço milagres!

Ela dá nova gargalhada, contorce-se, divertida, e abre muito os olhos:

– De que género?

– Provoco emoções fortes...

Chegámos finalmente à terra prometida. Até ali, a conversa foi necessária, mas não essencial. O caso familiar, a cegueira da mãe, a infância com a avó, até a questão conjugal, não passam de preliminares, voltas de aquecimento. É claro que cumpriram a sua função de preparativos, de antecâmara do sexo (as meninas de boas famílias não devem foder com desconhecidos, não é verdade?), mas não passam disso. Agora estamos finalmente a caminho, a conversa toma um rumo trepidante e sexual. Sob o feitiço de Redonda, extasiado com o seu charme, penso já em levá-la dali para o meu quarto, deitá-la na minha cama e possuí-la loucamente uma noite inteira! Esqueço depressa as suas palavras, quando disse, a propósito das desconfianças do marido: «Como se houvesse alguma coisa para desconfiar.» A rapariga deu-me a entender que não era dada à infidelidade, mas já me convencido contrário. Ela contorceu-se à minha frente de manhã, em biquíni; a mãe revelou-me que ela ficara «impressionada» comigo; abriu os botões do casaquinho ao regressar ao bar, expondo-me o decote; e bebe já o segundo vodca, abanando-se à minha frente, em risadinhas! São sinais evidentes de disponibilidade e o meu cérebro acredita neles. Parto ao ataque, confiante de que é já hoje que a vou cavalgar!

– Emoções fortes, como numa montanha russa.

Ela ri-se:

– Para cima e para baixo?

– E às voltas, e em *looping*... O menu completo.

Redonda dá nova gargalhada e pergunta:

– E agarras-me para eu não cair?

Olho-a nos olhos e ficamos assim uns segundos, as nossas almas a comunicar. Nisto, ouço um duplo apito, uma mensagem que chega ao telemóvel dela. Redonda desvia os olhos para o aparelho, sinto-a alarmada, mas recompõe-se depressa e volta a sorrir-me, como se nada tivesse acontecido.

Mas aconteceu. Na sua alma há uma pequena sombra. Mesmo assim digo:

– Nunca te deixaria cair.

Então, Redonda levanta-se bruscamente, pega-me na mão e obriga-me também a levantar. Conduz-me até a porta de vidros que dá para a piscina. Saímos. Cá fora, uma brisa suave abana os castanheiros ao fundo do relvado. A Lua está em quarto crescente, e a mão dela está quente, pousada na minha. Caminhamos em silêncio até chegarmos à varanda do quarto dela, onde paramos.

Ela olha-me nos olhos e diz:

– Obrigado.

Ergo as sobrancelhas, a inquiri-la sobre o motivo do agradecimento.

– Por me fazeres rir. Por me fazeres sentir bem.

Aproxima a sua cara da minha, devagar, e dá-me um beijo leve na boca, recuando depois. Então, avanço a minha cara, à procura da boca dela de novo, mas coloca-me a mão no peito e obriga-me a parar.

Suspira e esboça um sorriso triste.

– Desculpa, não posso...

Ouço de novo um duplo apito, mais uma mensagem que chega ao seu telemóvel. Redonda dá-me as boas-noites e entra no seu quarto pela porta da varanda.

7

O perverso brinde da conversa no bar são horas às voltas na cama, a cismar. Bela e com bom coração, casada e farta do marido, marota mas sem se render à primeira, Redonda deixa-me por saciar e confuso. Deseja-me, mas os seus princípios morais impedem-na de dormir comigo? Gosta do marido, apesar do cansaço visível? Gosta de mim, mas sem sentir desejo sexual? Será o marido inseguro porque ela, como aconteceu hoje, se atiça com outros homens?

Torturado pela insónia, filha de um forte, mas insatisfeito, desejo, a meio da noite penso em masturbar-me, enfeitiçado por uma fantasia sexual onde ela é a protagonista. Mas, num arremesso de lucidez, luto contra essa solitária capitulação. Se o fizer, ela vence-me. Se recusar, é minha a vitória naquele combate mental. É difícil, o tesão é muito, mas lá me aguento.

Depois de vários cigarros, mais calmo, chego a importantes conclusões. O que se passou não foi de somenos: ao revelar a minha vontade, causei-lhe um dilema. A partir de agora, Redonda estará dividida entre a tentação de ficar comigo e a obrigação de fidelidade ao marido. Sentir-se-á numa espécie de subtil prisão, pressionada por ambos. Não é uma situação confortável, mas que posso eu fazer? Ela é linda, não devo lutar por conquistá-la? Claro que sim, responde o meu pénis, ereto e cheio de sangue quente. Atenção, lembra uma vozinha na minha cabeça, questionando as minhas intenções. O meu desejo é apenas comê-la ou estou disponível para me dedicar a ela? Não a amo ainda, como é possível amá-la se só a conheço há um dia? O mais que posso é desejar amá-la. Mas será esse um sentimento verdadeiro ou apenas uma racionalização para embelezar aquilo que não passa de uma atração sexual básica?

As mulheres bonitas e com corpos atraentes provocam sempre nos homens excitação, mas é importante reconhecer que Redonda causa mais do que isso. Ela é um quebra-cabeças. Considera-se fiel, mas começou já a trair; maldiz o marido, mas confessa ter muito sexo com ele; odeia ser controlada, mas cede ao controlo, pois é evidente que os sms que recebeu eram dele, e intrometeram-se entre nós, condicionando-a, como se fossem sinais de fumo que devia seguir, a caminho do quarto e da fidelidade.

É o comportamento incoerente de Redonda um resultado da conjuntura afetiva difícil da sua vida ou um traço de carácter? Até que ponto o que se passou entre nós pode ser considerado infidelidade? Quer dizer, ela rebolou-se de manhã, exibindo o corpinho; mostrou até ciúme da massagista Soraia; beijou-me na boca, embora apenas um segundo e levemente. Isto não é infidelidade?

Para mim, existem três tipos de infidelidade. A primeira é a interior, subjetiva, quando nós pensamos noutra pessoa e fantasiamos sexualmente com ela, mesmo que não a conheçamos, como acontece com atores e atrizes com quem homens e mulheres sonham ter sexo. É a infidelidade de tipo I. É muito comum, mas não especialmente grave, pois normalmente nunca é revelada ou, mesmo que seja, raramente é concretizada. Uma mulher casada fantasiar com o Brad Pitt, ou um homem com a Gisele Bündchen não deixa de ser infidelidade para com os respetivos cônjuges, mas a ausência de consequências sociais retira-lhe potencial de perigo e gravidade.

Depois, existe a infidelidade de tipo II, que inclui as trocas de olhares furtivos, as conversas marotas, os sms brincalhões, mas sem existência de contactos físicos íntimos e sexuais. As pessoas enviam sinais, comem-se com os olhos, mas nunca consumam a relação. Esta é a infidelidade mais comum nos nossos dias. Homens e mulheres, mesmo casados, gastam a vida nisto, embora muitos deles não passem daí. As consequências existem (há infinitas cenas de ciúmes que se devem a este tipo de exercícios), mas dificilmente são suficientes para levar à destruição de casamentos ou namoros. É a infidelidade que não mata, mas mói.

Por fim, há a infidelidade de tipo III, quando a relação passa a física, com alguma forma de intimidade sexual. Beijos, apalpões, sexo oral, tudo isso conta como infidelidade de tipo III, embora com graus de gravidade diferente. É claro que um leve beijinho na boca não é um broche feito à pressa num carro, e um apalpão nas mamas não é o mesmo que uma canzana, mas a minha fronteira para classificar a infidelidade de tipo III começa nos pequenos gestos físicos, nas festinhas, nas mãos dadas, no beijinho atrás da orelha, no linguadito rápido que nunca chegou a chocho. A partir daí é um pulo rápido até ao «sexo com tudo incluído».

A situação com Redonda provoca-me alguma dificuldade de catalogação. Que é infidelidade de tipo II, isso é evidente. Houve trocas de olhares carregadas de segundas intenções, postura corporal desejosa, conversas picantes. Só que, havendo mãos dadas e um beijo leve na boca, já se passou a fronteira para a infidelidade de tipo III. Suave, embrionária, mas não irrelevante. Portanto, embora Redonda proclame que o marido não tem razões para desconfiar dela, a verdade é que minutos mais tarde isso já não era verdade. Ela beijou-me! E, perfeitamente consciente do que estava a acontecer, pede mesmo «desculpa» por não ir mais longe. A sua traição para ali, no beijo. Não tem ainda coragem, nem vontade, de a amplificar e agravar, entregando-se a mim. Mas, por mínima que seja, é já uma traição.

Será a sua atitude infiel uma consequência da desilusão amorosa ou um traço de carácter? A imagem que Redonda tem de si própria não é a de uma traidora. Mas, se o coração dela for infiel por natureza, o que se passou entre nós não é, para ela, necessariamente uma traição. Por vezes, as pessoas acham que o que estão a fazer não é grave. Redonda pode não ter a mesma definição de infidelidade do que eu, caso em que para ela um beijinho na boca de outro homem não significa uma traição ao marido. Se assim for, se ela tiver queda para as pequeninas traições, sem as considerar graves ou relevantes, transforma-se numa mulher infinitamente mais perigosa, e já se compreende melhor a angústia do marido. Se Redonda foi com outros homens o mesmo que comigo, brincalhona e marota, assanhada apesar de no último minuto contida, o marido certamente se apercebe dessa sua maneira de ser em pouco tempo (um ano, disse ela), e isso desata a roê-lo por dentro, transformando-o num homem inseguro e constantemente controlador.

Ao longo de uma noite de insónia, o nosso cérebro parece que se aguça e nos proporciona uma lucidez adicional. Estes raciocínios especulativos tornam mais nítido um conflito entre o meu interesse imediato de lhe saltar para a cueca, do qual o carácter volúvel de Redonda é um aliado, e o meu interesse futuro, gostar dela e até um dia amá-la, prejudicado pela avaliação negativa da sua natureza infiel. Redonda, ao mostrar-se tão disponível, aumenta o meu desejo de a comer, mas diminui a minha vontade de a amar.

Já de manhã, mal dormido, mas ansiando por sol e um banho na piscina, decido não retirar conclusões precipitadas sobre Redonda, e muito menos alterar a minha atitude. Não vou ficar irritado por ter sido rejeitado à última da hora, castigando-a com o meu afastamento; nem vou atacar mais intensamente, como se não tivesse percebido o seu dilema, pois passo por parvo. Vou manter-me interessado, simpático, pronto para a receber de braços abertos, mas respeitando a sua escolha. Assim, não perco qualidades aos seus olhos, embora mantenha a pressão sedutora.

Espero por ela desde as dez da manhã, almoço sozinho, dormito uma sesta numa espreguiçadeira, ao sol. São quatro e meia da tarde quando mãe e filha surgem finalmente à varanda. Redonda olha na direção da piscina, descobre-me na espreguiçadeira e desata a chamar-me, acenando com a mão. Surpreendido, levanto-me e caminho até à varanda do quarto delas.

Julieta está de pé, sem óculos, muito sorridente, e vira a cabeça de um lado para o outro, como se fosse um boneco a quem deram corda.

Há algo de estranho naquela imagem, uma sensação de impossibilidade ou de irrealidade. A seu lado, Redonda, de biquíni, apenas com o *sarong* a cobrir-lhe as pernas, abana-

-se para mim e ri-se, e é um riso genuíno e profundo, um riso de enorme felicidade.

Julieta saúda-me:

– Bons olhos o vejam.

Está a fazer contacto visual comigo, por mais estranho que isso pareça.

– Não posso acreditar!

Elas riem-se da minha reação, absurdamente felizes. Julieta está não só a olhar para mim, mas a «ver-me». O meu coração dá um pulo de alegria e sinto um nó na garganta. Ela vê-me!

E afirma:

– Você é mais alto e mais giro do que eu pensava.

Dou uma risada, nervoso, e num ato impulsivo aproximo-me dela e abraço-a, comovido. Recebe o meu abraço calorosamente, sinto o seu corpo contra o meu. Está de novo com uma postura mais graciosa, já nada tem a ver com a ceguinha curvada do primeiro dia.

Agitado, desfaço o abraço, dou um passo atrás e pergunto:

– Como?

Elas riem-se mais. Redonda contorce-se, orgulhosa da mãe. Julieta explica-se:

– Passei a manhã nas termas, quatro horas com a cabeça debaixo de água. Almoçámos aqui no quarto, deitei-me, ficámos a conversar, dormi um bocadinho e, há coisa de dez minutos, comecei a ver, e muito melhor do que ontem. Não são só sombras, formas, luzes, já consigo ver pequenas coisas, caras...

Reparo nos seus olhos molhados, deve ter chorado há pouco. Senta-se na cadeira e dá a mão a Redonda, que a aperta.

– Foi uma emoção extraordinária ver a cara da minha filha.

Ao mesmo tempo espantado e incrédulo, não perco o meu instinto galanteador e aproveito a deixa:

– Que sorte que teve, a primeira cara que viu foi a da sua filha! Prepare-se que, a partir de agora, vai ser sempre a piorar. O resto do mundo é muito menos bonito do que a Redonda!

Mãe e filha riem, felizes. A minha curiosidade é infinita.

– Mas vê ao longe e ao perto?

Julieta descreve-me:

– Sim, vejo os seus olhos castanhos, o seu cabelo liso e muito curto, como o dos soldados que iam para África. E também aquelas montanhas, lá ao longe. E o que é aquilo?

Explico-lhe que são moinhos de vento, energia eólica. Estão parados, com as pás ao alto, pois não há vento.

Ela comenta:

– Antes, os moinhos eram casinhas brancas com pás de lona.

Decido fazer-lhe um teste e pergunto o que está pousado na minha espreguiçadeira, lá ao fundo, junto à piscina. A sua resposta desfaz qualquer dúvida.

– Uma manta azul escura, ou uma toalha?

A mais de trinta metros, ela vê a minha toalha! Espantoso! A meu lado, Redonda reforça a sua opinião do dia anterior:

– Agora é que tens mesmo de ir ao médico.

Julieta sorri:

– O que vale é que hoje é sábado, tratamos disso na segunda-feira.

Pede à filha que vá buscar-lhe água, pois está com sede, e Redonda entra no quarto. Então, Julieta arqueia a coluna, espeta-se um pouco para a frente e respira fundo, como se fosse largar uma proclamação fundamental. Franze a testa, olha na minha direção e baixa o tom de voz, dizendo:

— Assim não vai a lado nenhum!

Pisco os olhos sem perceber a que se refere, e ela elucida-me:

— Ontem à noite, não a devia ter deixado ir dormir, devia ter insistido. Ela gosta de homens determinados!

Nem tenho tempo para reagir, pois Redonda regressa com um copo de água numa mão e uma garrafa na outra e observa-nos, desconfiada.

— O que foi?

Julieta finge não ter ouvido, beberica a sua água. Eu olho para Redonda sem expressão. Sentindo que não a vamos elucidar, ela muda de assunto, ligeiramente irritada:

— A minha mãe quer ficar cá mais tempo. Só temos quarto até amanhã, mas ela quer mergulhar mais vezes nestas águas. Acho ótima ideia. Vou à receção tratar disso.

Estará aliviada por não ter de voltar para casa, para junto do marido? Ao mesmo tempo, parece um pouco amuada. Desce da varanda para o relvado e caminha na direção do restaurante, apenas de *sarong* à volta dos quadris, com uma pequena carteira numa das mãos e o telemóvel na outra. É um animal fantástico, um ser favorecido pelos deuses, e digo-o à sua mãe.

Julieta murmura:

— Sai à tia, com aquelas maminhas enormes. Mas, às vezes, é mentirosa, esta minha filha.

Espanto-me com a afirmação. Julieta justifica-se:

– Não estou a dizer que ela não vá à receção tratar do nosso quarto! Mas não vai fazer só isso.

– Então?

Julieta sorri, divertida:

– Vai falar ao marido sem eu ouvir.

É a minha vez de a picar:

– Talvez ela não confie em mim... Ou em si.

Julieta executa mais uma das suas divertidas caretas:

– Se deixasse o telemóvel aqui, eu ia ler as mensagens dela a correr! Já que não estou cega, tenho de aproveitar, não acha? Tenho a certeza de que ia descobrir umas hilariantes mensagens do meu genro.

Encolho os ombros:

– O que tem isso de anormal? São marido e mulher.

Julieta finge-se indignada:

– Ele diz cada coisa de mim! Ela, às vezes, lê-me as mensagens: «Essa velha fascista já está a dormir?»; «já não posso ouvir falar no 25 de Abril»; «espero que nunca fiques azeda como a tua mãe!» É um encanto, o meu genro.

Faz uma pausa, respira fundo e diz:

– Há dias em que tenho mesmo pena de que a Redonda só tenha herdado as maminhas da tia.

Esta mulher, além de deliciosamente perversa, é muito imprevisível, e confirma-o com a frase seguinte.

– Sabe, eu, à frente da Redonda, passo a vida a dizer mal da minha irmã Madalena. Que era uma ninfomaníaca, coisas assim... Mas isso é apenas uma vingança póstuma, por ela se ter enfiado na minha cama com o meu marido. Na verdade, acho que a Madalena era muito mais saudável do que a maioria das mulheres. Gostava de sexo e não se punha com patetices ou convenções morais. Era pão, pão, queijo, queijo. Não enganava ninguém com «joguinhos» tolos. Não era como estas mulheres de agora, que querem e não querem, brincam mas não brincam, acham que são malucas, mas depois não são, vão para a cama, mas depois ficam todas sensíveis, a chamar nomes ao «cabrão», desculpe a expressão, que caiu na asneira de as..., como se diz agora, comer.

Sinto-me na obrigação de esclarecer uma dúvida.

– Acha que a Redonda anda a fazer «joguinhos» comigo?

Julieta encolhe os ombros e limita-se a insistir na incoerência da filha:

– Tão depressa abana as maminhas para si, como vai a correr telefonar ao marido. É ambígua.

Suspira:

– No meu tempo não éramos assim.

As palavras de Julieta confirmam a minha conclusão noturna sobre Redonda: aumentou o meu desejo de a comer, mas diminuiu a minha vontade de a amar. E o que se passa mais tarde, depois do jantar, reforçará tal convicção.

8

—O meu pai apostou «no cavalo errado» no dia 25 de abril de 1974.

Ao jantar, é assim que Julieta explica a queda em desgraça de Dom Rodrigo Silva Arca, seu pai, no ano do Verão Quente. Embora tivesse engolido a Revolução de Abril a contragosto – o Estado Novo arquitetado por Salazar era, para ele, a melhor solução para o país –, Dom Rodrigo anima-se com a nomeação do general Spínola como Presidente da República, pois considera-a uma garantia de tranquilidade. Spínola é o «cavalo errado» de que fala Julieta, e em quem o seu pai deposita tantas infundadas esperanças.

O general, recorda Julieta, escrevera *Portugal e o Futuro*, uma apologia de um grande estado federal, unindo a metrópole e as colónias, onde cada estado teria idêntica importância. Os ventos da História sopram há muito contra tal solução, mas o general acredita nela, e ter sido escolhido para primeiro Presidente depois da revolução provoca em muitos a errada ilusão de que é esse o caminho. Cedo se percebe que não será assim, mas Dom Rodrigo mantém, até ao 11 de março de 75, a convicção de que será beneficiado pela roda da fortuna.

Julieta conclui:

– Foi um erro grave.

Estamos à mesa de um restaurante, na simpática vila, no sopé da montanha, onde fica o nosso *spa*. Depois da sopa e entrados já nos pratos principais, Redonda a sua mãe e eu revisitamos o Portugal do passado, quando Julieta ainda vê.

– O Spínola perdeu o pé muito depressa, e demitiu-se logo no 28 de setembro.

É Presidente apenas cinco meses, e ao demitir-se deixa órfã uma certa direita, à qual Dom Rodrigo pertence. O pai de Julieta é amigo de muitos empresários importantes, dos Espíritos, dos Mellos, é mesmo fornecedor de embalagens de alguns deles, e, embora politicamente não encontre ainda um partido que o represente, convence-se de que o general do monóculo, que preza a autoridade e abomina os comunistas, vai conduzir o novo regime sem dificuldades. Mas Dom Rodrigo, tal como o próprio Spínola, nunca foi um hábil leitor da realidade política, e ambos são surpreendidos pela força das greves, das reivindicações laborais, dos saneamentos gerais que assolam o país. Parecem espantados com a tenacidade revoltada das gentes, assustados com a balbúrdia que nasce à frente dos seus olhos.

Estamos em 74, no verão, ainda a revolução não acelerou o seu ritmo, e já Spínola teme os «comunistas» e os agitadores, considera a nação a caminho de uma anarquia perigosa, que ele tem de evitar a qualquer custo. Em julho, o general ainda tenta, sem sucesso, uma jogada desesperada: propõe a dissolução do MFA e o reforço dos poderes de Palma Carlos, o primeiro dos primeiros-ministros provisórios que tentam governar o país. Contudo, o tiro sai-lhe pela culatra, e Palma Carlos retira-se pela porta baixa.

O episódio confunde de tal maneira Spínola que o leva a escolher como primeiro-ministro seguinte um tal Vasco

Gonçalves, que o general do monóculo considera «independente», para grande espanto de Dom Rodrigo, que o tem como próximo dos comunistas. É evidente que a posição de Spínola em vez de melhorar piora, e o país em nada acalma. Para agravar a situação, a Guiné caminha a galope para a independência, contra a opinião e o desejo de Spínola. A 11 de setembro, o Presidente é já um homem perdido e solitário, com o coração ferido pela separação da primeira colónia portuguesa, e com o cérebro toldado por tenebrosas imagens de conspirações.

Nem tudo é imaginação: o PCP e a extrema-esquerda crescem, desafiam a ordem, tomam posições no «aparelho de Estado», infiltram as empresas. Desesperado, Spínola lança um apelo à rebelião, invoca a célebre «maioria silenciosa», que supostamente o apoia em segredo. É um ato de coragem suicida.

Conta Julieta:

– O meu pai passou semanas a tocar a rebate, a tentar juntar gente para ir à manifestação. Mandava o senhor Simões distribuir autocolantes, telefonava aos amigos.

Dom Rodrigo não se filia em nenhum partido, mas tem muitos amigos no Partido do Progresso ou no Partido Liberal, dois pequenos grupos apoiantes de Spínola que rapidamente serão ilegalizados.

Recorda Julieta:

– A manifestação foi um fiasco.

A 28 de setembro, o Partido Comunista cerca a cidade de Lisboa e ergue as suas barricadas, para impedir o ajuntamento e o «golpe fascista», e consegue demonstrar na rua a sua majestade. Spínola, sem partidos e sem apoiantes, demite-se no dia seguinte e entrega a presidência da República nas mãos de Costa Gomes.

– O meu pai nem queria acreditar, o seu cavalo perdera a corrida.

Para agravar, segue-se uma vaga de prisões de muitos empresários, entre os quais Dom Rodrigo.

– Foi parar a Caxias.

A esquerda toma as rédeas da revolução. A partir do 28 de setembro, inicia-se uma primeira «caça às bruxas», são proibidos vários partidos de direita (como os dois referidos atrás), e o PCP ganha confiança. Seis meses depois do 25 de Abril, a direita portuguesa está fora do novo regime, sendo expulsa do MFA, agora dominado pelos que exigem uma rotura «mais profunda».

– Foram buscar o meu pai à fábrica dois dias depois, e ficou na prisão mais de um mês. O que vale é que estava bem acompanhado.

A nata dos empresários portugueses passa pelas celas de Caxias, com acusações vagas, sem processos judiciais ou mandados de captura emitidos por tribunais. É a justiça «revolucionária», que se destina não a julgar, mas a abater e a demolir.

– Apanhámos um grande susto. A minha mãe passou dias sem dormir. O Miguel andava pior do que uma barata tonta, e culpava o Álvaro.

O capitão de abril, marido de Madalena, já vai muito pouco a casa do sogro, mas um dia aparece por lá e Miguel insulta-o, chama-lhe «comuna» e «lacaio do Vasco Gonçal-ves». Nunca ninguém percebe qual o posto de Álvaro. Há quem diga que faz parte do Copcon, uma estrutura militar paralela, criada pelo MFA para controlar as forças armadas do país. Outros dizem que é ajudante de Vasco Gonçal-ves, à época já primeiro-ministro. E há também quem diga que é um mero capitão, colocado no Ralis, o Regimento de Artilharia de Lisboa. O certo é que Álvaro é do MFA, e o MFA já não inclui nem Spínola nem os militares seus apoiantes, alguns dos quais igualmente presos a 28 de setembro. O MFA é agora «comunista», defende Miguel, e, portanto, Álvaro é também «um comuna». E vingativo, pois deu ordem de prisão ao sogro.

A cisão na família é irreversível. Álvaro, valha a verdade, não contesta Miguel, nem entra em polémicas. Sai porta fora sem se despedir de ninguém e nunca mais põe os pés naquela casa, relembra Julieta, para quem o seu afastamento apresenta um simbolismo evidente.

– Foi nessa tarde, algures a meio de outubro de 1974, que percebi que Portugal se ia partir ao meio, que a esquerda e a direita se estavam a afastar para sempre.

Miguel, seu marido, representa a direita derrotada e frustrada com o rumo do país, não só pelo fim do Estado Novo, mas também pela perda das colónias. Álvaro, seu cunhado, representa os ideais de abril, os amanhãs que cantam, «o povo unido que jamais será vencido». A sua saída definitiva daquela casa é a constatação aterradora de que os dois lados do país já não sabem conviver um com o outro.

Julieta remata, com melancolia:

– E nós estávamos do lado errado.

Contudo, o novo poder hesita na crueldade, prefere o perdão depois do susto. Dom Rodrigo será libertado, tal como muitos outros «capitalistas», mas não aprende a lição. Teimoso, regressa às empresas e enfrenta os «sindicatos», as «comissões de trabalhadores», as greves, e tudo o mais que lhe bate o pé. Julieta explica a estratégia de combate do pai: «Cansá-los.» O pai aguenta horas, de pé e sem ir à casa de banho, a contestar os «trabalhadores», até que estes se cansam e desistem, para lá das três da manhã.

– É assim que mantém as empresas até março, com coragem, mas sem muita lucidez política.

É que Dom Rodrigo não desiste da sua crença no general Spínola, à época retirado na sua quinta de Massamá. Continua a tentar reunir apoios, relança o general na sua luta. Telefona-lhe, dá-lhe esperança, incentiva-o. Chega a ir conversar com ele uma vez, um ato irrefletido e perigoso. Os «spinolistas» são cada vez menos, mas Dom Rodrigo parece cego.

– Acho que o meu pai já tinha perdido o norte.

A sociedade que rodeia os Silva Arca esforça-se por esquecer Spínola, e ou já fugiu para o Brasil, ou está lentamente a aderir aos partidos que a revolução permite, como o PPD, o CDS, ou mesmo o PDC.

– Os meus amigos dividiram-se pelos três, mas a maior parte foi parar ao PPD.

Miguel hesita em aderir ao PDC, mas Dom Rodrigo nem quer ouvir falar nisso! Não acredita nos partidos, considera que aderir a eles é tempo perdido, pois irão ser todos «proibidos». Além disso, os homens que admira emigraram para o Brasil, escorraçados por uma pátria que os trata como «diabos fascistas». Resta-lhe Spínola, silencioso mas atento, à espera da sua oportunidade.

– O meu pai e o Spínola eram já dois meteoritos perdidos naquele universo.

E, a 11 de março de 1975, os «meteoritos» chocam frontalmente com o planeta revolucionário em que Portugal se transformou.

Conta Julieta:

– Na véspera, o meu pai recebeu um telefonema a dizer que vinha aí a «Matança da Páscoa!»

A «Matança da Páscoa» é uma suposta operação da extrema-esquerda, destinada a assassinar cerca de 1500 civis e militares apoiantes de Spínola, além do próprio. Para impedir tal tragédia, é necessário que o general vá para o quartel de Tancos, a partir do qual será lançada uma operação militar que impeça, à nascença, a dita «Matança». Dom Rodrigo fica sobressaltado e, em vez de ir dormir à sua casa de Lisboa, parte direto para a Arrábida. Manda o motorista ir buscar a mulher, o genro e Julieta, e prepara-se para o apocalipse.

Ao fim da tarde, Madalena, que vive permanentemente na Arrábida, faz uma birra, irritada por ter de aturar a vinda de Miguel, para quem não tem «pachorra». O pai manda-a calar-se, prevendo uma grande borrasca. Quando o resto da família chega de Lisboa já é noite, mas nada parece estar a acontecer na capital. Dom Rodrigo revela o que sabe sobre a misteriosa «Matança da Páscoa» e Madalena desata à gargalhada, pois não acredita que o «dinossauro do monóculo», como batizara Spínola, tivesse capacidade para operações militares que mudassem o destino de uma nação alegremente a caminho do socialismo.

– Mal dormimos nessa noite, sempre com os ouvidos colados ao rádio.

As coisas só aquecem a meio da manhã do dia 11. O Ralis, onde se encontra Álvaro, é atacado pela força aérea que vem de Tancos, e cercado pelos para-quedistas, em terra. Há confrontos armados, um morto e mais de uma dezena de feridos. Oficiais «golpistas, tomam conta do Quartel da GNR, no Carmo, e do Rádio Clube Português, e ainda da antena da RTP, em Monsanto.

Mas o golpe rapidamente perde força. Os comandos da Amadora nunca saem em defesa de Spínola e, perto das três da tarde já há conversações entre as tropas para-que-distas e os oficiais estacionados no Ralis. Álvaro, saberá a família mais tarde, é um dos negociadores, e o perigoso exercício matinal termina com os para-quedistas a deporem as armas, juntando-se aos seus «camaradas» de artilharia.

O golpe falha e Otelo Saraiva de Carvalho informa o país de que tudo está «perfeitamente calmo». Ao final do dia, o general Spínola, a sua mulher e alguns militares seus apoiantes chegam de helicóptero à base área de Talavera la Real, a dezasseis quilómetros de Badajoz. O «cavalo» de Dom Rodrigo exila-se, humilhado e finalmente derrotado.

Julieta relembra:

– Foi aí que o meu pai se saiu com aquela, e nos disse que tinha «apostado no cavalo errado». E logo ele, que nunca apostava em nada!

À hora do jantar do dia 11 de março de 1975, o pai de Julieta está deprimido, lamenta-se do estado a que Portugal chegou, e lança uma previsão sinistra: será «morto pelos barbudos». Madalena, sempre alegre, declara que foi por essas e por outras que decidiu divorciar-se de Álvaro.

– Ela era uma subversiva. Virou-se para o meu pai e disse: «Está a ver como o 25 de Abril só nos trouxe coisas boas. Se não fosse a revolução, não me podia divorciar do Álvarão!»

É o nome pelo qual Madalena passou a tratar o marido desde o Natal, altura em que informa a família de que se fartou dele. «O senhor capitão, que já não é Álvaro, mas Alvarão, anda importante de mais para meu gosto», proclama a irmã de Julieta. Cada vez mais próximo de Vasco Gonçalves e cada vez mais longe da família da mulher, Álvaro afastou-se também de Madalena e aceita o seu pedido de divórcio.

Segundo Julieta, Madalena justifica o fim do seu amor com a política, mas essa não é uma verdade completa. O seu comportamento volúvel é a verdadeira causa da dissolução sentimental entre ela e Álvaro. Correm cada vez mais rumores sobre os vários namorados de Madalena, e ouve-se falar da existência de um velho amigo, de boas famílias e militante do CDS, e de um desconhecido arquiteto, que passa tardes na sua companhia.

Ao escutar estas referências, Redonda agita-se. Interessam-lhe bem mais os casos afetivos do que as paixões políticas da mãe e do avô. Permaneceu calada e um pouco ausente enquanto Julieta recorda o que se passou em 74 e 75. Vê-se que já pertence a uma geração diferente da mãe, uma geração que se «acomoda» ao país que recebe e que não vive a política como uma questão essencial da existência. Não a posso criticar, eu próprio também não me inflamo com paixões políticas, mas mesmo assim tenho uma enorme curiosidade em tentar perceber o passado. Redonda não, prefere as paixões do coração e só essas a entusiasmam.

Já fora do restaurante, Julieta encanta-se com a iluminação noturna da pequena vila e com os seus arranjos florais. Durante o jantar, senti-a sempre animada e vibrante. Diz que vê tudo e bem, senta-se direita, tem gestos femininos ao falar, observa as unhas e faz comentários sobre a forma de vestir de outras mulheres na sala. Mas agora sinto-a a quebrar e pede-me que regressemos ao *spa*. Entramos no carro e a meio da curta viagem, em voz mais baixa e com o olhar triste, diz:

– O meu pai não acabou morto pelos «barbudos». Fugiu a tempo para o Brasil, uns dias depois do 11 de março.

Dom Rodrigo mete-se no carro e, tal como Spínola, ruma para Espanha. Dali viajará para o Rio de Janeiro, acompanhado da mulher. Nomeia Miguel como seu substituto na gestão das fábricas e dos armazéns e foge mesmo a tempo. A revolução, se até 11 de março de 75 andou a velocidade de cruzeiro, nessa própria noite acelera. Numa empolgada assembleia do MFA, decidem-se as nacionalizações, a reforma agrária, as ocupações de herdades no Alentejo, e cria-se um clima propício para os assaltos a sedes de partidos, a multiplicação das prisões, os novos saneamentos, as intervenções nas empresas. A «linha dura» do MFA, formada pelos comunistas e pela extrema-esquerda, comandada por Vasco Gonçalves, Otelo, Rosa Coutinho, Carlos Fabião, e com Cunhal sempre por perto, toma o poder.

Julieta lamenta-se:

– Em poucos meses, perdemos tudo.

As fábricas são «intervencionadas», os armazéns tornam-se impossíveis de gerir, o marido Miguel anda histérico, coleciona conflitos abertos com os trabalhadores e recebe ameaças de morte, e por fim tudo termina a 3 de agosto, com aquele trágico crime. Para a mãe de Redonda, é evidente que é o caos gerado pela revolução que traça o destino terrível da família, e que torna possível aquele horrível duplo assassínio na Arrábida.

Estamos a chegar ao parque do *spa* e, para a retirar daquele estado de espírito macambúzio, relembro-lhe que está a recuperar a visão, tem de se animar e de evitar recordações dos fantasmas do passado. Concorda comigo, mas vejo que está abalada.

Estaciono o carro e Julieta sai pelo seu pé, a cara fechada, o olhar murcho. Será que está a ver pior outra vez? Dou-lhe o braço, amparo-a e seguimos na direção da porta do hotel, com Redonda um pouco atrás. Os canteiros cá fora devem ter sido regados há pouco tempo, há fios de água a correrem e, junto à escadaria, umas pegadas molhadas no chão. Ao vê-las, Julieta detem-se subitamente e obriga-me a parar também.

Redonda pergunta:

– Mãe! Tudo bem?

A senhora observa em silêncio as pegadas no chão. Depois, olha para a filha e diz:

– Havia pegadas dessas no corredor...

Redonda espanta-se:

– O quê?

– Eram parecidas com estas. No corredor da casa, na Arrábida, naquela tarde.

Julieta explica que teve uma segunda recordação da tarde do crime, um segundo *flashback*. Viu o corredor da casa, a alcatifa e as pegadas molhadas e nítidas.

Redonda murmura:

– O pai e a tia tinham vindo da piscina, com os pés molhados.

Julieta acena afirmativamente e não diz mais nada. Nota-se que está cansada. Começamos a subir a pequena escadaria quando ouvimos uma voz masculina, vinda do parque onde estacionámos os carros.

– Redonda!

A meu lado, a rapariga empalidece, de olhar aflito, e vira-se para trás. Vejo um homem, mais ou menos da minha idade, a aproximar-se. Observa-me com cara de poucos amigos. Redonda desce um degrau na sua direção enquanto Julieta murmura:

– Só cá faltava este.

Tomás, marido de Redonda, está à nossa frente.

9

Surpreende-me que Tomás não celebre a espantosa alteração que se está a dar na vida de Julieta, o fim da sua cegueira. Bem sei que não se gostam, mas mesmo assim é marido da filha, seria de esperar que se alegrasse. No entanto, não produz mais do que um breve comentário. Pelos vistos, a única coisa que lhe interessa é a minha excessiva proximidade à sua mulher.

Devo dizer que a primeira impressão presencial de Tomás é bem diferente da imagem mental que criei dele. Quando nos fazem o retrato psicológico de alguém, temos tendência para imaginar o seu aspeto físico em concordância. Ora, Redonda desenhou-me o marido como inseguro, controlador, e associei essas características a um homem feio e baixo. Foi um erro, pois Tomás é o oposto. Mais alto do que eu, com um metro e oitenta e cinco, é encorpado e bem-parecido, loiro e de olhos azuis. A um homem assim não lhe devem ter faltado mulheres. Contudo, parece ameaçado pela minha presença, tem uma postura hostil e uma atitude antipática. Redonda apresenta-me como «um amigo» e ele replica:

– Conhecem-se há dois dias e já é teu amigo?

A tensão estala no ar e, como ninguém lhe responde, insiste:

– Têm passado os dias juntos?

Em contradição com esta agressividade verbal, abraça Redonda, mas é um ato forçado, uma exibição de proprietário. Dá-lhe um beijo rápido e depois vira-se de novo para mim, avança para me cumprimentar. Ao apertar-lhe a mão, sinto obrigação de me justificar.

– A história de Dona Julieta fascinou-me. Vou escrever um livro sobre ela.

A ideia germina em mim desde ontem, e parece-me o momento oportuno para a revelar. Julieta esboça um subtil sorriso:

– Hoje, ao jantar, levou um banho de revolução. O PREC, Spínola... Coisas de que tu gostas, Tomás.

O marido de Redonda faz uma careta enjoada, de quem não tem paciência para as memórias da sogra. Mas, de repente, estaca à frente de Julieta e examina-a:

– A Redonda disse-me que a senhora já não é cega. Está--me a ver?

Ela sorri:

– Felizmente não muito bem. À noite fico pior, só vejo sombras.

Está a falar verdade ou é o seu sentido de humor que humilha Tomás? Ele comenta, implicativo:

– Que história do arco-da-velha, a senhora ter estado vinte e tal anos cega e agora ver! Se me contassem, não acreditava.

Julieta sorri, levemente:

– Que simpático.

Ele nem se dá conta da desapropriada expressão «arco--da-velha». Para Julieta, é uma minúscula ofensa, saída da boca de um homem que nada tem de cavalheiro. E é tudo o que comenta sobre o fim da cegueira. Como se fosse uma coisa trivial, uma enervante gripe! O marido de Redonda tem outras prioridades e pergunta:

– Perderam tempo a falar do vinte e cinco barra quatro?

A expressão refere-se ao 25 de Abril e redu-lo a uma mera data burocrática, menor e sem relevância no presente. Mas a ironia de Tomás não procura apenas desqualificar os interesses de Julieta ou a própria revolução, visa-me essencialmente a mim. Como se eu fosse um palerma por me interessar por tal tema.

Porém, Redonda permanece com uma expressão ainda surpreendida. Não pelo que diz o marido, mas pela minha afirmação de há pouco. Pergunta:

– Vais mesmo escrever um livro sobre a minha mãe?

Parece sentir-se traída pela minha ideia de publicar um livro acerca da mãe. Quer ser objeto da minha atenção exclusiva, e custa-lhe a minha revelação, que desloca o foco de atenção dela para Julieta.

Irritado, Tomás toma a surpresa da mulher por outra emoção e reage:

– Ainda bem! Não gosto de homens a rondarem a minha mulher.

Dá a ideia de que sou um cão a «cheirar» a sua cadela. Este tipo está a incomodar-me. Com o seu sexto sentido, Julieta pressente o meu mal-estar e coloca um fim apressado àquele encontro:

– Está na altura de me ir deitar.

Olha para mim e pisca-me o olho:

– Amanhã, antes de voltar a Lisboa, venha ter comigo. Tenho de lhe dizer com quem deve falar.

Trocamos um amável beijo de boas noites, e depois viro-me para Redonda e fico suspenso, sem saber se a devo também beijar. Ela sorri-me, embaraçada, e limito-me a dedicar-lhe um «boa-noite» contido. Faço um ligeiro aceno de cabeça ao marido e entro no hotel sem olhar para trás. Dirijo-me ao bar, no piso em baixo. Sento-me na mesma cadeira onde ontem me sentei a conversar com Redonda, e peço uma cerveja.

Tomás parece partir do princípio de que a mulher é pouco fiável e, portanto, tem de se impor como seu dono, para garantir a sua fidelidade. Mais uma vez me questiono sobre o motivo da dinâmica negativa daquele casal. O que nasceu primeiro, a vontade de trair de Redonda, ou a insegurança e a consequente necessidade de posse de Tomás?

Seja qual for a resposta, a minha situação sofre uma alteração radical com a chegada dele ao *spa*. Se alguma esperança ainda tinha de seduzir Redonda esta noite, com o marido por perto isso é impossível. O meu humor degrada-se. O que me resta: ler um livro na cama, ver os insuportáveis programas de televisão de sábado à noite?

Estava longe de prever o que aconteceu. Dez minutos depois, Tomás reaparece e instala-se à minha frente, no mesmo sofá onde ontem se sentou a mulher. Pede, tal como ela, um vodca-morango (deve ser um hábito do casal), e diz ao empregado que deixe as garrafas na mesa, para não precisar de tornar a chamá-lo. Não tínhamos começado bem lá fora, e deve sentir-se na obrigação de tentar ser mais agradável, por isso pergunta:

– Achas mesmo possível a minha sogra ter voltado a ver?

Respondo-lhe que espero que aquele não seja um estado transitório, mas acrescento que só os médicos podem confirmar o que se passa.

– É espantoso, não é?

Agora mostra-se surpreendido, mas antes não celebrou com Julieta o fim da cegueira. Permaneço calado, olho para a televisão, e ele também. Passam imagens dos treinos de uma corrida de Fórmula 1 que acontecerá amanhã, domingo. Descobrimos uma paixão comum pela Ferrari, um primeiro laço de cumplicidade entre nós. Daí passamos ao futebol: debatemos Mourinho, a vitória do FC Porto na Taça UEFA, dias antes. Pouco a pouco, um homem desagradável humaniza-se e a sensação de antipatia que nutro por ele começa a desvanecer-se. Minutos mais tarde, Tomás enche o copo pela segunda vez, o que me leva a concluir que bebe depressa de mais, coisa que nunca agrada às mulheres.

Depois de umas banalidades apreciativas sobre o *spa*, Tomás comenta que só chegou à noite porque parou em Peniche para fazer *surf*, o que cria mais um laço entre nós, pois eu também me dedico às ondas. Descrevemos façanhas mútuas, viagens aos mesmos destinos, como o Havai e a Costa Rica. Ao fim de vinte minutos, parecemos velhos amigos, rimos juntos, confessamos segredos de machos.

De súbito, Tomás decide regressar ao meu livro.

– Vais mesmo escrever sobre a mãe da Redonda?

Defendo o meu interesse: a importância da época, o Portugal revolucionário, o Verão Quente; as dúvidas que o crime levanta, a crença de que Julieta foi vítima de um erro judicial.

Ele observa-me, muito sério, e pergunta:

– Porque dizes isso?

Justifico-me com a palavra dela, mas ele duvida:

– Alguma vez ouviste um criminoso confessar a culpa? Dizem sempre que não foram eles!

Recorda os factos: a sogra deixou o bebé no carro; teve tempo para subir ao quarto e matar o marido e a irmã; segurava a pistola na mão quando a encontraram.

Eu contesto:

– Eu sei isso tudo, mas, mesmo assim, acredito nela.

Ele dá mais um gole na vodca e depois afirma:

– É uma velha azeda. Está sempre a dizer mal de tudo. A Redonda também não acredita nela.

É uma afirmação surpreendente, mas não opino e deixo-o explicar-se.

– Ela sabe que foi a mãe quem matou o pai e a tia, mas pronto, é mãe dela, e não tem mais família... Só que é desagradável vivermos com alguém que já espetou dois balázios em duas pessoas, não achas? E pior: quando sabemos que essa pessoa não gosta de nós.

A aversão que tem a Julieta funda-se no medo, é a minha conclusão silenciosa.

Ele prossegue:

– A velha anda morta por me ver pelas costas. E isto tudo só porque eu não deixo que ela viva em nossa casa. Não quero uma assassina a morar na mesma casa que os meus filhos!

Tomás volta a encher o copo. Em meia hora, já aviou várias vodcas, e noto nele um claro relaxamento na voz e na postura, típico dos embriagados.

Murmuro:

– Pensei que não tivessem filhos.

Agora sou eu que murmuro. Porquê?

Ele bufa e diz:

– Não é por falta de tentativas! Mas, mais tarde ou mais cedo, havemos de ter, e não os quero a viver na mesma casa que uma assassina.

Sorri maliciosamente e acrescenta:

– Além disso, o que interessa saber se quem os matou foi ela ou outra pessoa? Já esteve na cadeia, o tempo não volta para trás. Mais valia deixar o assunto quieto.

O azedume que vota a Julieta faz regressar a sensação de antipatia que me provocou inicialmente e recomeço a sentir-me desconfortável na sua companhia.

Mas, de repente, Tomás olha para a entrada do bar e baixa o tom de voz:

– Bem, não falemos mais nisso, a Redonda vem aí.

A rapariga aproxima-se e examina as nossas bebidas. Ao contrário de ontem, decide não beber, mas senta-se ao lado do marido. Apercebo-me de que, com a sua recusa, Redonda criou um subtil desequilíbrio naquela reunião. Mostra-se contida por oposição ao marido para o tentar travar. Este reage de pronto e protesta:

– Então, não me acompanhas?

Redonda revira os olhos, mas o marido encosta-se a ela, fingindo-se desejoso. Insiste, com um tom de voz enrolado e usando argumentos que normalmente não se espera que um marido utilize em frente de um quase desconhecido.

– Vá lá, Ré-Ré, temos de ir fazer bebés.

Há naquela cena um elemento de comédia absurda. O uso do diminutivo de Redonda, aquele ridículo Ré-Ré, transforma-me num espetador de um momento de intimidade forçada de um casal, onde as palavras do marido sugerem o sexo, e se justificam com um objetivo grandioso de procriação, que eu já sei ser difícil de concretizar há anos. Ao mesmo tempo, a cara de Redonda é, não digo de repulsa, mas de clara recusa.

Eis um marido bêbado e a armar-se perante uma mulher enjoada e distante, e eu no papel de pretendente frustrado.

Está realmente tudo a correr ao contrário do que eu desejo. E mais se complica quando Tomás se recompõe no sofá, me olha de soslaio e pergunta:

– Tens filhos?

Os homens são animais muito competitivos e este tipo não é parvo, sou obrigado a concluir. O seu objetivo é provar a Redonda que não sou melhor do que ele, pois também não dei nenhum filho à minha mulher.

– Não.

Tomás olha para Redonda e sorri:

– Vês, amorzinho, acontece a muita gente, o problema não tem de ser meu!

Imagino a troca de argumentos, o passa-culpas implícito, por vezes mesmo inconsciente dentro do casal: «É ela que não consegue», «é ele», «é o stresse da vida», é isto ou aquilo. Decido esclarecer o meu caso.

– A minha mulher nunca quis, tomava sempre a pílula.

Tomás olha-me, genuinamente surpreendido. Não consegue imaginar que uma decisão tão importante para a vida do casal se limite à vontade da mulher. Pergunta:

– E tu deixavas?

Sem me dar tempo para responder, abana a cabeça e acrescenta:

– A Redonda não toma.

Como quem diz: «Eu mando e ela obedece.» Por um segundo, eu e ela cruzamos os olhares, e admito que esta pode ser uma razão para a sua recusa de ontem à noite. «Não posso», disse ela, e eu pensei que se referia ao facto de ser casada, mas será que era ao de não tomar a pílula? Não tenho tempo para reflexões, pois Tomás pousa o copo na mesa, chega-se um pouco para a frente, olha de lado para a mulher e diz, a sorrir:

– Está na hora de irmos pedalar, não é? O meu quarto é lá em cima, no primeiro andar, tem uma cama enorme, dá para tudo!

Depois vira-se de novo para mim e proclama:

– A melhor maneira de as manter casadas é fazer-lhes filhos, era o que dizia o meu avô!

Redonda revira os olhos, claramente desagradada com o palavreado do marido, mas eu compreendo-o perfeitamente. Na nossa luta, ele está em claríssima vantagem, sabe que não vai perder a mulher, pelo menos esta noite.

Levantam-se e despedem-se. Tomás lidera e Redonda segue-o, de olhos no chão. Porém, ao passar por mim, que continuo sentado, toca com a sua mão direita na minha mão esquerda, faz-me uma festa, um minúsculo e secreto gesto de afeto que muito me agrada. É como se me dissesse que aquela noite não vai mudar nada entre nós, é apenas mais uma noite em que tem de se remeter ao papel de esposa submissa.

As mulheres têm a traição no coração, ou sou eu que sou um descrente? Ela tocou-me, deu um sinal de esperança num futuro diferente, ao mesmo tempo que se dirigia para o quarto com o marido. Reforço a minha opinião sobre ela: é capaz de trair, por isso será bom comê-la, mas amá-la será um perigo.

Que estou para aqui a pensar? A verdade é que, com festinha na mão ou sem festinha na mão, a chegada de Tomás mina a nossa atração e distancia-nos, talvez de forma irremediável. O que ainda não nascera por completo pode morrer mais depressa do que eu esperava. Sim, ainda há Julieta, o livro que decidi escrever, a ligação está lá, mas a sua evolução regrediu. Sinto-me frustrado, e no meu cérebro ecoam as palavras de Julieta, quando me disse que devia ter «insistido mais» com a filha ontem à noite. Se eu tivesse sido mais convincente...

10

Julieta elogia-me:
– Você é esperto. A ideia do livro foi de mestre.

Domingo ao final da manhã, à beira da piscina, ela admira a minha presença de espírito aquando da chegada inesperada do genro, que agora nada na piscina enquanto a sua filha boia, suave como uma folha caída sobre a água. Julieta aprova a ideia, mas permanece curiosa.

– Surgiu-lhe ali, de repente?

Conto-lhe que já há uns meses procuro escrever um livro, e a reconstituição de um crime no Verão Quente de 75 apresenta os ingredientes necessários de um bom romance.

Ela avisa-me:
– Precisa de falar com as pessoas certas.

Enumera-as: o inspetor da PJ que investigou o caso; o cunhado Álvaro; o advogado dela, Raul Salavisa Pinto. Ao ouvir este nome abro um sorriso: conheço-o, é pai do meu colega de curso Paulo Salavisa Pinto, conhecido pelo cognome de «PSP» durante os anos de estudo de Direito na Universidade Católica. Vejo-o algumas vezes por ano, em jantares de amigos, e damo-nos bem.

Julieta sorri:

– Ótimo. O Paulo também é amigo da Redonda, trataram juntos das últimas vendas de terrenos e armazéns da família. Quanto ao Raul, foi meu advogado de defesa. Já era o advogado do meu pai.

Raul Salavisa Pinto é uma espécie de guardião do espólio da família, pois Dom Rodrigo e Maria Emília nunca regressam do Brasil, e Julieta é presa e condenada.

– Com o Miguel e a Madalena mortos, e os meus pais no Brasil, ele, além de me defender, ainda teve de apanhar os cacos.

As empresas de Dom Rodrigo Silva Arca ou são «intervencionadas» pelo Estado ou parcialmente nacionalizadas. Sem os administradores ao leme, entram em degradação acelerada. Tomadas de assalto pelas comissões de trabalhadores ou de «gestão», como se dizia na época, só em 1977 o advogado Raul Salavisa Pinto as consegue finalmente reaver. É tarde de mais. A fábrica está falida, os armazéns decadentes e com péssima reputação e não resta outra alternativa senão vender tudo ao melhor preço possível. O processo de liquidação demora anos, as sucessivas crises económicas que abalam Portugal obrigam a adiamentos constantes. Contudo, Salavisa Pinto é um homem sério e Julieta é sempre informada do andamento das coisas, mesmo enquanto está na cadeia.

– É daquele tipo de pessoas difíceis de encontrar nos nossos dias.

Ela tem em grande conta o advogado de família, diz-me que é a primeira pessoa com quem devo falar. Amigo íntimo de Dom Rodrigo e de Miguel, defende-a no processo; e é também ele que trata do divórcio de Madalena e de Álvaro.

– Além disso, tem uma memória fantástica, melhor do que a minha.

Nisto, Tomás sai de dentro de água a pingar e aproxima-se de nós. Tem um corpo atlético, sabe disso e exibe-se com vaidade. Agarra uma toalha, limpa-se e pergunta-me:

– Então, vais mesmo escrever um livro?

Repete a mesma pergunta doze horas depois, continua a suspeitar das minhas intenções.

Julieta intromete-se:

– Vai, sim senhor! E eu insisto muito com ele, tem de ser convicto e perseverar!

Julieta não perde uma oportunidade para me enviar mensagens cifradas. Usa o verbo «insistir», fala em «convicção», relembra o meu objetivo escondido: a sua filha Redonda. Para ela, o meu livro é uma estratégia, uma arquitetura de palavras destinada a encobrir emoções mais profundas. Permanece minha aliada, e parece apostada em vencer a relutância que a chegada de Tomás me provoca.

Mas avisa:

– É uma longa e difícil empreitada.

Olha para a filha, pois é sobre ela que está a falar. Redonda sai nesse momento de dentro de água e sobe as escadas da piscina que ficam a uns metros de nós, o corpo coberto de gotículas, pequenos e irregulares fios de água a correrem pelas suas pernas. Esta mulher é de cortar a respiração. Engulo em seco, baixo os olhos, não suporto nem mais um segundo vê-la sem a possuir.

A meu lado, o marido, que também a observa, chama-a:

– Redonda!

Tomás faz um gesto de aviso, com um dedo junto ao seu próprio peito. Reparo que ela tem um mamilo à mostra, escapado ao pano do biquíni, mas, ao mesmo tempo, Tomás dá um passo em diagonal, tentando colocar-se à minha frente, para que não me seja dado o privilégio de observar o seio nu da mulher. Não a consegue esconder totalmente e, consciente do esforço titânico do marido, Redonda dá uma risada, divertida. Enquanto recoloca o tresmalhado mamilo dentro do biquíni, diz, para ninguém em especial:

– Este está sempre à vir janela, a ver quem passa...

Fala do mamilo como se ele fosse um rapazinho, impedido por ordens superiores de sair à rua, mas que, morto de curiosidade, não se consegue conter e vem à janela espreitar.

Na sua cadeira, Julieta executa uma careta e acusa:

– És igual à tua tia.

Como que atingido por um raio, Tomás irrita-se. Gira sobre si próprio, vira-se de repente para nós e repreende a sogra:

– Isso era escusado!

Provocadora, Julieta ri-se:

– Ó homem, não se abespinhe, era uma piada! Credo, que falta de sentido de humor...

Redonda ignora a tensão entre o marido e a mãe, e seca o cabelo com vivacidade, envolvendo-o na toalha. Apercebe-se de que Tomás está agora virado de costas para ela e volta-se também ela de costas para mim e a mãe. Depois, dobra-se para a frente, para que os cabelos lhe caiam para baixo, e apanha-os com a toalha. Ao fazê-lo, espeta o rabo na nossa direção. Um minúsculo fio dental deixa à mostra umas fantásticas nádegas, que me imagino de imediato a montar. O meu batimento cardíaco acelera fortemente, não só de excitação, mas também de receio de que ela seja apanhada pelo marido naquela evidente prevaricação.

Contudo, Julieta é uma mulher sabida e mantém presa a atenção de Tomás, facilitando a exibição da filha. Insurge-se com ele:

– Ó Tomás, por quem me toma? Acha que eu não sei perfeitamente quem era a minha irmã? Julga que eu não sei que a Redonda é diferente? Por favor, posso ter sido cega vinte e oito anos, mas nunca fui parva!

Tomás escuta estas palavras enervado, sem intuir o que se passa nas suas costas. Porém, Redonda não arrisca mais, endireita-se, vira-se de novo de frente para nós e diz:

– Vá lá, estamos num *spa*, isto é para relaxar. Não vão começar com as guerrinhas do costume, pois não?

Força um sorriso, que acompanha este apelo à paz familiar. Depois, olha-me, subitamente séria, como se me dissesse que esperava que desse valor ao que acabara de fazer por mim. Por fim, pergunta-me:

– E se tu descobrires o verdadeiro assassino do meu pai e da minha tia, o que acontece?

Na presença do marido, é primeira vez que me trata por tu. Julgo que é apenas porque Tomás o faz também, como se aceitasse as regras que o marido impõe. É esperta, pois, se o marido a repreender, por considerar esta forma de tratamento um sinal de intimidade excessiva, pode sempre desculpar-se, dizendo que o imita.

Antes que eu possa responder, Julieta antecipa-se:

– Nada. Não acontece nada.

Tomás dá uma pequena gargalhada, carregada de desdém:

– Mas, então, qual é o objetivo, remexer na roupa suja da família?

Encolho os ombros:

– É uma boa história, seja qual for o seu fim.

Tomás abre os braços, fingindo-se exasperado:

– Por favor, é mais um crime passional, igual a milhares de outros! Um homem engana a sua mulher com outra, a mulher descobre-os na cama, dá dois tiros em cada um, *the end*. Há centenas de filmes assim, um triângulo amoroso, uma traição, ciúme, morte. Qual é a novidade?

Assume o seu papel de advogado do Diabo, descrente na inocência da sogra. Decido contestá-lo, e digo, colocando um ar de perito:

– As estatísticas dizem que as mulheres raramente matam. Os maridos encornados são quem mata mais.

Tomás pisca os olhos, nervoso. Eu próprio só depois de proferir a frase me dou conta de que avancei para terrenos perigosos. O chão mexe-se debaixo dos nossos pés, somos um vulcão prestes a explodir, há um nascente triângulo amoroso do qual todos estamos mais ou menos conscientes. Por isso, ele pisca os olhos, nervoso; por isso Redonda olha para o chão, e por isso eu olho para a piscina para não ter de os encarar, e nenhum de nós fala.

Mais uma vez, é Julieta a quebrar aquele enguiço, ao dizer:

– Esta manhã, recordei-me de outra coisa que aconteceu na tarde do crime.

Esta senhora tem um *timing* perfeito para entrar em cena, sempre que a conversa fica perigosa para mim ela muda de assunto. Calados, esperamos que continue. Eu já fiz o *check-out*, estou vestido, pronto para regressar a Lisboa, e aquela conversa ao sol está a fazer-me suar.

– O silêncio. Lembrei-me do silêncio.

Julieta explica que, na fatídica tarde de 3 de agosto de 1975, enquanto sobe a escada e anda no corredor, não ouve nem um som, nem uma voz, nada. Só o silêncio.

O irritante Tomás dá uma risadinha:

– Ora, isso não quer dizer nada.

Olha para Redonda e sorri:

– Nós, ontem à noite, também não fizemos barulho. Nem sempre o sexo é como nos filmes, cheio de gritos e excitação.

O sacaninha é bom nisto, e sei que está a falar verdade, pois Redonda fica envergonhada e senta-se de imediato na espreguiçadeira. Fingindo-se desinteressada da conversa, começa a examinar as unhas dos pés.

Julieta questiona-o:

– Quem lhe diz que houve sexo?

Tomás ironiza:

– Ontem à noite?

Sorri para mim, orgulhoso. Irritada, Redonda murmura que uma das unhas, ou várias, têm a pintura estalada. Pois, murmúrios, outra vez...

Julieta insurge-se:

– Não me interessa o que se passou ontem, estou a falar daquela tarde! Não havia vestígios de...

Hesita, sente-se constrangida ao recordar esses pormenores, não foi educada, como nós, a falar de sexo como se fosse comida. De cabeça baixa, ainda debruçada sobre as suas unhas, Redonda esclarece:

– Não havia esperma.

Tomás reabre o sorriso e diz, em voz baixa:

– Ao contrário de ontem.

Faço um esforço por ignorá-lo, não deixo a minha imaginação criar a imagem deste marido e desta mulher na cama. Concentro-me no que Julieta acabou de dizer. Entre Miguel e Madalena não existiu consumação do ato sexual? A polícia conclui que estavam nos chamados «preliminares», nos momentos que antecedem a excitação sexual e o orgasmo. Redonda, sempre a examinar as unhas, revela que o pai vestia ainda os calções de banho quando foi baleado, e que a tia tinha ainda a cueca do biquíni colocada. E acrescenta:

— Mas estava com as maminhas à mostra.

A rapariga reforça estas palavras apontando para o próprio peito, o tal que a mãe disse ser igual ao da tia. É inevitável que eu olhe para lá, mas, a meu lado, Tomás é um polícia a observar um ladrão e desvio o olhar. Ele ganhou confiança, sente um claro ascendente sobre mim. Não só já me tornou evidente que possuiu Redonda ontem, como me impede de apreciar as mamas da mulher. E comenta, divertido:

— Mortos antes do truca-truca… É azar, não achas? Mortos sem proveito.

Há uma subtil ameaça nas suas palavras, como se me estivesse a dizer que seria capaz de me matar, e de o fazer a tempo de impedir o sexo entre mim e Redonda.

Eu sorrio para ele:

— Será que esse tipo de crime compensa?

Mais uma vez, cresce a tensão entre nós, e mais uma vez, de forma abrupta, Julieta acaba com a conversa. Levanta-se e entrega-me um cartão.

— É o telefone do Salavisa Pinto, marque um encontro com ele. Nós vamos a Lisboa nesse dia, eu e a Redonda.

Abraça-me com firmeza, aperta-me contra o seu peito, e dá-me um beijo saboroso na cara.

— Gostei muito de o conhecer, e tenho a certeza de que escreverá um bom livro. Se vai ou não descobrir a verdade é mais difícil de dizer, mas cá estaremos para ver!

Afasta-se, dá dois passos para o relvado, na direção do seu quarto, mas de repente para e vira-se para trás.

— Tomás…

Respira fundo, como se estivesse bastante fatigada. Num segundo, a sua postura muda. Durante a conversa à beira da piscina mostra-se elástica, graciosa, muito feminina. Mas, logo que dá uns passos, encolhe intencionalmente os ombros, dobra um pouco o pescoço, e coloca os braços para baixo, como se lhe faltassem as forças. É uma mudança brusca e totalmente intencional e percebo de imediato que é forçada, mas julgo que Tomás não a topa. Afinal, ele está habituado a vê-la assim, curvada.

— Estou um bocado cansada. Eu sei que não gosta de mim, mas custava-lhe muito dar-me o braço e ajudar-me a ir até ao quarto?

O genro fica espantado com o pedido, olha para Redonda como que à procura de uma explicação que não chega, e com enfado lá enrola a toalha à volta dos calções. Aproxima-se de Julieta e dá-lhe o braço com evidente desconforto. Esta, ao acenar-me um último adeus, pisca-me o olho, e ordena a Redonda:

— Filha, acompanha o nosso amigo à porta.

Mulher sabida, esta senhora. Desvia o genro para nos dar, a mim e à filha, uma última oportunidade para estarmos juntos. Quando Tomás se apercebe da armadilha já é tarde de mais, vai de braço dado com uma falsamente frágil Julieta, que o obriga a caminhar lentamente pelo relvado, o que nos dá mais tempo.

Entretanto, Redonda enrolou o *sarong* à volta da cintura e acompanha-me. Atravessamos o *hall* em passo rápido e em silêncio e saímos pela porta principal do hotel. Quando chegamos ao meu carro, viro-me para trás e beijo-a na cara. Ela sorri e tento voltar a beijá-la, agora na boca, mas ela esquiva-se e avisa:

— Aqui não. Entra.

Entro no carro, ela fica cá fora, faz um gesto com a mão, sugere-me que desça o vidro e assim faço. De súbito, dobra-

-se para dentro do carro, e dá-me um longo e demorado beijo na boca. As nossas línguas tocam-se, o desejo incendeia-nos. Sinto o seu peito apertar-se contra o meu ombro e o meu braço esquerdo, um peito quente, de uma dureza meiga. Incapaz de me travar, levo a minha mão direita ao seu seio esquerdo, e toco-o, excitado. Consigo afastar ligeiramente a copa do biquíni e afago o seu mamilo esquerdo, o mesmo que vi na piscina. Sinto-o endurecer em segundos, enquanto a respiração de Redonda se torna mais ofegante. Mas ela recua logo de seguida e afasta-se, embora os seus olhos brilhem de desejo. Leva a mão ao biquíni e recoloca no sítio o mamilo, como há pouco fez na piscina. Depois diz:

– É o que eu digo, este está sempre a vir à janela.

Rimo-nos. Ela recua, acena-me um adeus e regressa ao hotel em passo apressado. A meio do caminho, vira-se e acena-me de novo, a sorrir. Depois, desaparece pela porta do hotel e eu viajo para Lisboa como um jovem adolescente, embalado pela excitante recordação deste momento.

11

Hoje é 5 de junho, quarta-feira. Não via Redonda há dez dias, mas falámos várias vezes ao telemóvel. Ela e a mãe chegaram do *spa*, combinámos encontrar-nos à porta do escritório de Raul Salavisa Pinto e agora estamos no *hall*, os três sentados, à espera de sermos recebidos.

De manhã, foram a três oftalmologistas. Nenhum dos médicos percebe o que se passa com Julieta. Estão surpreendidos. Um acha que são os músculos internos dos olhos que se regeneraram, mas não sabe explicar nem como nem porquê. Outro diz que o cérebro dela se transformou, a ligação aos olhos modificou-se, mas não percebe a razão. O terceiro é mais honesto, confessa ter ficado tão espantado como elas, o que está a acontecer a Julieta é uma quase impossibilidade científica! Os três concordam num ponto: Julieta recuperou a visão e não parece haver qualquer razão para temer que a volte a perder. É evidente que lhe disseram que fosse cuidadosa, evitasse movimentos bruscos ou pancadas na cabeça. E os três consideraram excelente ideia ela ficar mais uns tempos no *spa*, pois é óbvio que a água da região lhe faz muito bem. Por que razão nenhum dos médicos classifica o que se passou como um milagre, Julieta não sabe, mas diz ser talvez por insegurança profissional, ou mesmo ciúme divino.

E acrescenta:

– Os aparelhos deles são muito diferentes dos que existiam em 75. No meu tempo, raios laser só nos filmes de ficção científica.

A vinda a Lisboa permite-lhe pela primeira vez rever a cidade onde sempre viveu, mas que se apagou para ela há vinte e oito anos. Surpreendeu-se com estranhas ausências.

– Não vi nenhum polícia sinaleiro. Parece que foram dispensados...

Os carros são mais redondos e também mais velozes. Gostou de andar nas autoestradas, na vinda para Lisboa. Em 75, só havia dois ou três pedaços, uns quilómetros entre Lisboa e o Estádio Nacional, no Jamor; uns quilómetros entre Lisboa e Vila Franca de Xira; e uns quilómetros entre os Carvalhos e o Porto. Era tudo. Está espantada com os que existem e ironiza:

– Somos um país muito mais rico do que no tempo do Salazar.

Também reparou que há agora linhas brancas a marcarem a separação das estradas e das bermas.

– No meu tempo, onde acabava o alcatrão começava a terra.

Redonda permanece calada. Na última conversa, sugeri um almoço a dois, e ela recusou, dizendo que o marido a anda a vigiar. É verdade. Há pouco, na rua, estava com elas e prometeu vir buscá-las logo que terminassem. Olhou para mim, desconfiado. Redonda conta-me que, nos últimos dez dias, Tomás andou num vaivém entre Lisboa e o *spa*, só para garantir que eu não regressava lá.

Sonhei muito com aquele beijo, mas agora sinto-a distante, com emoções diferentes das que revelou debruçada sobre a porta do meu carro. Quero perguntar-lhe se está bem, mas este não é o local nem o momento.

Até porque, de súbito, aparece o meu amigo Paulo Salavisa Pinto, o «PSP», vindo do corredor, e fica verdadeiramente espantado por me ver ali. Bem-educado, cumprimenta primeiro Julieta, e revela-se contente pelo inesperado fim da sua cegueira. Depois, beija Redonda, sorrindo-lhe, e pergunta-lhe:

– Então, quando retomamos os nossos almocinhos?

Embaraçada, Redonda cora, não lhe responde, força um sorriso amarelo. O que é isto? Sinto um alarme imediato, há algo de inesperado no à-vontade dele e no constrangimento dela. O que se passou entre estes dois? Paulo mantém o seu sorriso, que conheço, é o sorriso do macho alfa que já picou a fêmea, eu fui colega de curso dele, sei do seu sucesso.

Insinua-se:

– Olha que ainda há assuntos pendentes...

Depois, vira-se para mim e dá-me um abraço. Falamos de amigos comuns, de jantares aos quais faltei e, por fim, quer saber o motivo de eu estar ali. Menciono o livro que vou escrever, ele aplaude a minha intenção e acrescenta:

– O meu pai é que se lembra de tudo, tem uma memória formidável!

A rececionista chama por nós, somos conduzidos ao gabinete do pai e Paulo acompanha-nos. Depois, despede-se de Julieta e de Redonda, e sugere que não me vá embora sem falar com ele. Prometo fazê-lo e entro também na sala.

O advogado Raul Salavisa Pinto é mais velho do que Julieta, deverá ter sessenta e cinco anos, mas está, como é costume dizer-se, «bem conservado». Alto e de feições perfeitas, tem uma voz rouca e profunda, como a de um cantor de ópera. Abre um enorme sorriso, galanteia as duas mulheres, elogia a beleza de ambas, e celebra a grande metamorfose de Julieta. Charmoso e bem vestido, com um fato de três botões impecável, risca de giz, uma gravata da Hermès com cornucópias, as sobrancelhas aparadas e uma luz marota nos olhos, quer saber os pormenores do «milagre». Mostra-se fascinado com a possibilidade de ser a água a responsável pela fenomenal alteração, e admira o quanto o fim da cegueira já transformou a mãe de Redonda.

– Nota-se que estás diferente... Andas de uma maneira diferente, sorris de uma maneira diferente, até a tua cara ficou diferente! Estás ainda mais bonita do que já eras!

Pese embora a diferença de idades, e apesar de no passado Salavisa Pinto ser amigo íntimo de Dom Rodrigo, no presente eles tratam-se por «tu», numa intimidade que me surpreende um pouco.

Julieta fica corada, mas sorri, agradece e acrescenta:

– Sinto-me diferente. Agora já posso escolher a cor dos vestidos.

Também reparei que se veste de outra forma. No *spa*, andava sempre de escuro, preto ou azul, num quase luto a que se habituara depois de sair da prisão. Agora há um vestido castanho-claro, há pulseiras, há anéis. Diz que tirou do armário coisas que há muito não usava, sente-se a recomeçar a viver.

Sibilina, Redonda comenta:

– Até já se pinta.

É verdade, Julieta tem lábios com batom, pós na cara, olhos retocados. Diz, provocando o riso geral:

– Estou uma vadia.

O advogado entusiasma-se:

– É espantoso, lembras-me...

Ela termina a frase:

– Como eu era, há trinta anos? Antes de me transformar numa velha azeda?

Levantando as mãos no ar, o advogado protesta:

– Não era nada disso!

O que queria dizer é que a «Julieta renovada» é mais parecida com a Julieta de há trinta anos do que com a de há uns meses.

– É como se o fim da cegueira te tivesse rejuvenescido!

É genuíno ao dizê-lo e sinto o mesmo. A Julieta de hoje, bonita, coquete, pintada e arranjada, não parece a mesma mulher que vi pela primeira vez no *spa*, vestida de negro, com uns óculos escuros enormes, seca e séria, curvada sobre si própria.

Ela murmura, indiferente aos elogios:

– Há uns meses… Já não me pões a vista em cima há mais tempo.

Suspira e o advogado força um sorriso, como que a pedir desculpa por não ter estado com ela mais vezes nos últimos tempos. Há entre eles qualquer coisa, como se ela tivesse motivos de queixa…

Julieta recorda o seu tempo na prisão:

– Os anos perdidos, esses ninguém mos devolve.

O advogado sorri, compreensivo, e quer saber o que dizem os médicos. Entretanto, Redonda alheou-se da conversa, está a enviar sms pelo telemóvel, de cabeça baixa. Julieta revela os diagnósticos, o advogado insiste que precisa de ter cuidado nos próximos tempos. Mas ela diz que já perdeu muito tempo, deseja é ver o mundo.

– Portugal mudou muito.

Salavisa Pinto concorda, e olha para Redonda, exclamando:

– E a tua filha, que está cada vez mais bonita!

Redonda bate as pestanas, lisonjeada. Para por momentos de enviar sms no telemóvel. O advogado gaba igualmente o seu talento para os negócios.

– O Paulo diz que as ideias para vender eram dela, ele quase só redigiu os contratos!

Redonda não parece à-vontade quando se fala do Paulo. Sentindo o seu desconforto, Julieta provoca-a:

– Sai mais à tia do que à mãe...

Redonda encolhe os ombros, mas reparo que Salavisa Pinto desmonta o sorriso. A brevíssima referência a Madalena entristeceu-o, ou então tomou-a como um sinal para irmos a assuntos mais sérios.

Julieta informa-o sobre quem sou e ao que venho. E acrescenta:

– Gostei dele logo da primeira vez que o vi, acho que é a pessoa certa para contar esta história.

Ao proferir esta afirmação, faz-me uma festa carinhosa na mão direita, e eu sorrio-lhe. Pelo canto do olho, vejo que Salavisa Pinto franze a testa, como que surpreendido por esta manifestação de afeto para comigo. Redonda nem deu por isso, está de novo a enviar sms. A quem?

Oiço Julieta afirmar:

– O Raul sempre achou que foi o Álvaro que os matou, ou que os mandou matar.

O advogado esclarece as suas suspeitas: relembra o encontro no escritório, nos primeiros meses de 75, entre Álvaro e Madalena, quando ela pede o divórcio. O «capitão de abril» está alterado, vê-se que tem raiva da mulher, não suporta que o tenha deixado de amar. Ameaça-a, insulta-a, mas aos poucos acalma-se. Nos meses seguintes, não complica. Concede-lhe o divórcio, entretanto legalizado em Portugal, e nunca mais aparece.

Só que Salavisa Pinto tem, teve sempre, o pressentimento de que Álvaro deseja a vingança, está ofendido e até humilhado com o descaramento e a coragem de Madalena.

– Bem sei que se encontrava no quartel na tarde do crime, mas... Podia perfeitamente ter contratado alguém para fazer o servicinho. Ele era do Copcon, tinha maneiras de fazer um trabalho sujo!

Julieta interrompe o advogado. Explica que só veio ali para me apresentar, defende que as conversas entre nós devem ser a sós. E revela a sua vontade de ir passear pela cidade:

– Estou morta por usar uma caixa multibanco. Nunca imaginei que se pudesse ir buscar dinheiro a uma janelinha no meio da rua.

Foi hoje ao banco, levantar o seu primeiro cartão, mas ainda não o usou, andaram de oftalmologista em oftalmologista e não teve tempo. Redonda permanece de cabeça baixa, embrenhada nos sms. Nem olha para mim, é como se eu não estivesse na sala. Quanto a Julieta, parece uma criança com um brinquedo novo e sorri para o advogado:

– Graças a ti, ainda tenho algum dinheiro no banco.

Ele parece entristecido com a súbita vontade dela de se ir embora e lamenta:

– Mas vais já?

Julieta confirma e ele sorri, nostálgico:

– Quem me dera que o teu pai te pudesse ver agora.

Ela não diz nada e levanta-se. Redonda também, um pouco espantada por irem embora. Despedem-se de nós. Julieta abraça-me mais uma vez, aperta-me contra o seu peito com força e dá-me um beijo na cara. Há qualquer coisa de ligeiramente perturbador nestes abraços dela, mas são muito calorosos e fazem-me sentir estimado.

No entanto, há quem os estranhe. Salavisa Pinto, por exemplo, fica intrigado, ao ponto de dar um passo na direção de Julieta e de a vir beijar também. Dá a sensação de que se incomodou com a diferença de tratamento entre mim e ele.

Quanto a Redonda, dá-me um beijo rápido, sem levantar o silêncio a que se remeteu, e faz o mesmo ao advogado, que se limita a sorrir-lhe. Sinto-me desapontado quando vejo a porta do escritório fechar-se nas suas costas. A magia perdeu-se, outra vez. Suspiro. Depois concentro-me nas minhas perguntas e lanço a primeira, mas Salavisa Pinto também parece nostálgico com a saída delas.

– Que pena irem assim embora…

Uns segundos depois, olha finalmente para mim. Faz-me algumas perguntas preliminares, recordo-lhe que sou amigo do seu filho, e ele parece aceitar esse implícito certificado de confiança. Diz que está à minha disposição.

Começo por Dom Rodrigo. Salavisa Pinto lembra-me muito do que já sei sobre as suas empresas, as suas opiniões políticas, a prisão, a fuga para o Brasil. Conheceram-se nos anos sessenta, era ele um jovem advogado. Defendeu-o em alguns casos comerciais e aos poucos foi ascendendo a seu consultor jurídico, bem como amigo.

– Ia muitas vezes à Arrábida, de barco. Levava-o a passear até Troia, almoçávamos a bordo. Era um senhor cheio de genica e com imenso talento para os negócios. Muito exigente, à antiga – sorri: – Vivia bem, mas a única coisa em que gastou muito dinheiro foi na casa da Arrábida. Comprou o terreno e construiu-a mesmo em frente ao mar, uma casa grande, com muitos quartos e salas.

Fica uns segundos calado e depois acrescenta:

– É claro que não era um homem com muito gosto. Vinha de baixo, tinha estudado pouco, era um bocado... como dizer, um bocado «parolo», percebe? A casa é uma extravagância! Mas, com o tempo e com as pessoas com que se dava, ia apanhando as coisas. E quis educar as filhas nos melhores colégios! – Raul Salavisa Pinto deixa fugir um suspiro: – Mal ele sabia o que se iria passar.

Confirma que Dom Rodrigo foge para o Brasil porque teme ser preso, e que nunca volta porque tem um mandado de captura à sua espera.

– Ele queria voltar. Quando soube que acusaram a Julieta do crime, quis meter-se no avião e vir para Lisboa. Fui eu que o fiz mudar de ideias.

O advogado suspira mais uma vez:

– Hoje, não sei se fiz bem. Falava uma vez por semana com ele, mas à distância não me apercebi da tortura que aquilo devia ser, para ele e para a Dona Emília. Foram meses de angústia, e acho que isso os quebrou por dentro. Quando souberam que Julieta foi condenada à pena máxima, foram-se completamente abaixo... Depois disso, muitas das vezes que falava para eles, já nem vinham ao telefone. E quando o faziam era para dizer que não tinham vontade de viver.

Pouco tempo depois, ambos se apagam. É assim que o advogado define a morte deles: apagaram-se.

– Deixaram-se ir. Primeiro ele, depois ela. Fui das poucas pessoas que os acompanharam nos funerais, e depois tratei de trazê-los para Portugal, foram enterrados cá.

Entretanto, o advogado mete recursos para que o processo de Julieta seja revisto, mas não tem sorte. A época revolucionária não ajuda. A família Silva Arca ficara com o rótulo de «fascista» desde os tempos de Spínola e, na comarca de Setúbal, os juízes eram parciais.

– Setúbal era uma cidade comunista, até o bispo era conhecido como o «bispo vermelho»!

O advogado adere, em 1974, ao PPD, mais tarde PSD. Conhece Sá Carneiro, Pinto Balsemão, Magalhães Mota. O partido, que mais tarde virá a ser o maior do centro--direita português, na época diz-se a favor da «caminhada para o socialismo». Apesar disso, o PPD herda as sedes da União Nacional, o único partido do Estado Novo, e tem o apoio expresso da Igreja. Nas primeiras eleições, já em 75, será o segundo mais votado, logo a seguir ao PS de Mário Soares.

– Éramos, sempre fomos, um partido com muita energia e vitalidade. O Sá Carneiro teve problemas desde o início em manter a malta toda unida.

Contudo, em 1975, à época do crime, o país está divi-dido ao meio, e os partidos ainda não controlam o poder. PS, PSD e CDS vão alinhar com a ala mais moderada do MFA, mas nos oito meses que decorrem entre o 11 de março e o 25 de novembro, é a ala mais radical do MFA que manda. São Otelo, Rosa Coutinho, Fabião, com o apoio implícito de Cunhal e do PCP, que marcam os desti-nos do país. Mesmo depois de Vasco Gonçalves ser obrigado a sair de primeiro-ministro, em agosto de 75, e de para o seu lugar ir Pinheiro de Azevedo, um moderado, que chama o PSD e o PS para o Governo; mesmo assim, os destinos do país estão nas mãos dos radicais de esquerda.

– Em Setúbal, eram eles que mandavam. Tanto a polícia como os juízes eram comunistas ou de extrema-esquerda. Ainda tentei mudar o julgamento para Lisboa, mas eles não deixaram: o crime fora ali, na sua cidade, era nela que tinha de ser julgado.

Desde o princípio, conta o advogado, que a culpa de Julieta ficou estabelecida. Um jornal local classifica-a como «uma fascista que matou fascistas da mesma família». A Polícia Judiciária, os agentes a cargo da investigação, também não têm dúvidas: Julieta é a culpada.

Salavisa Pinto encolhe os ombros:

– Havia pólvora na mão que segurava a pistola... Tenho o processo todo, os depoimentos de todos, as investigações da polícia, tenho tudo ali, num dossiê. Posso emprestar-lho, para ler, são centenas de páginas.

Agradeço-lhe, quero saber tudo do princípio ao fim. Mas antes tenho algumas perguntas. E a primeira é:

– Conhecia bem Madalena, a irmã da Julieta?

12

O advogado Raul Salavisa Pinto volta a exibir um olhar triste:

— A Madalena era dois anos mais nova do que a Julieta, devia ter uns vinte e quatro quando morreu. Era uma rapariga muito bonita.

Sorri, mas o olhar continua triste:

— A Julieta tem razão, a Redonda é parecida com ela, pelo menos fisicamente. A Madalena era mais, como hei de dizer, mais vivaça! Era muito brincalhona, meia *hippie*. Passava a vida a dizer que era de «esquerda». Acho que era só para irritar o pai. Era uma subversiva, mas... Não é que eu a conhecesse muito bem, mas aquilo parecia mais uma tontaria de adolescente do que uma crença política coerente. Ela dava-se com gente de meios diferentes, fazia aquelas coisas típicas da época, fumar charros, ouvir música barulhenta. Mas era uma rapariga muito simpática e carinhosa. No fundo, adorava o pai, só que a época confundiu-a — suspira:

— Tenho a certeza de que, se não tivesse morrido, hoje seria uma mulher normalíssima, casada e com filhos.

Pergunto-lhe se, antes do crime, alguma vez ouviu algum rumor que a envolvesse com Miguel. Ele abana a cabeça:

– Nunca. Foi uma enorme surpresa, um choque dos diabos! Das vezes que estive com eles, em almoços de família, ou nos passeios de barco, nunca me apercebi de nada. O Miguel... – Salavisa Pinto faz uma pausa, ergue as sobrancelhas. – O Miguel era mulherengo. Era o género de se meter com as criadas, ou as empregadas das fábricas. Fugia-lhe o pé para o chinelo, tá a ver?

Recorda que, à época do crime, ele ainda acredita que pode ter sido um marido enciumado a ajustar contas com Miguel, mas essa pista revela-se seca. A única mulher com quem toda a gente sabia que Miguel dormia era a sua secretária na empresa, solteira e sem namorado.

– Era uma serigaita, e ficou ressentida por saber que afinal ele andava a dormir com a cunhada. Meses depois, aderiu ao Partido Comunista, e foi uma das mais acirradas a tomar conta das empresas. Sabe, por debaixo daquelas ideias comunistas, das «intervenções» e das comissões de trabalhadores, também havia muitas coisas destas, miudinhas: ódios pessoais, raivas, desconsiderações, desgostos e desonras.

A juntar ao caso com a secretária, existem os conflitos de Miguel com alguns trabalhadores das empresas. Salavisa Pinto recorda que, em dois ou três casos, as coisas chegam a azedar fortemente, nos meses que antecedem o crime. Há processos disciplinares instaurados por Miguel, tentativas de despedimento, e chega mesmo, num dos casos, a existir confrontação física. O súbito poder com que a revolução insufla os egos dos trabalhadores leva-os a ousadias perigosas, às quais Miguel resiste e reage com dureza. Contudo, por mais agudos que sejam os casos que alimentam o ódio da região à família Silva Arca, nenhum deles justifica um homicídio.

– Eu sei que a Julieta acha que pode ter sido um trabalhador, mas sinceramente não acredito. Essa parte foi bem investigada pela polícia, os possíveis suspeitos tinham todos álibis fortes.

E qual a parte que não foi bem investigada? Salavisa Pinto levanta-se da cadeira, aproxima-se de uma estante repleta de livros, corre com o dedo várias lombadas e, por fim, retira um processo com centenas de páginas, ainda cozido à mão. Regressa à sua secretária, senta-se e pousa o maço em cima da mesa.

Começa a folhear o processo e afirma:

– Para mim, só existem duas hipóteses. Ou foi Julieta, como a polícia defende e as evidências parecem demonstrar, ou foi Álvaro que lá mandou alguém para matar a mulher. Ora, não creio que Julieta fosse capaz de assassinar alguém, muito menos a irmã e o marido. Ela gostava muito da Madalena, e a Madalena dela. Davam-se muito bem.

Claro que, explica o advogado, Julieta não defende as ideias políticas da irmã, e claro que torce o nariz a certas libertinagens, mas são muito amigas, ajudam-se em tudo. Além disso, Madalena é madrinha de Redonda e adora-a. Ao advogado, não lhe passa pela cabeça que ela se fosse meter com Miguel.

– Como sabe, não houve sexo entre eles, não havia qualquer vestígio no local, nem nas roupas.

E eu pergunto:

– Como se explica que estivessem quase nus, em cima da cama, e ela sem a parte de cima do biquíni?

Ele encolhe os ombros:

– Quanto à parte de cima do biquíni, é fácil. A Madalena fazia *topless* na piscina e na praia, à frente da família. Só com o pai presente é que não se atrevia. Ora, estando ela na piscina, era natural que não usasse a parte de cima do biquíni.

– Sim, mas no quarto? Com Miguel ao lado?

Ele abre muito os olhos:

– Só vejo uma hipótese: alguém os apanhou a tomarem banho na piscina, daí estarem molhados, e depois obrigou-os a subirem ao quarto e matou-os.

Fico à espera de que continue, mas ele não o faz e pergunto:

– Alguém enviado por Álvaro?

– É o que eu acredito.

Mas, insisto, o que se passa quando Julieta chega, vinda de Lisboa? Porque diz ela ao motorista que fique no carro com o bebé? O advogado mexe-se na cadeira, incomodado.

– Isso é a tese da polícia. Mas acha que uma mãe, num fim de tarde de muito calor, só porque entra em casa primeiro, talvez para ir buscar um biberon de água fresca ou qualquer coisa, se torna por isso culpada de assassinar o marido e a irmã? Só porque o bebé ficou no carro? Não faz sentido! Passaram três ou quatro minutos, talvez cinco, entre o momento em que Julieta diz ao senhor Simões que vai entrar em casa e aquele em que ele ouve um baque surdo, o trambolhão que ela dá! Ele fica cá fora, sem saber o que fazer, mais dois ou três minutos, e depois entra em casa e vê-a no chão, inanimada, com a arma na mão!

Salavisa Pinto olha para mim, muito indignado:

– Então você acha que ela tinha tempo para subir ao primeiro andar, ver o marido e a irmã na cama, descer ao rés-do-chão, ir ao escritório, que era onde estava a arma do Miguel, voltar a subir ao primeiro andar, matar os dois e depois atirar-se pela escada?

Eu não sabia que a arma estava no escritório. Ele prossegue, exaltado:

– E tudo isto em quatro minutos? E o Miguel e a Madalena não reparam que Julieta chegou? Não a ouvem a subir e a descer as escadas? E como é possível ela disparar quatro tiros de pistola e o motorista nada ouvir?

Mais um detalhe que eu desconhecia. Salavisa Pinto recorda que o senhor Simões, que permanece cá fora, junto ao carro onde está o bebé Redonda numa alcofinha, afirma, no seu depoimento, que não ouviu nenhum tiro, quanto mais quatro! O único barulho que deu conta foi um baque, possivelmente causado pelo trambolhão dado por Julieta.

– Além disso, já viu o tipo de mulher que eles a consideram? Por um lado, é fria e determinada, cerebral, capaz de descer ao escritório para ir buscar a pistola e depois voltar a subir ao quarto e matá-los; por outro, é uma tonta apalermada que se atira pelas escadas!

Neste ponto, não estou de acordo. Pessoas alteradas são capazes de tudo: matar alguém e depois tentar o suicídio é uma história tão antiga como a da própria humanidade. Mas percebo o seu raciocínio: Julieta não parece capaz de fazer a primeira parte do exercício – matar alguém –, embora seja mais fácil de aceitar que o fosse quanto à segunda parte – suicidar-se, perturbada com o que fez. E é de facto estranho que o senhor Simões, o motorista, não ouça os tiros. Ele está a poucos metros de casa e não há barulhos por perto.

Entusiasmado com esta minha última concordância, Salavisa Pinto desenvolve a sua teoria, a mesma que há vinte anos defende em tribunal:

– Para mim, o que se passa é isto: Álvaro decide matar Madalena e contrata alguém para fazer o serviço. Essa pessoa entra na casa, aproveitando a ausência dos empregados. Encontra Miguel e Madalena na piscina e ela está em *topless*, como de costume. Obriga-os a subirem para o quarto e mata-os, simulando um crime sexual. Depois, quando se prepara para ir embora, o assassino ouve Julieta a chegar. Espera que ela suba a escada, e então dá-lhe uma pancada na cabeça e atira-a pela escada, fugindo em seguida, depois de colocar a arma na mão de Julieta.

É uma boa teoria, mas, tal como no passado, existem zonas cinzentas. Relembro que é bastante suspeito que Miguel tenha ordenado ao jardineiro e à cozinheira uma ida a Setúbal, «fazer umas compras» ao supermercado recente que abriu na cidade, por volta das quatro e meia. É por isso que não há empregados em casa, e é evidente que, se Miguel queria seduzir Madalena, ou se ambos queriam uma tarde a sós, esse era um expediente fácil. Todavia, teria sido uma enorme coincidência um assassino contratado aparecer precisamente nesse momento...

Quanto ao resto, sinto-me obrigado a acrescentar um pormenor que talvez Salavisa Pinto desconheça.

– A Julieta viu-os, mortos na cama.

Conto-lhe que ela, além de recuperar a visão, tem *flash-backs* daquela tarde. Já se lembrou das pegadas de água no chão do corredor, bem como de abrir a porta do quarto e ver o marido e a irmã já mortos, deitados em cima da cama. Descrevo a posição em que os viu. Então, Salavisa Pinto abre o processo, procura nas páginas e minutos depois encontra o relato do crime. Eles estão exatamente na posição descrita por Julieta. Fica pasmado:

– É espantoso, como é que ela se lembra agora disso?

Recordo a teoria do «buraco negro» da memória de Julieta. Ele executa um pequeno aceno de cabeça.

– Pois, ela sempre disse que só se lembra de entrar em casa, e depois mais nada. Talvez daqui a uns dias se recorde de ter visto alguém!

Seja como for, refere o advogado, isso não impede um possível assassino de a apanhar «depois» de ela ir ao quarto onde estavam o marido e a irmã. Já quanto às pegadas molhadas no corredor, conclui que são compatíveis com a sua teoria de que Miguel e Madalena tinham vindo da piscina.

– É perfeitamente óbvio. Estavam na piscina, foram obrigados a subir, vinham molhados, daí as pegadas.

Com algum cuidado, para não ferir a sua suscetibilidade, refiro uma importante inconsistência da sua teoria: a arma. Se, como ele diz, se tratasse de um assassino contratado, este deveria ter trazido uma arma própria, não é verdade? Não faz muito sentido que um tipo contratado venha sem arma, e tenha de entrar em casa e dirigir-se ao escritório para usar a arma do morto, pois não? Só depois é que ia à piscina buscar Madalena e Miguel?

Salavisa Pinto está a olhar para mim, surpreendido. Depois diz, torcendo o nariz:

– Você dava um bom detetive. Foi exatamente isso que a polícia disse, há vinte e tal anos.

Naturalmente, tendo eles sido mortos com a arma de Miguel, a hipótese de ser alguém contratado apresenta-se muito mais frágil. Mas, hoje como no passado, o advogado não quer dar o braço a torcer. Insiste que nada garante que a arma não tivesse sido retirada do escritório uns dias antes.

Sim, mas por quem, pergunto eu? Isso significava que ou a casa havia sido assaltada, sem que ninguém desse conta, ou então existia um cúmplice no seu interior! Mas quem? O jardineiro? A cozinheira? O senhor Simões? Nenhum tinha qualquer motivo para fazer mal a Miguel, e era extremamente rebuscado considerá-los cúmplices de Álvaro.

O advogado resmunga:

– Você é bom nisto. Mas continuo convencido de que o Álvaro estava metido ao barulho.

Recorda a amizade do capitão com Vasco Gonçalves, a sua pertença ao Copcon, o poder de um «capitão de abril» na época da revolução, recorda a raiva e o ciúme de um marido abandonado e provavelmente encornado.

E eu pergunto:

– Encornado por quem?

Salavisa Pinto entristece de novo, o seu olhar perde brilho. Depois, encolhe os ombros e desiste, desolado:

– Sei lá! Eu não conhecia a Madalena a esse ponto. Na altura, ouvi uns rumores de que ela tinha um namorado novo, mas não havia ninguém para confirmar… Só anos mais tarde, já a Julieta estava na cadeia, é que vim a saber que Madalena arranjara um ou dois namorados naqueles meses. Um acho que era do CDS, um rapazola, amigo da família. O outro era um arquiteto, não sei o nome. Parece que ainda lá foi à Arrábida. Talvez a Julieta se lembre, mas eu nunca os vi.

Vale a pena investigar esta pista? Salavisa Pinto tem pouca crença: considera Álvaro o suspeito mais forte e incentiva-me a ir falar com ele. Prometo fazê-lo, bem como com o inspetor da PJ que investigou o crime, em 1975. É o ponto final da nossa conversa. Despeço-me, pego no pesado processo com ambas as mãos, coloco-o debaixo do braço direito e saio do seu gabinete.

Procuro o meu amigo Paulo, umas portas à frente. Ele vem ter comigo ao corredor e acompanha-me até à saída. Relato a conversa com o pai, mas está pouco interessado no meu livro. A meio do corredor, a rir, baixa um pouco a voz, como se estivéssemos a falar de um assunto secreto e pergunta:

– Andas a comer a Redonda?

Paro, perplexo, e nego. Conheço-a só por causa do livro. Sempre a rir, ele diz em voz baixa:

– Sabes que eu andei a comê-la?

Fico siderado, não fazia ideia. E ele, sempre confidencial, conta-me:

– Foi há dois anos, quando andámos a tratar das coisas da família dela. Fomos almoçar várias vezes. E depois, no carro...

Faz um gesto horizontal, com o braço dobrado e a mão fechada, como se estivesse a bater com o punho no ar, e sei o que isso significa. Depois, aprecia:

– A gaja tem umas mamas fantásticas!

Ri-se, muito satisfeito com a sua façanha, e acrescenta:

– E faz uns belos bobós!

Devo ter esboçado um sorriso bem amarelo. Não me apetece ouvir mais, mas ele insiste:

– Ainda bem que não a andas a comer, assim vou convidá-la para almoçar.

13

É noite e não durmo. As várias desilusões do dia pesam-me no peito. Agora sei o que estragou o casamento de Redonda e Tomás. Ela tinha-me dito que o marido «de há dois anos para cá mudara» e já sei porquê. O meu amigo Paulo Salavisa Pinto pode ser gabarolas, mas não é mentiroso. Durante o curso, todos sabíamos qual a colega com quem ele andava enrolado, porque contava sempre, pormenores e tudo. E era verdade, nunca nos aldrabou. Não há, pois, qualquer razão para me ter mentido sobre Redonda. Tiveram um caso e Tomás deve ter suspeitado ou descoberto. Por isso, passa a ser inseguro e controlador. Sabe, ou sente, que ela o traiu, angustia-se, torna-se desagradável.

É questão de carácter, é sempre a minha conclusão. Redonda é dada a traições e esta foi claramente uma infidelidade grave, de tipo III. Houve apalpões, sexo oral e talvez mesmo sexo total, a acreditar no gesto do meu amigo.

No carro, que coisa mais banal! A minha desilusão com Redonda é forte. Ainda resistia nela uma certa pureza que se perdeu com esta história. Para agravar, ela fica embaraçada com o meu amigo, ela cora à frente dele! Persiste uma emoção dentro dela, talvez desejo, saudade, nostalgia. E nele também, estava morto por voltar a convidá-la para almoçar.

O meu amigo «PSP», como nós lhe chamávamos, sempre foi o macho alfa da turma e continua o mesmo. O facto de ser casado nunca o impediu de nada, nisso é igual a Redonda.

Portanto, Redonda é infiel e teve um caso com um amigo meu. É muita carga, mas... nada disso devia ser muito importante porque não se passou comigo diretamente. Não me traiu a mim, mas sim o marido, é um problema dele e não meu.

O mais difícil foi a distância dela, a quase indiferença para comigo. Passou o tempo de olhos no telemóvel, desinteressada da conversa, alheia à minha presença. Ao despedir-se não revelou qualquer emoção. À hora de jantar enviou-me este sms: «*Desculpa ter sido tão distante, mas isto para o meu lado está mesmo difícil, tenho saudades tuas.*» Soube-me a pouco. Não é esta a Redonda que desejo, mas tento compreendê-la, o marido anda à coca, à espera de a apanhar em falso, e eu sou o suspeito óbvio.

Mesmo assim, parece-me que os seus sentimentos mudaram. Caramba, tocou-me na mão, no bar do *spa*, ao lado do marido! Virou-se de rabo para mim na piscina, arriscando-se a que o marido a visse! Deu-me um beijo na boca e deixou que eu a tocasse nas mamas! E agora, num local onde o marido está ausente, nem me dedica um sorriso, nem me pergunta se estou bem? Eu sei que as mulheres são difíceis de entender, mas dá-me a impressão de que ela está a recuar, a afastar-se. Depois do beijo na boca, da mão na maminha, há mínimos essenciais, não posso gostar deste tratamento de quase estranho a que me vota. E não me satisfaço com um sms. Nestes tempos tecnológicos, um sms destes é uma forma inovadora de ser cobarde.

Estou sem sono, levanto-me, vou até à sala e folheio o processo, uma vez mais. Também aqui tenho uma desilusão.

Há uma parte de mim que deseja culpar Álvaro do duplo assassínio, mas, depois de ler as muitas páginas da investigação, é impossível acreditar na teoria do «assassino contratado», defendida por Raul Salavisa Pinto. Não faz qualquer sentido um assassino desse tipo ir buscar uma pistola ao escritório da casa para matar Miguel e Madalena...

Quero acreditar em Julieta, quero mesmo, mas é difícil. Ao contrário do que ela e o advogado insinuam, não julgo que o trabalho da polícia tenha sido mau. O inspetor encarregado do caso foi minucioso, verificou muitas pistas, muitos suspeitos, e cada um deles foi sendo abandonado. Nem a secretária de Miguel, nem os tais trabalhadores com quem ele se desentendera, tinham possibilidades de cometer o crime, nem foram alguma vez à Arrábida. A hipótese de existência de cúmplices dentro da casa também foi afastada, pois nem o motorista, nem o jardineiro ou a cozinheira tinham qualquer motivo para participar numa conspiração contra os patrões.

De uma maneira geral, o caso estava bem investigado e apontava sem dúvidas para a culpa de Julieta. Por mais que a deseje ilibar – tenho afeto por ela e não me parece capaz de matar o marido e a irmã –, factos são factos, e ela é a única pessoa com motivo, capacidade e oportunidade para cometer o crime. Motivo: a raiva irracional, o ciúme que sente por ver o marido e a irmã juntos. Capacidade: sabe onde se encontra a pistola do marido, no escritório, numa gaveta nem sequer fechada à chave. Oportunidade: está sozinha em casa, manda o senhor Simões ficar lá fora, o jardineiro e a cozinheira foram a Setúbal, o marido e a irmã estão entretidos nos seus jogos sexuais, dando-lhe tempo para descer ao escritório, pegar na arma e voltar a subir ao primeiro andar para os assassinar.

Tudo bate certo, mas... Não é só o meu sentimento, o meu desejo de que não seja a culpada. Há mais do que isso. Numa segunda e terceira leituras, descubro pequenas inconsistências, que não sei como explicar, às quais a polícia não deu importância. Será que mudam alguma coisa, ou terão uma fácil explicação que não consigo, de momento, dar? Vou ter de falar com o inspetor da PJ, que me dizem estar já na reforma. E depois com Álvaro...

O meu telemóvel toca. É Julieta. Atendo. Não consegue dormir, está com a televisão ligada há horas. Protesta:

– Há canais a mais. No meu tempo não havia televisão à noite, dava o sinal horário, passava o hino nacional com a bandeira a esvoaçar e pronto, fechava a emissão, ala para a cama. Agora fica tudo aberto de madrugada. Notícias permanentes, concursos, filmes, séries. É difícil gostar de alguma coisa, é quase tudo estrangeiro, mesmo na RTP. E não há variedades.

Nos anos 70, havia programas de variedades, explica-me, que eram pessoas a cantar, música, danças, coisas assim, e agora já não há, as músicas que vê em certos canais são também filmes e muitos deles não têm história, são só imagens atrás de imagens.

– E nos outros filmes que vi há explosões a mais. Os americanos rebentam com tudo!

É verdade. Mas não deve ser isso que lhe tira o sono.

– Li o processo.

Fica curiosa, quer saber se a considero culpada e eu esclareço:

– Não acredito na ideia do assassino contratado.

Ela concede que é uma hipótese vaga e improvável.

– Então acha que fui eu.

Fico em silêncio. Ela prossegue:

– Há alturas em que eu própria acho isso. Será que, num momento de loucura, fiz tal coisa? Será por isso que fiquei sem memória? Fiz algo demasiado horrível que o meu cérebro me obrigou a apagar?

Permaneço em silêncio.

– Não acredito. Eu não seria capaz de matar a Madalena.

Ouço-a suspirar do lado de lá. É curioso que não tenha dito o mesmo do marido.

– Era a minha irmã, percebe? Gostava muito dela.

Tem a voz embargada, sinto a sua emoção a entrar-me pela alma dentro.

– Não sei se lhe teria perdoado uma traição como aquela, talvez não... Mas matá-la, isso nunca, jamais seria capaz de o fazer! Tenho a certeza de que não fui eu!

Continua sem falar no marido.

– Ela podia ser uma tonta com os homens, podia dar desgostos ao meu pai por se ter casado com o Álvaro, por ser comunista ou de esquerda ou lá o que era, mas matá-la? Você nunca a viu, você não conhecia a minha irmã. Era uma mulher muito bonita, divertida, animada, vivia a cantar! Tanta vida... Eu invejava isso nela: a liberdade, a alegria de viver, a irresponsabilidade, o deixar-se levar pelas emoções, pelo coração. Sim, era perigosa, era videirinha, metia-se com todos, mas eu gostava muito dela, mesmo muito. Até de lhe ralhar, percebe?

Digo que sim. E pergunto:

– Nunca, em momento algum, deu conta de ela e o seu marido...?

Julieta suspira:

– Não. Eles discutiam muito, mas nada mais do que isso. E, tanto um como o outro, tinham com quem se entre-ter. O Miguel...

Há uma espécie de cansaço na sua voz quando fala no marido, como se lhe custasse.

– O Miguel desiludiu-me muito. Magoou-me profundamente.

Faz uma pausa, acho que tem dúvidas sobre se deve revelar o que ia a dizer. Mas continua:

– Uns meses antes do crime descobri que ele tinha um caso com a secretária, que começara durante a minha gravidez e já durava há mais de um ano. Estavam a tornar-se descarados: iam a restaurantes, passavam fins-de-semana na Ericeira. Confrontei-o. Negou tudo, disse que eu delirava, era uma cabala contra ele, os empregados comunistas da fábrica andavam a espalhar esse boato para o tramar!

Julieta situa esta conversa cerca de dois meses antes do crime, já Dom Rodrigo e a mulher tinham fugido para o Brasil.

– Nunca acreditei nele. Já antes de casarmos andara com a filha da costureira da mãe e com a filha do dono de uma papelaria lá da rua dele. O Miguel não me respeitava. Só se continha por causa do meu pai.

À frente de Dom Rodrigo, não é capaz de seduzir a secretária, mas, mal o sogro foge para o Brasil, a coisa descamba. E cai muito mal na fábrica a rapariga estar tanto tempo fechada no escritório com o patrão.

Julieta reconhece:

– Isso magoou.

Miguel, além de negar, continua a brincadeira. O coitado do senhor Simões passa os dias a levar os dois de um lado para o outro. Uma vez, descai-se, fala mais do que deve.

– Eu não sou burra, percebi logo. Foi para aí um mês antes do crime.

Fazemos os dois uma pausa. Há uma dúvida que paira no meu cérebro.

– Falou com a Madalena sobre o caso do seu marido com a secretária?

Julieta diz que não, à época nunca teve coragem para falar com ninguém. Só muitos anos mais tarde o faz com Salavisa Pinto, e só aí sabe que o caso até foi revelado no julgamento.

– Nem nunca a vi, a dita secretária. Mas fiquei muito magoada com o Miguel. Zanguei-me e fiz-lhe um ultimato. Se não acabasse com aquilo, eu pedia o divórcio e ia para o Brasil com a Redonda!

Sinto que ainda há dentro dela muita raiva e azedume contra o marido. Então, confronto-a:

– Há pouco, afirmou que não era capaz de matar a sua irmã Madalena, mas não disse o mesmo do seu marido.

Mais uma vez, Julieta respira fundo. Depois pergunta:

– Já odiou alguém?

Digo que não e ela confessa:

– É horrível. É um sentimento muito forte, muito bruto, que quase nos cega. Odiei-o naquelas semanas que antecederam o crime. Quase não lhe dirigia a palavra, era bom dia, boa tarde, boa noite e pouco mais. Exigi-lhe que acabasse com aquela pouca-vergonha, e depois fechei-me. Fechei-me dentro de mim própria, fechei-lhe o coração...

Suspira de novo:

– E também fechei as pernas. Nunca mais deixei que me tocasse.

Fica em silêncio de novo e ouço-a fungar. Está a chorar do lado de lá e tenho pena dela. Apetece-me abraçá-la. Mas ela respira fundo de novo e recupera.

– Vivia para a Redonda e fingia que tudo corria bem, mas dentro do quarto ignorava-o totalmente.

Duas semanas antes do crime, ela e o bebé vão de férias para a casa da Arrábida, onde vive Madalena. O marido permanece em Lisboa até ao final de julho, e só chega uns dias antes do crime.

– Enquanto fiquei sozinha com a Madalena, estivemos sempre muito bem-dispostas. É claro que tínhamos saudades dos nossos pais, queríamos que eles voltassem do Brasil, mas sabíamos que era difícil, era preciso esperar para ver como as coisas corriam. Tentámos não pensar muito nisso e aproveitar o verão. Foram dias muito felizes. Até ele chegar…

Faz uma pausa e só depois continua:

– Quando o Miguel chegou, voltei a sentir-me mal. Não gostava de estar na presença dele. Mas a Madalena conseguia divertir-me, e até que foi suportável, ainda demos uns passeios de barco… E depois, sem nada o fazer prever, eles morrem.

Pergunto-lhe se, nesses dias em que esteve sozinha com Madalena na casa da Arrábida, soube da existência de mais namorados dela, ou se a irmã se queixou de Álvaro.

– Do Álvaro? Não, ela já se tinha esquecido dele.

– E namorados?

Julieta recorda:

– Sim, lembro-me de dois.

São os mesmos referidos pelo advogado: o rapaz do CDS, amigo de infância; o arquiteto. Em janeiro, Madalena tinha ido ao Porto, ao Congresso do CDS, ter com o tal namorado. E quanto ao arquiteto, iam à praia, faziam nudismo.

– Ela era assim, disparatada. Adorava ter homens a babarem-se à sua volta.

Ao ouvi-la proferir este comentário acerca da irmã, não resisto a lançar uma farpa sobre a filha e murmuro:

– Bem diz a senhora que a Redonda sai à tia.

Julieta dá uma pequena risada, mas de repente suspende-a, como se tivesse compreendido o segundo sentido da minha piada. Recorda o que se passou hoje à tarde e esclarece:

– Não ligue ao Paulo, isso já foi chão que deu uvas.

Por um lado, confirma que tiveram um caso; por outro, defende que ele já não tem significado para a filha. E justifica o comportamento dela:

– A Redonda tem saudades suas, mas o Tomás anda assanhado, não a deixa um minuto. Passa a vida cá, já não o posso aturar. E quando não está, telefona.

Mais uma pausa e depois regressa a antiga Julieta, minha aliada na cruzada pelo coração da filha. Incentiva-me:

– Você não desista! Ela precisa de si para ganhar coragem. Nisso não é nada igual à tia. Ficou insegura, depois do Paulo.

A acreditar nas palavras de sua mãe, o caso de Redonda com o meu amigo Paulo foi bem mais importante do que o próprio pensa. Julieta revela que, faz agora dois anos, Redonda se anima com aquele amigo. Cria expectativas, chega a acreditar que ele se vai separar, fantasia com um duplo divórcio simultâneo, o dele e o seu. Mas depressa perde as esperanças e renuncia à paixão. O único problema, conta Julieta, foi Tomás ter descoberto um sms equívoco. O casamento é abalado.

– Ela já sepultou esse fantasma no coração. Só que, depois disso, perde a coragem facilmente, percebe? Ela queria, mas o Paulo falhou-lhe, e agora tem medo de que os homens a enganem.

Pressinto que há mais histórias e, curioso, pergunto:

– Houve outros?

Julieta explica-se, com convicção:

– Não foi isso que quis dizer, não houve mais ninguém! Só que a Redonda precisa de ter a certeza de que não se vai magoar outra vez.

Ninguém pode dar esse tipo de garantias, só depois de um amor nascer é que sabemos se vai durar. Julieta compreende-me, mas pede-me que não me afaste.

– Acredite nela.

É a sua última frase, depois revela-se cansada e despedimo-nos. Desligo o telefone convencido de que o que estava para nascer entre mim e Redonda já não irá acontecer. O amor não é um ato de fé: é uma construção entre dois seres humanos, feita de emoções, palavras, toques, cheiros, presenças e também sexo. Se nada disso tem oportunidade de existir, não é possível haver amor. Podem existir fantasias e desencontros, mas não amor, e sem ele não há futuro possível. Podemos desejar alguém que ainda não possuímos, mas não amamos essa pessoa, pois amar é querer estar junto de alguém e não podemos amar quando não estamos.

14

Redonda não liga, envia um ou outro sms sem emoção. Respondo sempre, não desisto, como pede Julieta, mas nada acontece. Resta-me o crime de 1975. Hoje, quatro dias depois da última conversa com Julieta, estou em Setúbal, numa esplanada, à espera de um polícia reformado chamado Carlos Antunes Serpa. Em 1975, é ele quem investiga, reúne provas, ouve os suspeitos, e tudo faz para colocar Julieta na prisão.

Tomo um café, está calor em Setúbal, e vejo um sexagenário a andar na minha direção. É o polícia, veste umas calças de pano azul-escuro e uma camisa branca, parece um marinheiro, queimado pelo sol, usa uns óculos escuros que lhe escondem os olhos. Trocamos apresentações, ele pede um café, diz que tem um barco, está reformado há dois anos, passa os dias a velejar no Sado, vive aqui perto, tem mulher, dois filhos que trabalham em Lisboa. Sempre pertenceu à PJ de Setúbal durante os quarenta anos em que lá trabalhou. Veio da PSP, fez um curso e foi aceite na Judiciária, em 70.

– Desde que cheguei à Arrábida, por volta das nove da noite, mais ou menos duas horas depois do crime, tenho a certeza de que foi ela.

Carlos Serpa reconstitui o cenário da casa. O motorista descobre Julieta no chão. Pensa que está morta, tenta reanimá-la, não consegue e chama os bombeiros. Está aflito, o bebé está lá fora no carro, ele vai buscá-lo, trá-lo para dentro de casa, pousa a alcofa no sofá da sala. Julieta permanece inanimada, com a pistola na mão, e o senhor Simões teme o pior. Chama várias vezes pelo patrão Miguel, mas não há resposta. Depois de ver que na cozinha não está ninguém, e como o bebé dorme, sobe as escadas. É nesse momento que os encontra ensanguentados, seminus e deitados na cama, no quarto de Madalena. Fica chocado e desconfia de imediato de que foi Julieta quem os baleou, por óbvias razões, pois sabe das traições de Miguel. Mede os pulsos, estão ambos mortos.

Abalado, desce a escada e pega de novo no telefone. Liga para a GNR e relata o que viu, dizem-lhe que irão o mais depressa possível. Chegam meia hora mais tarde, quase ao mesmo tempo do que a ambulância dos bombeiros.

Entretanto, regressam o jardineiro e a cozinheira, vindos de Setúbal. Ela emociona-se, em pranto; ele fica em estado de choque. Os bombeiros também estão baralhados, só sabiam da vítima de uma queda, afinal existem mais duas lá em cima. Enquanto um deles observa Julieta, o outro confirma os óbitos de Miguel e Madalena.

Em Setúbal, antes de enviar um piquete ao local, a GNR avisa a Judiciária. Por volta das oito e vinte, toca o telefone em casa de Carlos Antunes Serpa. Uma suspeita de crime, dois baleados, em princípio mortos, na casa dos Silva Arca. Já ouviu falar da família, e nada bem, diga-se. Para o povo de Setúbal, são «fascistas». Ele não tem opinião tão extremada.

Em 1975, nas primeiras eleições para a Assembleia Constituinte, vota PS, embora sem grandes convicções. Pareceu-lhe uma escolha «equilibrada». Não é dado a paixões políticas, não admirava o Estado Novo, mas também não admira a balbúrdia em que o país mergulha, em 75. Porém, em Setúbal, mesmo a um votante no PS convém ser discreto. A cidade é vermelha, apaixonada pela revolução, dominada pelos comunistas. A tropa é idolatrizada, o Copcon estimado, Cunhal um herói das crianças nos recreios das escolas. Quem esteja à direita do PCP tem de se reger pela prudência, pois os comités abundam e não perdoam desvios, mesmo na PJ. Um crime em casa dos Silva Arca é um grave problema, e a caminho da Arrábida o investigador só espera que não tenham sido os «fascistas» a matar algum trabalhador. Seria gasolina numa fogueira que já arde. Sabe que a casa foi cercada, que Dom Rodrigo foi preso ainda em 74, em setembro, e que a seguir ao 11 de março andou por lá a malta do Copcon à procura dele, mas o patriarca Silva Arca fugiu a tempo, e conta-se que está no Brasil. Terá voltado, de surpresa?

É, pois, com espanto que Carlos Antunes Serpa verifica quem são os mortos. Dá ordem para Julieta partir de ambulância para o hospital, depois de examiná-la, em especial as mãos. Os outros corpos continuam onde foram encontrados. Ouve o relato da GNR, visita o quarto, observa, toma notas. Depois, desce e fala com o motorista, o jardineiro e a cozinheira, que carrega o bebé nos braços o tempo todo.

A GNR colocou a pistola em cima de um aparador, no *hall*. O polícia recolhe-a e depois examina as salas. No escritório, descobre uma gaveta aberta, e deduz que foi dali que saiu a arma, pois há caixas de munições por perto.

Tenta recolher as primeiras impressões digitais e depois regressa ao quarto, onde há sangue abundante, nos corpos e nos lençóis.

O médico-legista aparece às dez da noite. Calcula que a hora da morte de ambos foi pelas dezanove horas, o que bate certo com a chegada de Julieta, de Lisboa. Há pouco mais a fazer por ali, mas Carlos Serpa ficará até à meia-noite, andando pela casa, fazendo perguntas aos empregados, verificando hipóteses.

Nos dias seguintes, rebenta grande clamor na cidade, os seus chefes agitam-se, querem a investigação acelerada. Mas ele é meticuloso. Avança devagar: é agosto, muita gente está de férias. Mesmo assim, consegue ir a Lisboa, ao Ralis, falar com Álvaro, ex-marido de Madalena. No início de setembro, interrogará vários empregados da fábrica e a secretária de Miguel, a amante nada secreta. Quanto a Julieta, está em coma, já em Lisboa, no hospital, e assim fica vários meses.

Na cidade, exige-se uma acusação clara da «fascista» que matou os «fascistas da mesma família». Os poderes político-militares querem despachar o assunto e o tribunal também. Ninguém tem dúvidas. Mas também, reconhece hoje Carlos Serpa, ninguém as queria ter. O ambiente no país é de cortar à faca. Em finais de julho, Otelo profere a célebre frase dizendo que quer «meter os fascistas todos no Campo Pequeno». Contudo, o Governo de Vasco Gonçalves acaba por demitir-se, depois do discurso alucinado que o primeiro-ministro faz em Almada. O PCP manda as manifestações cantarem «Força, força, camarada Vasco, nós seremos a muralha de aço», mas o país político já envia mensagens diferentes desde abril.

Nas eleições, o PS é o mais votado, o PSD fica em segundo e o PCP é uma desilusão, não passa dos doze e meio por cento. Se nas urnas não é vencedor, nas ruas mantém a sua poderosa mobilização. Há «manifs» por tudo e por nada, e o país parece à beira de um confronto geral. Em Rio Maior, alguém escreve na placa da vila: «Aqui começa Portugal». Para norte, o país que deseja a democracia; para sul, incluindo Lisboa, o país dos comunistas e da extrema-esquerda, o país de Cunhal, de Otelo, de Rosa Coutinho e de Fabião, a ala radical do MFA.

A verdade é que existe uma espécie de equilíbrio político, embora muito instável. As ruas de Lisboa estão tomadas de assalto pelas brigadas populares da esquerda, mas no Norte, em agosto, a Igreja lidera uma revolta e há levantamentos; e mesmo no próprio MFA surge uma fratura. O Grupo dos Nove, liderado por Melo Antunes, produz um documento onde se afasta dos excessos extremistas. Seja como for, o verão é passado em agitação, num clima de pré-guerra civil, e é por isso que virá a ficar conhecido como Verão Quente. Os anarquistas, com o humor que sempre os caracteriza, escrevem numa parede de Lisboa: «Pedimos desculpa por esta democracia, a ditadura segue dentro de momentos.»

É neste contexto que Carlos Serpa investiga o crime. Enquanto Pinheiro de Azevedo toma posse como primeiro--ministro de mais um Governo Provisório (o sexto em quinze meses); enquanto, no Norte, as sedes comunistas são atacadas à bomba; enquanto Vasco Gonçalves cai subitamente do pedestal, sendo até criticado por Otelo; enquanto este caudal se vai amplificando, de ambos os lados, num crescendo que parece imparável e que assusta e amarga o país – o homem da PJ tenta construir o seu caso, colar as peças daquele *puzzle* com tino e método.

Já em outubro, e com a psicose golpista ao rubro em Portugal, chega ao resultado que a cidade de Setúbal espera desde o início de agosto: a acusação da «fascista» Julieta pelo crime de assassínio duplo do marido Miguel e da irmã Madalena.

Hoje, afirma:

– Dizia-se na altura que Portugal era «um manicómio em autogestão», o que não andava longe da verdade. Mas, quando entreguei as minhas conclusões sobre o crime, não tive dúvidas: foi ela.

Ouvi-o com atenção e de um modo geral admiro a sua investigação. Mas tenho uma ou outra questão, e coloco-as. Primeira questão: ele acha mesmo que Julieta tinha tempo para subir as escadas, ver o marido e a irmã na cama, descer as escadas, ir buscar a pistola, voltar a subi-las, sem que eles a ouvissem, matar os dois, sair do quarto e atirar-se pela escada?

Carlos Serpa acredita que sim: a casa tinha alcatifa nas escadas e no corredor, o que amortece o som dos passos dela. Miguel e Madalena estão nos seus jogos de sedução, entusiasmados, e, portanto, é natural que não a tenham ouvido.

Passo à segunda pergunta. Segundo li, o quarto de Madalena ficava a meio do corredor, tinha uma janela a dar para as traseiras, e donde se podia ver o portão da casa. Seria possível que, às dezanove horas do dia 3 de agosto de 1975, ainda dia claro, pois é verão, nem Miguel nem Madalena tivessem visto, ou ouvido, chegar o carro guiado pelo senhor Simões, onde vinham Julieta e o bebé?

Ele defende que sim, pela mesma razão: estão distraídos nos seus jogos sexuais. Além disso, as portadas da janela do quarto quase fechadas, talvez para criar um ambiente mais escuro, tapavam bastante a visão a quem se encontrasse lá dentro. Quanto ao ruído, se o carro viesse devagar podia não se ouvir, pois o chão era de cimento na zona onde os automóveis circulavam e não de saibro, como o restante terreiro.

Passo à terceira questão: de quem seriam as pegadas molhadas na alcatifa do corredor? O ex-polícia não tem dúvidas: são de Miguel e de Madalena. Eles vêm da piscina e entram pela porta da cozinha. Sobem pela escada interior, junto à copa, e só aí entram no corredor, molhando a alcatifa entre esse local e a porta do quarto. E vêm molhados porque tinham acabado de dar um mergulho, antes de subir.

Sim, é isso que vem explicado no processo, mas se é assim então há um detalhe que não faz sentido algum. Reconheço ao inspetor que esta é a maior dúvida que tenho sobre o caso. Se Miguel tomou banho e vinha molhado e a pingar, ao ponto de deixar pegadas na alcatifa do corredor, como é possível que os calções dele estivessem secos? E que o lençol da cama não estivesse também molhado ou húmido? O inspetor fica deveras surpreendido, a olhar para mim, piscando os olhos. Continuo:

– Bem sei que era agosto e estava calor, mas eram dezanove horas, fim de tarde, a temperatura já descera um pouco, e uns calções molhados dentro de casa durariam algumas horas a secar. Não é isso que acontece nas nossas casas de banho quando os deixamos pendurados?

O inspetor permanece pensativo e depois pergunta:

– Tem a certeza disso?

– Há uma referência aos calções secos.

Mostro-lhe o processo, ele lê. Depois encolhe os ombros:

– Confesso que não me lembro disso. Se calhar, ele só molhou as pernas na piscina.

Repete a sua crença na culpa de Julieta, acha que ela suspeita de que o marido e a irmã andam de caso, pois só assim se entende que deixe o bebé no carro quando entra em casa. Nisso tenho de lhe dar razão, eu também acho que ela suspeita de alguma coisa.

– Mas isso não faz dela uma assassina, pois não?

Sereno, o inspetor reconhece que podem ter-lhe escapado uns pormenores, mas no geral defende que a sua investigação é correta, e permanece sem dúvidas. Até porque, acrescenta, não há mais suspeitos. Quando refiro Álvaro, o inspetor recorda que ele está no Ralis a tarde toda, só à noite vai para casa. Para Carlos Serpa, tal como para mim, não faz qualquer sentido a teoria do advogado de defesa, de que Álvaro contratou alguém para matar a mulher, pois a arma era de Miguel. Mas o crime deu-se em 1975, um tempo de perturbação...

Olho nos seus olhos e pergunto-lhe:

– Era polémico um dos suspeitos ser «capitão de abril», herói da revolução?

Ele reconhece algum desagrado nas chefias por ter ido incomodar um assessor de Vasco Gonçalves, primeiro-ministro de Portugal.

Eu pergunto:

– Pressões?

Ele franze a testa.

– Um telefonema, do Copcon, só para avisar... Se ele não possuísse um álibi, as coisas teriam sido mais complicadas, seria difícil para mim prosseguir nessa pista. Tem de compreender que estávamos em Setúbal, em 1975, no auge do Verão Quente. Já viu o que era, se eu provasse que um «capitão de abril» tinha mandado matar «dois fascistas»?

Seria uma explosão, uma fúria geral. Ninguém desejava um «capitão de abril» culpado, todos queriam condenar a «fascista». Terá faltado coragem a Carlos Serpa para remar contra aquela maré vermelha? Ele sustenta que não, as provas contra Julieta eram por demais evidentes.

Mas há um certo desconforto na sua expressão, e tenho a sensação de que não me diz tudo o que pensa, ou pensou, na época. Folheio um pouco o processo, como se procurasse uma página específica, mas, na verdade, estou apenas a dar-lhe tempo para ele refletir se me deve dizer mais alguma coisa. Como não o faz, lanço-lhe mais uma pergunta:

– Quem morreu primeiro, Miguel ou Madalena?

O inspetor crê que foi a irmã de Julieta, pela posição dos corpos, mas reconhece que não é fácil de determinar. Defende que isso não era muito relevante.

Eu tenho dúvidas.

– Normalmente, mata-se primeiro quem nos traiu, não é verdade? Se foi ela a primeira a morrer, então o assassino devia ter mais raiva a Madalena, devia sentir-se traído por ela. Não era o caso de Julieta. O traidor, para ela, era o marido, não a irmã.

Carlos Serpa discorda: Madalena é irmã de Julieta, e é profundamente doloroso ver uma irmã a enganar-nos com o nosso marido. Até podia ser mais, porque era uma traição inesperada, ao contrário da de Miguel, pois Julieta sabia que o marido já lhe fora infiel no passado, com a secretária. Mas, diz ele, na verdade a razão de ela ter sido a primeira a morrer é capaz de ser outra, bem mais simples.

– Ela estava mais perto da porta do quarto.

Sim, pode ser, mas eu sei uma informação que ele ignora, e que é mais consistente com Madalena ter sido a primeira baleada. É o meu ás de copas e lanço-o para a mesa:

– Sabia que Madalena teve mais namorados antes de morrer?

O inspetor fica totalmente espantado. Nunca ouviu falar de outros namorados. O que, pensando bem, não é impossível. Além de Madalena, só a irmã Julieta sabe da existência de mais dois. Ora, em 1975, enquanto Carlos Serpa investiga o crime, Madalena está morta e Julieta em coma, numa cama de hospital. Quem pode revelar ao inspetor a existência de outros homens na vida de Madalena? Além dos próprios namorados, que nunca surgiram para contar a sua versão, só talvez os criados, sugiro eu. Mas a esses ninguém perguntou...

15

A transformação de Julieta é impressionante. Passou um mês desde que deixou de ser cega e é uma mulher diferente. A postura é firme, não mais se curva como nos primeiros dias em que a vi. Há alegria na sua cara, brilho no seu olhar, está bronzeada e até usa uns óculos escuros diferentes dos primeiros, que a faziam parecer o que era, cega. Os novos comprou-os quando foi a Lisboa e andou nas compras, a visitar centros comerciais.

– Não existiam no meu tempo. Só havia lojas na Baixa, no Chiado, uma ou outra na Guerra Junqueiro e na Avenida de Roma, e mais umas quantas em Campo de Ourique, mas eu ia lá pouco.

Espanta-se com a dimensão do Colombo, com as centenas de lojas de marcas estrangeiras. Diz, com nostalgia:

– No meu tempo, só havia lojas portuguesas.

A maneira de se vestir também se alterou. Quando a conheci, era demasiado sóbria, usava vestidos escuros abaixo dos joelhos, mas hoje está de calções curtos, pernas à mostra, e apresenta uma camisa colorida e aberta, que exibe o peito. Estamos a almoçar, sentados numa mesa do restaurante da piscina, debaixo de um guarda-sol. É domingo, fim de junho, vim ao *spa* para conversar sobre o livro, e estou espantado com ela. Sim, bem sei que tem apenas cinquenta e cinco anos, mas aqui e agora ninguém diria que esteve em coma, quase paralisada, que passou muitos anos na prisão e foi cega.

Ela sorri quando a elogio e justifica-se:

– Olhe que eu fazia muito exercício na cadeia. E desde que saí, se há coisa que sempre fiz foi ginástica. O pouco dinheiro que tinha, gastava-o em fisioterapia e ginástica.

Acredito, mas parece-me que é a perda da cegueira que a muda em definitivo. O seu corpo ganha uma energia poderosa, regenera-se no *spa*, o seu espírito ganha uma confiança que não possui enquanto cega. Ela concorda, acrescenta que anda sempre a nadar, a fazer massagens, a apanhar sol na piscina. E di-lo exibindo um sorriso de rapariga, alegre e gira.

Até a sua pele está diferente. Nos primeiros dias, parecia ter mais rugas na cara, no pescoço, nos antebraços, mas afinal são menos do que eu pensava. Ou será que a sua jovialidade, a sua excitação com a vida, lhe deram mais elasticidade à pele? Há nos seus pequenos gestos, na forma como leva o copo à boca, como cruza as pernas, como ajeita o cabelo, uma intensidade que antes não existia. Cega, ou mesmo nos primeiros momentos em que recomeça a ver, Julieta está insegura, move-se em pequenos gestos sincopados, treme um pouco quando não encontra um ponto de apoio para os cotovelos. Mas agora movimenta-se e gesticula à vontade, e até excessivamente, como uma criança.

E o cabelo? Brilha, as madeixas aclararam, há leveza, um penteado inovador, uma consistência diferente. Pergunto-lhe o que se passou com o seu cabelo e ela ri-se, orgulhosa. Pergunta se eu gosto, conta que foi já várias vezes ao cabeleireiro no *spa*, e que se penteia todas as noites longamente, antes de se ir deitar. Recorda que, mesmo cega, sempre se manteve vaidosa, mas poder ver cria-lhe um desejo enorme de se cuidar, de se reinventar, de se mimar.

Aquilo que hoje posso dizer é que é uma mulher encantadora, mesmo fisicamente. Queixa-se de ter peso a mais, mas não estou de acordo, não é uma mulher gorda. É como a filha, redonda. Nas pernas, nas ancas, nos ombros, nas bochechas da cara e no peito. É verdade, nunca tinha reparado no seu peito. Ou por outra, sentira-o, as elevações debaixo dos vestidos, as costuras do *soutien* quando a amparei no primeiro dia. Mas era como se o seu peito fosse assexuado. Hoje, já tem sexo. Ela possui umas boas mamas, tal como a filha. E sabe-o, por isso entreabre a camisa, orgulhosa, mostra um biquíni por baixo, que lhe aperta os seios, os enche e puxa para cima. Por momentos, sinto-me atraído por aquele peito, como me senti, e ainda sinto, pelo da filha. Reprimo uma perversa fantasia que surge no meu cérebro, e pergunto-lhe por Redonda.

Ela responde:

– Anda por aí, a passear com o marido de mão dada.

Julieta parece incomodada com a filha. Olha para mim:

– Tenho de lhe pedir desculpa.

Faço uma expressão de espanto, ergo a sobrancelha, ela explica-se:

– No outro dia, ao telefone, disse-lhe que não desistisse. Só que a Redonda é totalmente imprevisível. Virou-se outra vez para o Tomás. Disse-me que quer continuar casada, oferecer mais uma oportunidade ao marido – dá um gole na sua bebida: – E eu que lhe pedi que apostasse nela. Desculpe.

Agradeço as suas boas intenções. Ela pousa a sua mão na minha e sorri:

– A minha filha não sabe o que está a perder.

Também lhe sorrio, agradado. Mantemo-nos de mão dada enquanto ela pergunta:

– Quando volta o Álvaro de Angola?

Relato a informação que me deram no telefonema para casa de Álvaro: só regressa no início de julho. Temos de esperar, quero falar com ele antes de conversar com os dois namorados de Madalena. Resumo as opiniões do inspetor da Judiciária. Julieta admira a minha descoberta dos calções secos do marido. Sorri sempre e diz:

– Você, além de muito giro, é mesmo esperto. Não lhe escapa nada.

O tom de voz dela diverte-me. Sente-se verdadeiramente entusiasmada com a hipótese de ter estado na casa mais alguém, uma terceira pessoa, um assassino desconhecido.

– Ontem tive mais um *flashback*!

«Viu-se» a entrar em casa, a subir as escadas. Lembra-se de os ver mortos, de se ter virado para trás, corrido para as escadas. Depois, regressa o «buraco negro».

– Tenho a certeza absoluta de que nunca desci as escadas, nem as voltei a subir, e nunca fui ao escritório buscar qualquer pistola.

Ainda estamos de mão dada quando, pelo canto do olho, vejo Redonda e Tomás aparecerem. Param junto à piscina, olham para nós, acenam um adeus, mas não se aproximam. Abraçam-se e depois mergulham ao mesmo tempo. Observamo-los a vir à superfície, a limpar a água dos olhos com as mãos, a abraçarem-se, a beijarem-se na boca. Não sinto nada. É mentira: sinto uma forte desilusão com Redonda.

A meu lado, Julieta resmunga:

– Tão depressa diz mal dele como parece no maior *I love you*.

Permaneço em silêncio. Não tenho nada a acrescentar. Ela prossegue, indignada:

– Ainda para mais, está sempre a dizer que ele é mau na cama!

As mulheres, nos momentos em que não gostam dos homens, soltam a má-língua. É uma vingança certeira, pois sabem que os machos sofrem quando alguém lhes põe o potencial sexual em causa.

Julieta pergunta:

– O que quer dizer mau na cama?

Surpreendido, encolho os ombros. Ela respira fundo e diz:

– Há tanto tempo que não sei o que é isso. Há mais de trinta anos.

Continua de mão dada comigo. O que se está a passar entre nós? Estou perplexo, nunca pensei falar de sexo com Julieta. Aperta-me a mão, faz um sorriso maroto e pergunta:

– E você?

Rio-me, digo que houve uma ou outra aventura rápida depois do divórcio, mas nada que seja para mais tarde recordar.

Julieta confessa:

– Foi uma das emoções que senti regressar, nas últimas semanas.

Conta que, enquanto está na prisão, não pensa em sexo, e que quando sai percebe que lhe é extremamente difícil conhecer um homem, porque não os pode ver, e para ela é no olhar que reside o poder de atração, é isso que neles a fascina. Como não pode ter isso, decide esquecer--se do sexo. Mas, com o regresso da visão, voltam as fantasias à noite.

– Tenho visto filmes na televisão, e estou curiosa.

Passou pela menopausa, mas a revolução interior e exterior, que atravessa no presente, reaviva-lhe a libido.

– No meu tempo, não havia filmes destes. Tenho aprendido muito, tantas posições novas – ri-se, divertida: – Só aprendi a do costume, o Miguel nunca me levava a outros lugares. Às vezes, sinto inveja das mulheres de hoje, são muito mais aventureiras do que eu era. A Madalena era diferente, mas nunca tive tanta coragem como ela.

Sorrio e ela baixa os olhos, envergonhada. Não me larga a mão. Tento incentivá-la:

– A sua vida está agora a recomeçar, tenho a certeza de que a Julieta, um dia, conhecerá um homem de quem vai gostar, e terá o que não viveu no passado.

Ela mostra-se cética:

– Os homens mais velhos do que eu, ou da minha idade, são muito antiquados. Isto não é a América! Fui cega, mas não sou tonta! Para viver emoções dessas precisava de um homem mais novo, um...

Nunca saberei o que ia dizer, pois Redonda encontra-se praticamente atrás de nós e ouço-a perguntar, com um tom de voz irritado:

– Porque estão de mão dada?

O meu coração dá um pulo, mas Julieta aperta-me a mão, não me deixa retirá-la. Ri-se, divertida, e provoca a filha:

– Falávamos de sexo. O teu amigo estava a ensinar-me umas coisas.

Depois, olha para mim e exclama:

– Não fazia ideia de que as mulheres têm orgasmos mais fortes quando ficam por cima!

Olha de novo para Redonda e faz uma careta:

– O teu pai nunca me deixava ficar por cima.

Redonda grita, chocada:

– Mãe! – Depois, abana a cabeça, enervada: – Não acredito nisto.

É perfeitamente claro para mim, e julgo que também para Julieta, que ela está incomodada pela intimidade que vê existir entre nós. Repete a pergunta que fez há pouco:

– Porque estão de mão dada?

Julieta sorri-me, com um sorriso sedutor, como se estivesse enamorada de mim. Depois, olha para a filha e diz:

– A menina quer ficar com os homens todos? Não lhe chega o seu marido? Ou ele não dança como deve ser?

Será ciúme o que Redonda sente? Mas como o explicar? Depois dos episódios iniciais no *spa*, ela recuou e afastou-se de mim. Hoje, está aos beijos ao marido, parece apaixonada por ele, e agora tem este sentimento de posse?

Redonda murmura:

– A mãe não tem idade para essas figuras.

Orgulhosa, Julieta dá uma sonora gargalhada:

– Isso é que era bom, ser a menina a dizer o que eu posso fazer! Olhe, sabe o que eu lhe digo: quem vai ao mar perde o lugar! É assim. Aqui e em todo o lado!

Redonda não riposta, mas está de dentes cerrados. Agrada-me vê-la assim, mas também me agrada a mão de Julieta, que continua pousada na minha.

– E o maridinho, onde foi?

Redonda suspira e responde à mãe, explicando que Tomás se foi vestir ao quarto. Vai para Lisboa daqui a pouco, o motorista do patrão vem buscá-lo, tem de trabalhar hoje à noite.

Julieta franze as sobrancelhas:

– Ao domingo? Que estranho. Se ele fosse bom a enfiar a salsicha, ainda suspeitava de que ia ter com outra, mas assim…

Redonda grita outra vez, indignada:

– Mãe!

Nesse momento, Julieta liberta a minha mão e levanta--se, enquanto a filha acrescenta em voz baixa:

– A reunião é amanhã.

A mãe percebe imediatamente a que reunião a filha se refere, pois comenta:

– Ah, então está bem.

Depois, avança na direção da piscina e anuncia que quer tomar um banho, aproveitar o facto de Tomás não estar presente, para não ter de ouvir «bocas». Não compreendo o comentário e observo-a a despir-se. Primeiro tira a camisa, e mostra ostensivamente o seu novo biquíni, informando que é a primeira vez que o usa. Confirmo que tem um belo peito, cheio, e poucas rugas na barriga. Orgulhosa da sua boa forma, tira os calções. Redonda permanece de pé enquanto a mãe exibe as pernas e depois se vira de rabo para nós, como a filha fez no outro dia. Apesar de ter, aqui e ali, alguma celulite, as nádegas não estão descaídas, mas sim viçosas e arredondadas. Mãe e filha têm um rabo parecido, é o que eu acho mas não digo, não vão ambas ofenderem-se.

Julieta aproxima-se da piscina e pergunta-me se não quero ir ter com ela, mas Redonda impede-me, exige que lhe conte a conversa com o polícia.

A sua mãe comenta, maliciosa:

– Claro que não quer que ele venha tomar banho comigo.

Desce as escadas da piscina e entra na água. Estou feliz por ela, pelo seu entusiasmo, pela sua metamorfose. Comento para Redonda:

– Quem a viu e quem a vê.

A filha suspira:

– Às vezes pergunto-me se era assim que ela era, antes de 75. Com a mania que é fresca...

Redonda está a ter dificuldades em adaptar-se à energia nova que nasce na mãe todas as manhãs. Apelo à sua compreensão, foram muitos anos na escuridão da cegueira. É como se ela tivesse renascido.

Redonda encolhe os ombros:

– Agora deu em passar a vida a falar de sexo. Que disparate, tem cinquenta e seis anos!

Não me escapa o pormenor: a filha acrescenta um ano à idade da mãe, uma bicada para a desvalorizar. As mulheres podem ser mais competitivas do que os homens... Relembro-lhe que existe em Julieta uma carência antiga, ao mesmo tempo que desperta para emoções novas. Não há nada de errado nisso, é como se a sua sexualidade estivesse a despertar de um sono profundo, depois de trinta anos de seca.

A filha irrita-se e murmura:

– Ora, não foi assim tanto tempo...

Não entendo mais este remoque e ela também não o explica. Pede-me informações sobre o encontro com o polícia, faço o relato, defendo a hipótese de ter estado na Arrábida uma terceira pessoa.

Ela avisa-me:

– Não vá atrás das teorias do tio Raul. Ele, às vezes, confunde os desejos com a realidade.

«Tio» Raul? Surpreende-me esta nuance semântica, embora saiba que ele é amigo da família há muitos anos. De repente, uma imagem intromete-se no meu cérebro, vejo o meu amigo Paulo, e decido trazê-lo à conversa.

– Não fazia ideia de que eras «tão amiga» do Paulo.

Também sei usar as nuances semânticas e coloquei ênfase no «tão amiga». Ela finge-se surpreendida, eu continuo:

– Gosta imenso de ti, até me perguntou se eu andava contigo! Disse-lhe que não, ficou todo contente. Quer convidar-te para ir almoçar, como nos velhos tempos. Fiquei com a impressão, pela maneira como falou, de que vocês eram, sei lá, antigos namorados.

Redonda empertiga-se:

– Nós? Que disparate! Somos amigos, nada mais.

Provavelmente, ia desenvolver a sua mentirola, mas a chegada de Tomás interrompe-nos. Veste fato e gravata, parece enervado e caminha apressadamente até nós. Informa-nos que o motorista do patrão, que o vinha buscar ao *spa*, teve um acidente na A1. O carro está danificado e não conseguirá vir.

Redonda fica imediatamente tensa e pergunta:

– E agora? Não pode ser, tu tens mesmo de tratar das coisas! A reunião é amanhã!

«A reunião» deve ser mesmo importante para falarem dela desta forma tão ansiosa, mas a questão não me diz respeito. Contudo, posso ajudar e é isso que proponho a Tomás:

– Vou para Lisboa daqui a pouco, posso dar-te boleia.

Ele espanta-se, talvez não esperasse a minha generosidade. E Redonda começa a roer as unhas, sem dizer nada. É evidente que é tudo o que ela não quer, mas não o pode evitar. Tomás aceita a boleia e regressa ao quarto, para acabar de se arranjar.

Mal ele se afasta, Julieta surge a pingar, e envolve-se numa toalha. Digo-lhe que estou de partida. Ela faz beicinho e protesta:

– Ó que pena, logo hoje que me ias inaugurar!

Há desaprovação, irritação e ciúme no olhar de Redonda. Indiferente à filha, Julieta dá uma gargalhada e abraça-me fortemente, esborrachando o seu peito contra o meu. O seu biquíni molhado mancha-me a camisa.

16

Na primeira parte da viagem, Tomás só fala de carros. De *Porsches* e *Ferraris*, *Aston Martins* e *Lamborghinis*, *BMW* e *Mercedes*. São motivos de entusiasmos, «paixões», é como lhes chama. Deduzo que são «paixões» instrumentais, pois o verdadeiro motivo pelo qual deseja os carros é porque «impressionam» as mulheres. A sua, por exemplo. Redonda «endoideceu» quando ele comprou um *Cayenne*, e nunca mais olhou para outro carro.

O meu carro não impressiona ninguém, nem mulheres nem homens. Apesar de ser de uma boa marca, é igual a muitos outros e duvido de que Redonda «endoidecesse» por causa dele.

Pelos vistos, para Tomás, as mulheres desta família «endoidecem» por tudo e por nada. São «perigosas», acusa. Relembra Madalena, a que anda com «todos», defende que é natural que Álvaro se tenha cansado dela, e não o espanta que, de tanto ter sido «encornado», a tenha «mandado matar». Resmunga:

— Houve alturas em que eu próprio me fartei... Mas agora estamos bem. Mesmo muito bem!

Sorri, com ar de gozo e pergunta:

— A mãe dela é mesmo maluca, não é?

Permaneço calado e ele continua:

– É pá, não digas que não percebeste que ela se fez a ti? Olha o abraço que ela te deu na piscina! Esborrachou as mamas contra ti, pá! Meu, a ceguinha anda doida!

– Não dei por nada.

Minto-lhe sem problemas, quero lá saber o que ele pensa.

Ele exclama:

– É pá, és mesmo tapadinho!

Acrescenta que, desde que deixou de ser cega, a mãe de Redonda tem excitações permanentes e mete-se com todos os homens que lhe passam à frente.

Eu pergunto, como se fosse indiferente:

– Ai, sim?

Tomás relata-me duas investidas de Julieta:

– Anda a dar em cima do professor de ginástica, um tipo alto. Chega a ser escandaloso. Mas não é o único: outro dia também se meteu com o *chef* do restaurante, até lhe telefonou e tudo! Anda doida a velha...

De seguida, partilha uma recordação que me soa deveras preocupante. Ainda antes do seu casamento com Redonda, Julieta já é atiradiça e mete-se com ele, na altura ainda só o namorado da filha! Os avanços amainam na época do casamento, mas seis meses depois regressam. Se ele tivesse querido, tiraria proveito.

– Porque achas tu que ela não me grama?

Tomás acredita que é desde esse momento que Julieta o toma de ponta. Sente-se rejeitada e começa a hostilizá-lo, a ser desagradável, ao ponto da grosseria e má educação. É por isso que Tomás não a quer a viver com eles.

– O que seria, em minha casa e a fazer-se a mim nas barbas da Redonda!

Daí o azedume, que só piora com os anos. Julieta sente inveja da filha, que tem homem à noite na cama e ela não!

Não consigo imaginar Julieta, ainda cega, a meter-se com o marido da filha. Se bem que... Pergunto a Tomás se Redonda alguma vez desconfiou.

– Credo, nem pensar!

Nunca denuncia a sogra à mulher, limita-se a dar-se mal com ela. Se Julieta é antipática, ele é antipático, mas nada de contar a Redonda. Ela só tem a mãe, mais ninguém, e se soubesse desses avanços zangava-se para a vida.

Estará ele a contar a história ao contrário, será o culpado a colocar-se no papel da vítima? À tarde, na piscina, Julieta disse que queria aproveitar a ausência de Tomás para tomar um banho, pois assim não ouviria «bocas». Terá sido ele a meter-se com ela? A nossa moralidade tem tendência a defender quem nós gostamos, e eu gosto de Julieta, acho-lhe graça. Acho-a deliciosamente perversa, mas não má.

Ele prossegue:

– Desde que passou a ver, a Julieta tornou-se mais desagradável com a Redonda. Já não precisa tanto dela e agora toca de malhar! Está a ser muito injusta. A Redonda aturou tudo por ela, e sempre se sacrificou sem dizer um ai! Não merece levar patadas da mãe!

Além disso, indigna-se Tomás, foi Redonda quem as tirou da aflição financeira em que viviam.

– Ou por outra, primeiro fui eu, e depois foi a Redonda.

Há cerca de quatro anos, conhece Redonda num jantar de amigos. Conversam, dançam e começam a namorar nas semanas seguintes. Aos poucos, Tomás descobre as dificuldades em que ela e a mãe vivem. Têm o pequeno apartamento de Cascais, mas muito pouco dinheiro ao fim do mês. Redonda limita-se a uns biscates, não tem emprego fixo, e a mãe, cega, precisa de muita ajuda. Ora Tomás, além de um bom carro, tem um bom emprego, é diretor financeiro numa promotora imobiliária de um grande empresário chamado Rodrigues Constantino. É um bom partido para Redonda.

Um ano depois, quando se casam, Tomás já conhece em detalhe a história da família, o passado criminal de Julieta, a tragédia da Arrábida, as perdas financeiras que os Silva Arca sofrem depois da revolução. Vão viver para uma casa nova apenas os dois, pois Tomás já não quer Julieta demasiado perto. Desconfia dela, acha que matou o marido e a irmã, além de se sentir desconfortável na sua presença, pois ela tenta seduzi-lo várias vezes. Apesar disso, ajuda-a, passa a pagar a renda do pequeno apartamento de Cascais, e a situação das duas mulheres melhora muito.

– Só aos poucos me dei conta de que a Redonda tinha talentos escondidos!

Ela tem um dom, é excelente a fazer investimentos financeiros, joga na bolsa e ganha dinheiro. Ainda hoje o faz, e cada vez mais, porque entretanto dá-se um acontecimento de enorme relevância. Um ano depois de se casarem, Redonda tem uma ideia: vender os armazéns da família Silva Arca que ainda restam, numa operação imobiliária. Os terrenos são em locais que, com o passar dos anos, se tornaram apetecíveis, e ela consegue convencer Tomás a marcar uma reunião com o seu patrão. Apresenta um projeto e o construtor fica entusiasmado. Há, contudo, uma parte legal muito complexa.

– Foi aí que entrou o amigo dela, o Paulo Salavisa Pinto.

O jovem advogado ajuda Redonda a desbloquear a parte jurídica e o negócio toma forma. Há cerca de ano e meio, são assinados os primeiros contratos-promessa e Constantino paga um sinal à família Silva Arca, mais concretamente a Julieta, que é a proprietária legítima dos armazéns. De um dia para o outro, ela descobre-se muito mais rica do que era, graças à visão e aos talentos da filha. Entretanto, o projeto vai ganhando forma, entra nas câmaras, espera aprovações, o tempo passa.

– A reunião de amanhã é a última. Se tudo ficar certo, daqui a duas ou três semanas, no máximo um mês, Julieta ficará milionária, vários milhões de euros vão cair-lhe na conta bancária. E tudo graças a Redonda!

É por isso, esclarece Tomás, que elas têm dinheiro para estar há um mês num *spa*, em banhos, sol e massagens. E é por isso que, quando Redonda diz que não trabalha, não fala inteiramente verdade, pois tem gerido muito bem o dinheiro do sinal que receberam de Constantino.

Afirma, orgulhoso:

– É uma mulher extraordinária, a minha Redonda. Irrita-me a maneira como a Julieta a trata! Então quando a compara à tia, fico doente!

Para ele, Redonda não tem nada a ver com a tia, que era uma tonta com os homens! Julieta é bem mais parecida com a irmã do que a sua filha! Volta a recordar aqueles com quem se meteu no *spa*. Depois, faz uma pausa e declara:

– Se não fosse a Redonda, elas já não tinham a casa da Arrábida!

A informação cai como uma bomba no meu cérebro e exclamo:

– Sempre pensei que tinha sido vendida!

Não é assim. Depois de Julieta ser condenada, a casa é abandonada. Dom Rodrigo e sua mulher estão no Brasil, onde morrem. Os empregados são dispensados, a casa é fechada durante meses. Como acontece com muitos locais nessa época, um dia aparece ocupada! Famílias de parcos rendimentos, retornados, sabe-se lá quem, assentam arraiais na mansão dos Silva Arca, junto ao mar. Em Setúbal, ninguém se incomoda, o povo acha muito bem que a casa dos «fascistas» seja de todos! Com o passar dos anos, a propriedade fica numa espécie de limbo, pois estava em nome das empresas de Dom Rodrigo Silva Arca, que entretanto foram intervencionadas.

Só em finais dos anos 80 é que o advogado Raul Salavisa Pinto convence os tribunais de que a casa é de Julieta. Contudo, as trapalhadas legais vão demorar mais de dez anos a esclarecer, com processos cruzados, dificuldades com os credores das empresas, um sarilho. Quando Julieta sai da prisão, ainda a casa não regressou às suas mãos. Tal só acontece um pouco mais tarde. Porém, a propriedade está hipotecada, serve como garantia para algumas dívidas que, mais de vinte anos depois, ainda não foram saldadas. Só com o dinheiro do sinal da venda dos armazéns e dos terrenos é que Redonda consegue liquidar as dívidas, e a casa da Arrábida fica finalmente livre de ónus.

Porém, diz Tomás, Julieta recusa-se a ir lá.

– É uma velha teimosa... Cega e teimosa.

A cegueira é também financeira. Apesar da degradação, a casa tem uma situação fabulosa e vale muito dinheiro. Chegam a ter uma oferta milionária do patrão de Tomás, mas Julieta diz que jamais a venderá.

Tomás barafusta:

– Percebes agora porque não gosto da velha? Uma assassina que matou o marido e a irmã, ex-presidiária, cega, que se atira ao genro e que, apesar de viver num apartamentozeco em Cascais, não nos deixa vender uma mansão fantástica na Arrábida que vale um camião de dinheiro! E para que quer ela a casa? Nem lá põe os pés!

É Redonda, acrescenta, quem orienta as obras de restauro da casa. E para quê? A filha diz que é para «valorizar», mas a mãe não quer lá ir.

– Nunca lá dormiram!

A casa é fantástica, descreve Tomás: em frente ao mar, com piscina (apesar de vazia) e um pequeno ancoradouro, que dá para um barquito atracar. Muitos quartos no primeiro piso, varandas magníficas, várias salas.

– Pode ser que agora, que já tem olhos para ver, a velha veja o que está a perder! Tenho esperança de que mude de ideias. Ontem à noite, a Redonda disse-me que quer passar lá o verão, vamos encher a piscina.

Abre um enorme sorriso e anuncia:

– Ela diz que será lá que vamos fazer o nosso filho!

Se, na primeira vez que o conheci, tive dúvidas sobre as suas palavras, hoje não tenho. Parece genuíno, tal como o afeto entre eles na piscina me pareceu autêntico. Como em muitos casamentos, existem naquele altos e baixos, e conheci Redonda num desses baixos, mas agora a maré virou. As palavras seguintes de Tomás confirmam a minha impressão.

– Sabes, às vezes acho que os homens que casam com mulheres feias são mais inteligentes. Estar casado com uma bonita é difícil. Há muita concorrência, metem-se muito com ela... Aquele Paulo, por exemplo, aproveitou-se. Ela precisava de ajuda e ele tentou papá-la. Mas a minha Redonda não é a parva que esses gajos pensam! Acham que ela é uma tontinha, mas não. Deixa-os andar ali a rondar enquanto lhe são úteis e, quando já não precisa, vai à vida dela, e eles ficam a chupar no dedo, como o Paulo. A verdade é que à noite ela deita-se comigo!

Está mesmo convencido de que entre Redonda e Paulo nada aconteceu, e não vou ser eu a mudar-lhe as ideias. Cada um acredita no que quer.

Tomás sorri, contente:

– Agora estamos muito bem. Vivemos os melhores momentos desde que nos casámos!

Chegámos à porta de casa deles em Lisboa, e quando nos despedimos, já fora do carro, ele conclui:

– Sabes, a Julieta ter deixado de ser cega tirou um peso muito grande dos ombros da Redonda. Está mais despreocupada, mais leve, mais feliz. A velha pode ser uma tonta e meter-se com os homens, e chateá-la, mas a verdade é que já não precisa tanto da ajuda da filha! E ainda bem, pois assim a Redonda tem mais tempo para mim.

Deixo em casa um marido feliz, um homem apaixonado pela sua mulher, e fico convencido de que Redonda mudou mesmo os seus sentimentos. A mulher que se mostrou tão claramente interessada em mim há um mês já não existe. Teve uma excitação apenas pontual, mas passou-lhe. Desde o encontro no escritório do advogado que ela mudou. Passei à história, sou uma nota de rodapé sem significado especial.

Neste momento, o inesperado já não é o afastamento de Redonda, mas sim a aproximação de Julieta. De repente, quando a filha me foge, a mãe agarra-me. No início, Julieta faz-me rir, intriga-me, espanta-me, mas agora há mais do que isso. Dá-me a mão, exibe o decote, o biquíni, o corpo. E sim, como lembrou Tomás, ela esborrachou-me literalmente contra o seu peito. Um movimento intencional, de mulher que quer que o homem sinta a força do seu sexo. Ela parece desejar-me, e não nego que a recordação daquele momento me excita. Só que... Será tal mãe, tal filha? A filha também me excitou, me apertou, me deixou tocá-la, e umas semanas depois tudo se desvaneceu. Será a mãe do mesmo género e os apertões de hoje apenas devaneios sem significado?

17

Finalmente, encontro-me com Álvaro, o «capitão de abril». É um homem forte, que chegou aos sessenta anos com um ar saudável. Tem uma cara redonda, queimada pelo sol, talvez porque trabalhe como agricultor. Quase calvo, usa uma barba rala e óculos redondos. Vive em Belas, numa quinta com animais e estufas, onde há crianças mulatas aos berros, no relvado em frente da casa. São os seus netos, dois rapazes e uma menina, com três, cinco e seis anos.

Álvaro é pai de quatro filhos, dois deles vivem em Angola, têm negócios por lá. Eu não sabia, e provavelmente Julieta e Redonda também não, mas o principal motivo pelo qual o «capitão de abril» se desencanta de Madalena há quase trinta anos é uma rapariga angolana, negra, com apenas dezasseis anos à época, por quem se apaixona perdidamente.

Foi em outubro de 74, numa viagem que fez a Luanda. Em casa de amigos, homens do MPLA com quem se dá bem, encanta-se com uma lindíssima moça. Perde a cabeça em duas noites tórridas e não descansa enquanto não a traz para Lisboa.

Ângela, de seu nome, aterra em Portugal em finais de dezembro, na véspera do Natal de 1974, e Álvaro aluga uma casa na Ajuda de propósito para a instalar.

A sua vida mudou desde que Vasco Gonçalves foi nomeado primeiro-ministro por Spínola. Álvaro conhece-o desde 73, aquando das primeiras reuniões dos «capitães de abril», que protestam contra a Guerra Colonial. Estimam-se e, mal toma posse, Vasco Gonçalves chama Álvaro para assessor. É um dos muitos militares que rodeiam o primeiro-ministro, faz a ligação à tropa nos quartéis, em especial ao Ralis, e executa também algumas missões especiais, como aquela a Angola, onde se desloca para falar secretamente com a gente do MPLA, já à data os preferidos aliados de Rosa Coutinho.

Está cada vez mais afastado de Madalena e da família Silva Arca, e recorda-se da última discussão com Miguel, dias depois de ter regressado de Angola.

– Percebi que deixara de ser bem-vindo naquela casa.

Apesar de admirar Dom Rodrigo, sabe perfeitamente que o sogro é um «salazarista», que abomina os «capitães de abril» e tudo o que cheire a revolução. E o cunhado Miguel é ainda mais radical.

– Um tipo de extrema-direita, impossível.

Recorda com ternura Julieta, custou-lhe muito vê-la condenada por aquele crime horrível.

– Dava-me bem com ela. Não era tão estouvada como a Madalena e, apesar de não partilhar as minhas ideias, conseguíamos conversar. Acho mesmo que era a única pessoa da família com quem eu conversava.

Num país em balbúrdia, Álvaro descreve-se como um «comunista por conveniência».

– O que eu desejava era o fim da guerra. Já tinha lá estado, em duas comissões de serviço em Angola, e não suportava mais. Ninguém suportava.

Os «capitães de abril» sentem-se mal pagos e a travar uma guerra sem sentido, num país que nega o rumo da História, pois África já foi quase toda «libertada». Sim, querem a democracia, o desenvolvimento, a descolonização, os célebres três «dês» da revolução, mas, acima de tudo, que a guerra termine. Nele, a ideologia não passa de uma capa, colada à pressa. Lê Marx e Lenine sem entusiasmo e, se lhe pedirem que defina os princípios teóricos do comunismo, não consegue. Porém, desagrada-lhe que o povo em Portugal sofra tanto e seja tão pobre, e irrita-se com a forma como as empresas de Dom Rodrigo tratam os funcionários, ou com a miséria rural.

– Sentia uma emoção muito forte, um desejo de liberdade! E uma revolta enorme contra o Estado Novo, o Salazar, a PIDE, a guerra estúpida que estávamos a travar.

Os seus netos brincam no relvado, dão pequenos gritos, correm atrás uns dos outros. Olha-os e reconhece:

– É impressionante como essas emoções desapareceram dentro de mim.

Hoje, já não é comunista. Considera a ideologia um disparate, é um empresário, compreende o capitalismo e a procura do lucro, e já nem sabe muito bem explicar porque gritava, nas assembleias do MFA, a favor das nacionalizações, das ocupações das herdades ou do desmantelamento da economia «fascista».

– Muitos de nós éramos assim, sedentos de mudança, e deixámo-nos levar pelos ideólogos.

Foi o seu caso, com Vasco Gonçalves. Por amizade, trabalha com ele, e só mais tarde, já em meados de 1975, se dá conta do radicalismo das ideias que o mentor defende. Em 74, no Natal, ainda é um crente fervoroso da revolução, e embora lhe custe ver Dom Rodrigo preso, considera que, por vezes, os homens têm de pagar um preço pelos erros que cometem no seu passado. Contudo, logo que pode intervém a favor do sogro e ajuda à sua libertação. Não lhe deseja mal, mesmo sabendo que deixou de amar a filha, Madalena.

Em inícios de 75, Álvaro já vive a maior parte do tempo com Ângela, na casa da Ajuda, e pouco lhe interessa a vida de Madalena. Quando esta pede o divórcio, não coloca qualquer obstáculo. Tem o coração ocupado e os pés quentes à noite na cama, aquecidos por uma rapariga maravilhosa que descobriu em Angola. Além disso, anda entretido a ajudar o primeiro-ministro a revolucionar o país.

– Era uma espécie de moço de recados. Ia do Vasco para o Otelo, no Copcon; ia falar com o Rosa Coutinho, depois com o Charais, às vezes com o Fabião, outras com o Vasco Lourenço ou com o Vítor Alves. Sempre a resolver pequenos problemas, coisas da tropa, dificuldades menores.

Sorri, divertido:

– Nunca governei nada, mas não parava um minuto!

Infelizmente, o país vai resvalando para uma revolução cada vez mais descontrolada e perigosa. Álvaro tem a clara noção de que o golpe de 11 de março é o ponto de viragem:

– Foi quando a revolução meteu o «turbo».

Nesse dia, desempenha o seu papel no Ralis, evita os confrontos e sobe na cotação de quem manda. E quem manda, cada vez mais, é a ala radical. O MFA é inicialmente composto por três alas: a da direita, dos militares pró-Spínola; a dos moderados, de Melo Antunes, Crespo, Vasco Lourenço; e a dos comunistas e radicais de esquerda, Otelo, Vasco Gonçalves, Rosa Coutinho, Fabião.

São três fações que, desde abril de 74, se vigiam mutuamente na Junta de Salvação Nacional e no Governo. Mas, a partir do 11 de março, a paisagem modifica-se. A ala direita é varrida do mapa político, e mesmo os moderados perdem força. A partir dessa data, imperam os radicais. Começa a deriva do PREC: as nacionalizações, as ocupações, as «manifs» nas ruas.

– A direita civil também fugiu, no caso de Dom Rodrigo e de muitos outros, para o Brasil. Ou então foi presa, pela segunda ou terceira vez.

O avanço do país rumo ao socialismo é acelerado pela revolução popular, Cunhal atinge um estatuto de herói, e nem mesmo os maus resultados eleitorais de abril de 75 retiram ao PCP a aura de ser o paladino das «conquistas da revolução».

Álvaro reconhece:

– É curioso, mas quanto mais eles se excediam, mais dúvidas eu tinha.

Nunca foi um radical, e começa a sentir-se mal com aquele apelo constante à destruição, com aquela onda desvairada que varre Portugal e as colónias. É certo que a guerra acabou, a Guiné já é independente, Angola e Moçambique vão a caminho; é certo que o país é uma democracia e há liberdade para todos; mas a balbúrdia, a excitação ideológica, o totalitarismo implícito nos desejos dos altos comandos militares deixam-no não só desiludido, mas também seriamente assustado.

– No início do verão, percebo que já não acredito em Vasco Gonçalves.

Alarma-o o histerismo do chefe e espanta-se com o seu célebre «discurso de Almada», já em julho. Também se arrepia ao ouvir Otelo prometer enviar os fascistas «todos para o Campo Pequeno». Assiste à subida a pique da agressividade, nos discursos e na ação, e teme que em breve os conflitos se tornem sangrentos e que o país resvale para uma guerra civil imprevisível. Não o deseja, até porque, em maio, sabe que Ângela espera um bebé, e um país à pancada nas ruas não é local saudável para o crescimento de uma criança.

– Deixei de ser um crente nos radicais e nos comunistas. Passou-me depressa.

Sorri e acrescenta:

– Comecei a dar razão aos militares moderados, a falar com eles. E a escutar com mais atenção os civis: o Soares, o Sá Carneiro, até o Freitas do Amaral.

A luta pela sua alma política está ao rubro. Quando o Grupo dos Nove, liderado por Melo Antunes, toma a iniciativa de publicar o seu célebre «Documento», que desafia frontalmente as ideias de Vasco Gonçalves e de Otelo, dá por si a identificar-se com o que lê. E tem a certeza de que já há semanas que o primeiro-ministro o notou, pois desde junho que o chama cada vez menos para os seus recados ou missões.

– Não fui propriamente despedido, mas desde junho que estou a ser subtilmente afastado. A meio de julho, sou colocado outra vez no Ralis, supostamente para fazer a ligação entre o quartel e o primeiro-ministro, mas é evidente que se trata de um «chega para lá»... Não tenho nada para fazer num quartel, a não ser, como se dizia nas casernas, coçar os tomates!

Rimo-nos. Ele desperta-me simpatia. Parece ser boa pessoa, tranquilo, calmo, pragmático. Admite que é devido a essa falha de emoção com as ideologias radicais que Vasco Gonçalves perde a confiança nele. Naqueles tempos, explica, ou se era radical até à morte, ou se era da «reação». Não sendo ele capaz de falsificar o empolgamento, é classificado como «pouco fiável» e colocado numa prateleira.

– É por isso que estou no Ralis, a 3 de agosto, a data do crime da Arrábida. Passei o dia por lá, por lá jantei, e só à noite vou para casa, ter com a Ângela.

Pergunto-lhe se tem a noção de que foi um dos suspeitos do crime, e ele encolhe os ombros.

– Sim, mas... Eu já não via a Madalena desde março, desde uma reunião que tivemos no advogado! Tinha falado com ela ao telefone, duas ou três vezes, mas nem sabia se ela estava em Lisboa ou na Arrábida. E porque havia de querer matá-la?

Relembra que se desapaixona dela meses antes, e anda pelo beicinho por Ângela, a mulher mais extraordinária que conhece. Não fazia qualquer sentido matar a sua ex-mulher, por quem não tem uma ponta de raiva ou qualquer outro mau sentimento.

– O nosso casamento foi um equívoco, uma excitação que durou poucos meses. É claro que não admirava a família, eles eram muito malvistos. Mas matá-la? Porquê?

Ciúme, digo eu. Madalena é muito ousada, mete-se com outros homens, tem namorados. Ao ouvir-me, Álvaro suspira:

– Sim, ela era «malandreca». Além de *hippie*, de fumar charros e de querer mudar o mundo com poemas e filosofias! Mas já há muito que deixara de me incomodar com isso. Não sei se você percebe, mas nós nunca nos magoámos um ao outro. Como se diz agora, curtimos estar juntos durante uns tempos, mas depois percebemos que já não queríamos mais, cada um foi para seu lado e nenhum se zangou.

Em finais de 74, quando tomam a decisão de viver em casas separadas, Madalena já sabe da existência de Ângela, da casa da Ajuda, e em maio, numa das últimas conversas curtas que têm ao telefone, para tratar do divórcio, ele informa-a do bebé que Ângela espera, e ela dá-lhe os parabéns, fica feliz por eles.

– Ficámos amigos até ao fim.

Álvaro emociona-se, aparecem-lhe lágrimas nos olhos, a voz embarga-se. Pede-me desculpa, opta pelo silêncio, deixa a emoção passar. Depois repete:

– Nunca seria capaz de tal coisa. Éramos amigos.

Sinto que diz a verdade. Mas tenho de lhe fazer perguntas, peço a sua compreensão. Refiro a reunião no escritório de Salavisa Pinto, as supostas «ameaças» que profere.

Fica, pela primeira vez, indignado:

– Isso é uma completa mentira! Não existiu qualquer cena, qualquer ameaça, qualquer insulto ou grito. A reunião durou meia hora, no máximo, estávamos de acordo em tudo. Não sei como o advogado pode dizer isso!

Porque tem Salavisa Pinto uma versão tão diferente da reunião? Álvaro não faz ideia. E quanto aos namorados de Madalena, o tal amigo de infância e o tal arquiteto?

O capitão encolhe os ombros e sorri:

– Aí, não o posso ajudar. A Madalena nunca me falou neles. O que sei é o que ouvi dizer em tribunal, no julgamento da Julieta.

Esteve nas audiências, foi chamado a depor, cumpriu o que lhe pediram.

– Tive pena dela, mas tudo apontava para que tivesse sido Julieta a matá-los.

E ele, quem acha que foi, Julieta ou outra pessoa?

Álvaro respira fundo:

– Eu queria muito que não tivesse sido ela, mas... Não sei de ninguém com motivação para os matar. Os empregados? Sinceramente, não acredito.

Relembra que Miguel era desagradável e conflituoso, mas, se alguém o quisesse matar, poderia tê-lo feito noutro local, e certamente que não precisava de matar também Madalena. Ela era tudo menos «fascista», além de nunca ter feito mal a uma mosca.

E, pergunto eu, achava-a capaz de se meter com Miguel, o marido da irmã?

Mais uma vez, Álvaro encolhe os ombros:

– Sei lá. Não se davam bem, mas... Ela era brincalhona, ele não tinha princípios. Não me admirava que, se ela estivesse charrada ou com os copos, uma coisa dessas pudesse acontecer.

Contudo, segundo a PJ, Madalena não tinha fumado droga nessa tarde, não havia qualquer vestígio no sangue. Álvaro acrescenta que é por isso que, mesmo custando-lhe muito, tem de aceitar que, se calhar, foi Julieta quem teve um momento de loucura e, cega pelo ciúme, matou o marido e a irmã.

Ouço um carro a chegar e pouco depois aparece no jardim uma mulher negra, muito bonita e vistosa, bem vestida, cheia de colares e anéis. Terá mais de quarenta anos, mas tem o corpo em boa forma, pernas musculadas, peito farto, andar de gazela, um mulherão.

Álvaro baixa o tom de voz:

– É a Ângela – sorri e aprecia: – Parece uma preta americana, dos telediscos.

Levanta-se e apresenta-me. Ângela abraça-me, dá-me dois beijos repenicados, um de cada lado, enquanto os netos se aproximam a correr, aos gritos, a chamar pela avó. Álvaro está pelo beicinho, os olhos brilham, ao ver a mulher abraçar as crianças, a falar muito alto, quase a gritar. É como se tivesse chegado um furacão: a casa ganha vida, de lá de dentro saem mais duas raparigas bonitas, mulatas, as mães das crianças, e o marido de uma delas, e de repente falam todos ao mesmo tempo, uns com os outros. Dou beijos e aperto mãos, e sinto-me bem no meio daquela família numerosa e barulhenta. O meu coração é invadido por uma certeza profunda: aquele capitão da revolução de abril não mandou matar ninguém.

18

Estou ao telefone com Redonda. Ela está no *spa*, ainda no *spa*, sempre no *spa*, a acompanhar a mãe, que diz ela, está a mudar tão depressa que lhe parece uma estranha. Julieta barafusta sobre tudo, diz que não aguenta um país com mais de sessenta canais de televisão quando ela só tinha um, a RTP; que tem dificuldades em perceber a Europa, porque a Europa do tempo dela só tratava mal Portugal, um país que desprezava porque queríamos manter o império. Mas, ao mesmo tempo, está extasiada com as possibilidades do seu maravilhoso novo mundo feminino, que agora vê, com os batons e os cremes, as sandálias e as carteiras, as novas atitudes das mulheres, que Julieta batiza de «homens com mamas», com dinheiro mas manias de machos.

Redonda rende-se:

– Deixei de a compreender.

Não me espanta, há anos que não compreendo ninguém. Os meus pais, esses entendo, têm princípios. Mas, daí para baixo, já não compreendo ninguém. Na verdade, acho que somos uma espécie nova de «adultos-crianças», mimadas, interesseiras, cruéis e mentirosas. Somos «crianças-com-dinheiro», com muitos brinquedos novos que rapidamente perdem a novidade e são substituídos por outros. Nada dura, nem os afetos. Há uma distorção total da realidade, tornámo-nos imprevisíveis e caprichosos.

Redonda, por exemplo, protesta com a mãe, mas, na verdade, está é irritada porque o negócio com o patrão do marido ainda não se concretizou. Há mais uma licença, mais um burocrata a empatar, mais uma parede onde embate o seu desejo intenso de ser mais rica. Ela jamais admitirá que é isso que a mói, mas o dinheiro é sempre muito importante para as mulheres, mesmo quando afirmam o contrário. Tão importante ao ponto de mudar as emoções dela, ao ponto de empurrá-la de volta para o marido.

Agora diz:

– Quero lutar pelo meu casamento.

Se quer viver essa farsa, que viva. Que faça filhos e seja feliz. Quem sou eu para defender o contrário? Eu e ela não somos nada, nunca fomos nada, nunca existimos! Fomos apenas uma possibilidade, um beijo, um apalpão numa mama, uma excitação de adolescentes. «Adultos-crianças»... Ela quis naquele momento um brinquedo novo e brincou, e eu também brinquei, e depois passou o momento e veio uma nova circunstância, um novo interesse, só posso dizer amén.

Ela propõe:

– Vamos ser só amigos.

Amigos... Eis uma palavra que me confunde na boca de uma mulher. Quem são hoje os «amigos» de uma mulher? São os «amigos-só-amigos», por quem tem um sentimento sem desejo, ou são os «amigos-com-quem-já-foi-para-a--cama»? Por exemplo, Redonda elege Paulo Salavisa Pinto como «um amigo», mas já dormiu com ele, embora o negue. E agora diz que me quer para «amigo», embora já a tenha beijado na boca e apalpado na mama. E os outros amigos que ela tem, os «maridos-das-amigas», que tipo de «amigos» são? O que define a amizade quando nela cabe tanta coisa tão diferente?

Será boa ideia oferecer-me a sua amizade como prémio de consolação? Ao informar-me de que, a partir de agora, seremos «só amigos», está a estabelecer que não teremos uma relação sexual. Despromove-me, mas, ao mesmo tempo, tenta consolar-me. Ora, para mim a amizade nunca pode ser a consolação de um falhanço sexual, pois é a única relação verdadeiramente escolhida e desligada dos instintos sexuais humanos. Acontece que tenho desejo por ela, e ela por mim, mesmo que o negue, e esse desejo não pode ser triturado por um martelo pneumático mental numa tentativa de destruição apressada, que o recicle à pressa como sentimento de amizade. Nunca ninguém consegue. Se há desejo, haverá sempre, e só a distância o cura, jamais a amizade.

Para agravar, esta saída airosa só é proposta por Redonda porque não está apaixonada por mim e julga que eu só penso nela. No jogo sexual, o vencedor é o que tem a sorte de não ser atingido primeiro pelo raio do Cupido, e ela julga ser ela. Por isso é condescendente, é a primeira a recuar, sente-se superior. Doce ilusão, para a qual contribuo. Deixo-a ir, embora saiba que não estou apaixonado. O que existe dentro de mim não é ainda amor, mas apenas desejo, ou talvez desejo de amor, e isso só não chega para que fique ferido por não me satisfazer. Apenas frustrado, como uma criança que perdeu o seu brinquedo.

Quinze minutos depois toca o telefone outra vez.

– Olá, paixão.

É Julieta. Agora é assim, chama-me «paixão». Rimos. Pergunto-lhe o que faz acordada a esta hora. São duas da manhã.

– Estou a sonhar consigo.

Ainda não diz «contigo», mas deve faltar pouco. Confesso que já não sei como tratá-la. Ao princípio era «minha senhora», depois passou a «Julieta», nos últimos tempos já dei por mim a chamar-lhe «minha querida» e uma vez, num momento de mais ousadia, «amor». É claro que se trata de uma brincadeira mútua, mas tenho a sensação de que, pé ante pé, estamos a criar entre nós uma ligação que, a coberto do humor, se pode transformar noutra coisa diferente. Ou não passaremos apenas de «adultos-crianças», excitados com um novo brinquedo?

– Não sabia que ainda tinham a casa da Arrábida.

Sinto necessidade de me refugiar num assunto sério, não sei ainda como lhe responder aos sonhos.

Julieta suspira:

– Podemos ir lá os dois.

Lembro-lhe que prometeu nunca mais lá pôr os pés. E ela reconhece:

– É verdade – recusa-se a recordar as razões, mas propõe: – Mas consigo vou.

Sigo para outro assunto: o encontro com Álvaro. Já digeriu o choque, nunca ouvira falar em Ângela nem em filhos ou netos. Uma vez, recebe uma carta dele, talvez cinco anos depois de ser presa. Quem a lê é uma colega presidiária do hospital-prisão e é apenas um curto lamento, no dia dos anos de Madalena. De resto, só o silêncio. Mantém viva a fantasia neurótica de que foi ele o mandante do crime e nunca dá um passo para o procurar.

– Ergui uma barreira entre nós e culpei-o. Acha mesmo que não foi ele?

É a minha intuição.

Julieta pergunta:

– Então quem foi?

– Vamos descobrir.

Ri-se, do lado de lá do telefone, e exclama:

– Gosto da sua convicção!

Mudo de tema, descrevo-lhe a conversa com Redonda, a sua oferta de amizade.

Julieta dá uma risadinha:

– Ainda bem, fica só para mim.

Inesperadamente, pergunta:

– Consegue imaginar-me? Estou deitada na cama, de camisa de noite…

Sim, consigo. Já a vi de biquíni na piscina, já entrei naquele quarto, conheço as camas do hotel, é fácil imaginá--la sentada numa delas, a falar ao telefone.

Ela corrige-me:

– Eu disse deitada e de camisa de noite. É diferente.

Fico por aqui. Há ainda um travão que me impede de a seduzir.

Ela fica desiludida e tenta saber a razão.

– Acha que eu sou uma velha sem graça?

– Nada disso – riposto. – Acho até que tem imensa graça, é uma mulher muito interessante.

– Tem medo de mim?

Pergunto-lhe porque haveria de ter e ela responde:

– Porque fui considerada assassina de duas pessoas, o meu marido e a minha irmã; porque estive presa; porque fiquei cega; porque voltei a ver.

– Não são razões para a temer.

Ela pergunta:

– E ter cinquenta e tal anos?

Para mim, ela é a mãe da Redonda, a personagem central da história que decidi escrever, não alguém que pense conquistar. Ligeiramente amuada, ela tenta picar-me:

– Eu sei que prefere a minha filha, que é mais nova… Mas agora isso foi chão que deu uvas.

É verdade. Redonda afastou-me. De repente, o meu travão mental solta-se. Porque não brincar com Julieta? Qual é o mal? Ganho confiança e digo:

– Se eu fosse aí agora, não ia ter com a Redonda, mas consigo.

Julieta fica expectante com a minha iniciativa inesperada.

– O que quer dizer?

Digo-lhe que podia meter-me no carro e ir ter com ela ao *spa*. Se me deixasse entrar no quarto.

– Fazia isso?

Julieta não tem a certeza se estou a falar a sério ou a brincar.

– Tenho pensado muito em si, Julieta. Mais do que quero admitir. E são pensamentos inesperados…

De repente, ela muda. Provavelmente, assusta-se com o meu ímpeto. O que era uma brincadeira passou a ser uma possibilidade concreta, o que a deixa nervosa.

Eu prossigo:

– Gostava de vê-la em camisa de noite, deitar-me ao seu lado na cama, abraçá-la.

Fui longe de mais e ela exclama:

– Que loucura! Vir agora a esta hora, disparado de Lisboa, não faz sentido!

Alarmou-se. Uma coisa é brincar com um homem, tentá-lo, excitá-lo; outra, completamente diferente, é tê-lo ao lado.

Julieta suspira:

– Bem, vamos parar com os disparates, já é tarde...

Cada uma no seu estilo, mãe e filha são parecidas. Muita coragem nas palavras, mas pouca nos atos. Prometem muito, mas depois encolhem-se. A intimidade parece aterrá-las. Quando pressionadas, recuam, em aflição. Alegando cansaço, Julieta despede-se, não sem antes prometer:

– Vamos à casa da Arrábida juntos.

Pois.

19

Hoje estou no Porto. Vim cá encontrar-me com o «Bebé», como é conhecido Bernardo Souto, filho de boas famílias nortenhas, com casa na Foz e quinta em Viana, e que, aos cinquenta e tal anos ainda precisa de pedir à mãe que lhe passe as camisas. Divorciado por duas vezes, dois filhos do primeiro casamento e um do segundo, o Bebé tem um *BMW X5* parado à porta de casa e dorme até ao meio-dia. Dizem que a fortuna da família ainda dá para isso.

Vim de comboio, saí em Campanhã, apanhei um táxi para a rua cujo nome tinha escrito num papelinho, e agora estou em casa dos pais do Bebé. Este homem é o primeiro namorado de Madalena, irmã de Julieta. Conhece-a em Moledo, em 1968, no verão. A rapariga está lá a passar férias em finais de agosto, em casa dos pais de uma amiga. Tem dezassete anos, mas as emoções à flor da pele.

Julieta disse-me que ele foi mesmo «o primeiro». A irmã relatou-lhe a proeza: depois de uma festa em casa de uma terceira amiga, onde conhece Bebé, que tem dezanove anos à data, vão os dois dar um passeio na praia, à noite. Madalena só regressa a casa da amiga depois das três da manhã. Entra por uma janela, excitadíssima, nem dorme, e logo no dia seguinte telefona para Lisboa e conta à irmã os pormenores da sua «inauguração sexual». O Bebé é um «querido», ama--o perdidamente uns meses, e o rapaz faz várias viagens a Lisboa até ao final do ano. Mas os sentimentos esfriam com o inverno, e Madalena arranjará outro namorado lá para março, esquecendo durante uns anos o seu «primeiro homem».

É só em finais de 1974 que Bebé regressa à vida de Madalena. Diz-se que muitas mulheres, quando acabam um amor importante, se reinventam olhando primeiro para o passado, e buscam nos antigos namorados um consolo. Assim é com ela. Esfrangalhado o casamento, reencontra o seu «primeiro».

Nesses tempos, Bebé vive em Lisboa, onde tenta completar o curso de engenharia, no Técnico. Por acaso, cruzam--se no Chiado, abraçam-se, emocionados, e rapidamente percebem que ambos andam infelizes.

Bebé mora sozinho, num apartamento alugado na Alameda Dom Afonso Henriques, que Madalena conhece dias mais tarde. As emoções renascem, o sexo também, mas serão as paixões políticas a instalar a celeuma entre os dois.

– A Madalena era de extrema-esquerda e eu do CDS!

À minha frente está um senhor de barriga, com cabelo grisalho, vestido com *jeans* e polo da Lacoste. Tem dois olhos verdes que devem ter feito as delícias das meninas da Foz durante décadas, mas a ociosidade em que sempre viveu estragou-lhe a pele e a elasticidade muscular.

Conta que adere ao CDS logo no verão de 74, é um dos fundadores da Juventude Centrista, na cidade do Porto, e acredita profundamente nos princípios do partido.

– É o único que vota contra a Constituição, em 76! Foi preciso coragem. O Freitas e o Amaro da Costa tiveram-na, ao contrário do Sá Carneiro.

Bebé oferece-me uma cerveja, bebemos os dois enquanto me recorda Madalena. Confirma as suas «manias» de *hippie*, as flores no cabelo que sempre trazia, o haxixe que fumava, os livros de filosofia com que andava debaixo do braço.

– Muito querida, mas muito tonta.

Incomodavam-no as ideias políticas dela, a defesa do amor livre, o fim da propriedade privada, a dissolução do modelo «capitalista».

– Nunca percebi como podia pensar assim.

Para Bebé, filho de família rica, tais ideias eram uma heresia, para mais vindas de alguém que também pertence a uma família endinheirada. Bebé esclarece que a família Silva Arca não era propriamente muito conhecida ou antiga, como os Souto da Foz. É dinheiro novo, aquilo a que anos mais tarde se chamarão «novos-ricos», ou mesmo «patos-bravos». Dom Rodrigo constrói a fortuna ele mesmo, não há nada nas gerações anteriores dos Silva Arca, e por isso eles não têm o *pedigree* necessário para pertencerem à elite nacional. Mas Bebé reconhece que, fosse por influência de Dona Emília, fosse pela boa educação que recebem, as irmãs Julieta e Madalena já se acomodaram aos hábitos das boas famílias.

– O pai era um parolo, mas elas já não.

Todavia, é gente que não tem as referências muito sólidas e, ao primeiro embate, o verniz estala.

– A Madalena era uma «desviada».

Segundo Bebé, ela nunca absorve os códigos sociais das elites antigas, e aproveita a Revolução dos Cravos para subverter os poucos valores que absorveu.

Bebé reconhece:

– Nunca teríamos sido felizes.

Zangam-se em definitivo em janeiro de 1975 e não voltará a vê-la até à data da sua morte, em agosto desse mesmo ano. O motivo da zanga é o CDS, o partido mais à direita que os militares do MFA permitem, e mesmo assim sabe Deus o que Bebé sofre. Mete-se em zaragatas no Técnico e anda à estalada nos cafés da Ribeira.

– Ao contrário do que se pode pensar, a cidade do Porto não era nada à direita. Era até muito à esquerda.

É, no entanto, lá que acontece o primeiro Congresso do CDS, numa reunião no Palácio de Cristal, na qual Bebé quer estar presente. Vem de Lisboa de propósito, e Madalena decide acompanhá-lo.

– Para meu grande espanto, o Congresso virou um pandemónio.

Hordas de populares e comunistas cercam o Palácio de Cristal e exigem o fim da reunião do partido dos «fascistas»! A polícia tem dificuldades, não consegue parar a fúria da populaça, e a escalada dos confrontos sobe de tom. Lá dentro, estão os principais dirigentes do partido, os observadores internacionais, os delegados, muitos deles amedrontados, com receio de serem atacados pela turba. Nas portas, estão os jovens do partido e alguns homens, entre os quais o Bebé. Há pancadaria, feridos, muita tensão e teme-se um banho de sangue.

– Passámos uma noite dos diabos!

Para sua grande consternação, eis que cerca da meia-noite o Bebé vê, no meio da «canalha esquerdista» que cerca o Palácio, a sua namorada. Alegre, Madalena confraterniza com os barbudos dos sindicatos e com os rufias do Partido Comunista que por lá andam, e que Bebé conhece de ginjeira.

– Nem queria acreditar.

Vê Madalena trautear os cânticos de hostilidade ao CDS, e vê-a também enfurecida, a atirar pedras na direção do Palácio.

– Estava em êxtase! Não sei se tinha fumado ou bebido, mas parecia uma louca!

Pela calada, Bebé consegue vir cá fora. Mascarado, com um lenço a tapar-lhe a cara e auxiliado pela escuridão, consegue passar despercebido, e procura a namorada no meio daquela gente que tanto despreza. Encontra-a encostada a um barbudo com ar de estudante, meio adormecida. Tenta falar com ela, mas Madalena enxota-o sem dó nem piedade. Apesar de ela não o denunciar como um «menino» da JC, os estudantes que a rodeiam começam a ser hostis, a lançar perguntas, e Bebé retira-se depressa. Voltará a entrar no Palácio de Cristal mais tarde, no clímax da confrontação, um pouco antes de a tropa chegar para evitar que os congressistas sejam brutalizados.

A matula de esquerda radical vence a contenda: apesar de conseguirem escapar ilesos, devido à ação dos militares, os dirigentes do CDS são obrigados a terminar ali o Congresso, pois o Copcon não garante a sua segurança. Abandonam o Palácio de Cristal para gáudio das vanguardas radicais de esquerda, que assim conseguem boicotar uma reunião democrática e pacífica.

Bebé recorda:

– Era assim o país em inícios de 1975, mandava a rua, e na rua mandavam os «comunas».

Quanto a Madalena, regressará no final do dia seguinte a casa dos pais dele, onde ambos se haviam instalado. A discussão estala, há acusações de parte a parte, e o afeto fica para sempre danificado. Bebé não lhe perdoa ter estado do lado errado da barricada, a atirar pedras.

– Podia ter-me atingido a mim, o seu namorado!

Hoje, ri-se, mas, na época, Madalena regressa sozinha a Lisboa, de comboio, e nunca mais se falam.

– Só soube da morte dela vários dias depois. Estava em Moledo, a passar férias. Embora zangado com o seu comportamento no Congresso do CDS, nunca lhe desejei tal coisa, e fiquei muito chocado com o que se passou.

Para Bebé, não há dúvidas. Pelo que leu, na época do crime e do julgamento de Julieta, é óbvio quem fez o quê.

– Espantou-me aquela carnificina. Tinha visto a Julieta umas vezes, em Lisboa, em 1968, e parecia-me uma rapariga muito ajuizada, ao contrário da Madalena. Quanto ao Miguel, não o conhecia. E também não conhecia o Álvaro. Em 75, aliás, não me cruzei com ninguém da sua família. Ela ainda era casada, percebe?

Bebé é católico, para ele o casamento é para a vida e o divórcio um mal, tal como a Igreja defende. A breve relação adúltera com Madalena envergonha-o e nunca chega a visitar os Silva Arca. Ou seja, é-lhe impossível ajudar-me, não sabe o que se passa na vida dela entre finais de janeiro e agosto de 75, ignora se teve mais namorados ou quem a podia querer matar.

Pergunto-lhe:

– Acha possível ela meter-se com o marido da irmã?

Sim, Madalena era muito ousada com os homens. Bebé recorda que, já em 1968, na noite em que se conhecem, em Moledo, é ela quem o convence a ir para as dunas, é ela quem comanda, quem lhe despe as calças e lhe tira as cuecas, para ele a desflorar. Três vezes, isso ainda Bebé lembra, abrindo um sorriso.

* * *

Opinião semelhante tem Mário Damião, arquiteto cabeludo e barbudo, com ateliê em Lisboa, com quem me encontro dias depois.

É o outro «namorado» conhecido de Madalena, de quem Julieta ouviu falar. Em 1975, já era cabeludo e barbudo, e assim ficou, sem concessões às modas burguesas que aparecem nos anos 80.

Diz, sem rodeios:

– A Madalena era uma gaja muito aberta!

É um homem do PS, admirador de Soares, e reconhece que, em 1975, também era um bocado *hippie*.

– Andava de alpergatas e com um lenço na testa, que apertava na nuca com um laço.

O seu grupo de amigos inclui pintores, músicos, escritores, malta das universidades, dos cursos de filosofia ou germânicas. São pacifistas e libertários e pertencem a vários partidos. Uns são do MES, outros do PS, um ou outro é do MRPP. Abominam as organizações comunistas, a sua rigidez e protocolos, a sua dedicação totalitária. Acreditam em Soares, e não querem o país transformado na Albânia. Preferem a Suécia, onde o Estado taxa muito os ricos, mas deixa às pessoas as suas decisões individuais.

– Conheci a Madalena numa manifestação de estudantes.

Encantam-se um pelo outro e não perdem tempo.

– Dormimos juntos logo na primeira noite, ela não era de perder tempo.

Mário Damião desconfia de que houve outros do seu grupo que «molharam o pincel» com ela, mas não é coisa que o incomode. É com ele que ela passa mais tempo. Estamos em finais de março de 1975, e Madalena, já separada, vive entre a Arrábida e Lisboa.

Tal como Bebé, Mário Damião também não conhece a família Silva Arca. Dom Rodrigo acabou de fugir para o Brasil com a mulher, e quem fala deles classifica-os como «fascistas». Também nunca vê Miguel, e só encontra Julieta uma única vez, à porta de casa desta, quando passa com o seu *Fiat 600* a buscar Madalena.

– Nunca a voltei a ver, até porque ela, como estava em coma no hospital, é julgada à revelia.

O arquiteto acompanha duas sessões do julgamento, um ano mais tarde, em princípios de 76. Tem curiosidade, choca-o muito a morte brutal de Madalena. O namoro, apesar de breve, dura até início de julho, e ele ainda a recorda com muita nostalgia.

– Ela era uma folgazona, uma das melhores camas da minha vida!

Na prática, namoram três meses – abril, maio e junho – e Mário Damião chega a viver noites tórridas na casa da Arrábida. Madalena está lá sozinha, dispensa os criados, e fazem amor na piscina, na relva, até no mar, junto ao pequeno ancoradouro.

– Só que, um dia, apanhei uma surpresa dos diabos!

No início de julho de 75, decide sair de Lisboa no seu *Fiat 600* e fazer uma surpresa à namorada. Chega à Arrábida às quatro da tarde, depois de uma viagem atribulada, com dificuldades de meter gasolina nas poucas bombas que existem.

A casa parece vazia, não há carros no terreiro. Toca à porta, mas ninguém a abre. Ouve vozes, vindas da piscina, e dirige-se até lá.

Aí, depara-se-lhe um espetáculo inesperado. Deitados num colchão, em pleno ato sexual, estão Madalena e outro homem, que não reconhece.

Eu pergunto:

– Miguel?

Não, diz o arquiteto. Só terá essa certeza em agosto, quando vê a fotografia do marido de Julieta no obituário de um jornal. Naquela tarde, espantado com o que vê, Mário Damião chama por Madalena e interrompe a folia. Apanhada em flagrante, a rapariga desata a rir à gargalhada, mas o seu acompanhante tapa-se, embaraçado. Apesar disso, Mário Damião vê-o bem, antes de, desiludido, dar meia-volta e regressar ao carro. Madalena virá atrás dele, enrolada numa toalha, e conversam junto ao *Fiat 600*.

– Acabámos o namoro ali, ela de toalha, eu vestido, com a mão na porta do meu carro.

O «par de cornos» dói-lhe uns tempos. Semanas depois viaja para Florença com um grupo de amigos e tenta esquecer a desfeita. É lá que recebe um telefonema da mãe, a avisá-lo da morte de Madalena. Só regressa alguns dias mais tarde, ainda atordoado com a notícia.

– Chorei muito.

Não contenho a curiosidade e pergunto-lhe quem era o homem com quem Madalena estava na piscina. Mário Damião encolhe os ombros e diz:

– É por isso que digo que ela era uma gaja muito aberta. Nunca se sabia com quem podia andar a dormir.

À porta da casa da Arrábida, com a mão na porta do *Fiat 600*, vestido, ouve o pedido de uma Madalena enrolada numa toalha, seminua. Ela pede-lhe discrição sobre o episódio, pois o seu novo amante é um homem mais velho, casado, e que a está a ajudar no divórcio.

– Só o identifiquei no tribunal, quase um ano mais tarde. Ainda não me tinha esquecido da cara dele. Era o advogado, o Salavisa Pinto.

O meu coração falha uma batida. Raul Salavisa Pinto e Madalena? Será possível que...?

20

Não consigo ainda abrir esta ferida, lançar a suspeita sobre o advogado. Ele é um amigo da família. Defende Julieta em tribunal, em 75 e 76; recupera os bens dos Silva Arca, durante quase vinte anos, sem falhar uma única vez; é pai do meu amigo «PSP», o Paulo. Mas a questão tortura-me. Porque mente o advogado a propósito dos inexistentes insultos e ameaças de Álvaro a Madalena? Porque omite o seu relacionamento com ela, presenciado pelo arquiteto Mário Damião? É evidente que a pista dos outros namorados nunca foi explorada pela PJ porque a única pessoa que, em 75, podia saber da sua existência, Raul Salavisa Pinto, se cala para se proteger.

Sinto um enorme desconforto, quero falar, mas não posso, e por isso o resumo que faço a Julieta sobre os meus encontros com Bernardo Souto e Mário Damião é incompleto. No entanto, não omito as minhas dúvidas apenas por razões morais. Atacar Raul Salavisa já pode pôr em risco o meu livro. Temo que Julieta e Redonda se virem contra mim e me obriguem a suspender os trabalhos.

Como quero ainda visitar a casa da Arrábida, pisar o corredor que o assassino pisou, reconstituir o crime, adio a verdade. Ainda não a revelei hoje, um dia quente do final de julho. Há uma vaga de calor que assola Portugal há mais de uma semana, o país está sob temperaturas muito altas, quase quarenta graus.

Há fogos, muitos fogos. Fogos no Norte, fogos no Centro, fogos no Sul. Há também um fogo na serra da Arrábida, mas parece ainda pequeno visto de Troia, onde estou. Embarco no *ferry*, a caminho de Setúbal, admiro as colunas de fumo que se elevam para o céu por cima das encostas da serra. Vim de Lisboa pelo mar, no meu pequeno barco à vela com oito metros. Dobrei o cabo Espichel e não foi difícil, pois o calor para o vento e acalma o mar.

Ancorei em Troia, hoje de manhã, mas nenhum deles sabe que vim de barco. Redonda e Tomás vão buscar-me a Setúbal. Entro no carro, cumprimento-os e sinto que há de novo mal-estar entre o casal. Ele está irritado, Redonda amuada. E linda. Veste uma minissaia e uma camisa muito decotada, noto o biquíni por baixo, calça havaianas, e tenho de fechar os olhos para domar o meu desejo, esquecer-me dela.

Quase não me fala, não me pergunta se estou bem ou mal, parece que vive noutro planeta onde eu não habito.

Quinze minutos depois, sempre calados, chegamos à casa. A caminho do Portinho da Arrábida, poucos quilómetros depois de Setúbal, há uma pequena baía, que parece recortada na serra, com uma praia, um minúsculo ajuntamento de areia, e depois vejo um enorme portão, que dá acesso a um palacete pousado praticamente em cima do mar.

É um edifício amarelado com os telhados cinzentos, lembra um prédio de Paris ou o castelo de Moulinsart, o dos livros do Tintim, onde vive o capitão Haddock. A única diferença é a proximidade do mar – é um palacete sentado em cima dos rochedos.

Pela janela do carro, aberta, entra um leve cheiro a quei-mado, o fogo está ainda distante, só cá chega o fumo, e a casa está a dar uma volta sobre si própria à medida que o carro de Tomás a contorna pela esquerda até parar, debaixo de um alto pinheiro-manso.

Redonda informa:

– Foi aqui, debaixo deste pinheiro, que o senhor Simões parou o carro, onde eu estava na alcofa. O pinheiro era muito mais pequeno do que é hoje, não devia chegar aos dois metros de altura.

Saio do carro, fico de frente para a casa. O mar está nas minhas costas, a pouco mais de vinte metros de distância e talvez cinco metros abaixo do nosso nível. Para a minha esquerda, estende-se um terreiro, ao fundo há um pequeno murete, e depois dele a piscina. A casa foi pintada há uns anos, mas o salitre é cruel, morde a tinta, descasca, rói as pedras nos cantos, as soleiras ou os varandins.

Há dois andares: no primeiro, conto seis janelas e no rés-do-chão quatro, duas de cada lado da porta principal da casa. Avanço, os sapatos pisam o saibro e depois chego à grande porta, pintada no mesmo cinzento parisiense do que as portadas.

Julieta recebe-nos e diz, enquanto entramos no *hall*:

– O meu pai quis transportar Paris para a Arrábida.

Recorda os sonhos que alimentaram Dom Rodrigo e cujo resultado é aquela casa, mas eu não a escuto, apenas a observo. Nunca a vi tão bonita e tão luminosa. O vestido de algodão azul-claro, leve e curto, realça os contornos do seu corpo, o penteado é inovador, o cabelo ondulado cai--lhe pelos ombros e, como não podia deixar de ser, exibe um decote orgulhoso. Brilham-lhe os olhos quando me observa e o que vejo neles, será desejo? Engulo em seco.

Aquela mulher, que conheci cega e curvada, que se desloca va amparada na filha e na bengala, parece hoje um ser humano totalmente diferente, como que insuflado por um espírito novo.

– Já estava com saudades suas...

As palavras de Julieta enervam Redonda, mas a mãe permanece indiferente aos incómodos da filha. Abraça-me longamente, beija-me na cara, faz-me festas nas costas e olha-me ternamente.

Redonda intervém, sem disfarçar o ciúme:

– Podemos passar ao que interessa?

Julieta continua a ignorá-la ostensivamente e esta pequena crueldade dá-me um certo gozo.

– Mãe, importas-te de acordar? Não temos a tarde toda.

A mãe não reage. Ao contrário do que se passava no *spa*, Julieta não entra no bate-boca habitual entre as duas, não lhe passa cartão, nem a ela nem a Tomás. Olha para o enorme *hall* à nossa volta, onde só há uma pequena mesa encostada a uma parede, e diz-me:

– Foi aqui que me encontraram, sem sentidos.

Afirma que havia algum sangue, de uma ferida que faz na testa, ao cair e bater nos degraus, mas no chão de madeira hoje nada se vê, nem uma mancha. Observo a escadaria, larga, à nossa frente, e é de pedra. O que admira é Julieta não ter ficado pior.

– Era pouco sangue, alguém o limpou...

Julieta avança para uma porta à nossa esquerda. Entramos no escritório e vejo uma sala vazia, totalmente despida. Havia uma estante de madeira a forrar o compartimento, mas ou apodreceu, ou os que ocuparam a casa queimaram--na na lareira. Tal como a secretária de Miguel, onde ficava a gaveta que guardava a pistola. Se foi ali que o assassino veio buscar a arma, pode ter vindo do *hall* principal ou do lado oposto, onde existe outra porta.

Vamos até lá, atravessamo-la e chegamos a um *hall* de serviço, com tijoleira no chão. Aqui, há mais três portas. Uma, em frente, que comunica com a cozinha. Outra, à nossa esquerda, que dá para o exterior, para o jardim. E a terceira, à nossa direita, leva a uma nova antecâmara, onde existe uma segunda escada, a de serviço, bem mais estreita do que a escada principal.

Abro a porta para o exterior, verifico a distância à piscina, são talvez dez metros.

Tomás goza comigo, chama-me «Sherlock». Ignoro-o. Julieta prossegue a visita guiada à casa: atravessamos a cozinha, conhecemos a sala de jantar e a sala principal. É enorme e vazia, existem apenas um sofá e duas cadeiras em frente à lareira. A casa está deserta, despojada, como se estivesse à venda.

Julieta justifica a penúria:

– Quando a Redonda fez as obras, não havia dinheiro para mais.

Regressamos ao *hall* principal e subimos a escada. Já não há alcatifa nem ali nem no corredor, e o chão deste é de madeira. No primeiro andar, Julieta aponta para uma porta:

– Foi neste quarto.

A porta dista talvez quatro metros da escadaria. Antes dela, existe ainda outra, de uma casa de banho. Para a nossa esquerda, no corredor, há mais duas. A primeira é a do quarto de hóspedes, explica Julieta, e a segunda abre para as escadas de serviço. Depois do quarto de Madalena, continuando pelo corredor, existem mais três quartos e uma casa de banho.

Verifico que só dois dos quartos têm camas de casal. O que era de Dom Rodrigo, onde Redonda, apesar da desaprovação materna, instalou uma cama para ela e para Tomás, e o que era de Julieta no passado e onde se recusa a dormir no presente.

Voltamos ao quarto onde aconteceu o crime. É grande, talvez com vinte metros quadrados. A cama tinha a cabeceira encostada à parede do lado direito, mas agora o quarto está vazio. Confirmo apenas que as janelas não ficam em frente da cama, e, portanto, seria difícil eles verem alguém a chegar de carro.

Oiço Julieta dizer:

– Lembro-me perfeitamente. Estavam deitados, a sangrar...

Empalideceu um pouco, mas a voz não lhe treme. Recorda detalhes: as pegadas molhadas na alcatifa, a porta entreaberta, os corpos seminus e inertes, o seu choque.

Pergunto-lhe, sem pré-aviso:

– Porque fugiu logo?

Não olha para mim, continua a fitar o sítio onde estava a cama, onde estavam os mortos.

– Não sei. Só sei que não lhes toquei.

Normalmente, a primeira reação quando vemos alguém conhecido ferido é aproximarmo-nos, para tentar ajudar. Não pensamos logo que estão mortos. Julieta interrompe-me:

– Tinham os dois os olhos abertos. Estavam mortos.

Aterrada, deu meia-volta e... Julieta cerra os olhos: não se lembra de mais, só de sair para o corredor.

Nisto, ouvimos a voz de Tomás:

– Porque não se põe aqui, a olhar lá para baixo? Talvez se lembrasse!

Está junto à escada, no corredor, convencido de que a confrontação cruel com a vertigem da queda pode despertar reminiscências em Julieta. Mas isso ela já fez. Enquanto eles me iam buscar ao *ferry*, reviu o percurso e nada ressuscitou na sua memória.

Suspira:

– Era bom que bastasse estar aqui para me lembrar.

Decido repetir o percurso que o inspetor da PJ diz que Julieta fez. Desço até ao *hall*, reentro pela porta principal, subo ao primeiro andar, espreito para o quarto, regresso escada abaixo, vou ao escritório, simulo que pego numa arma colocada na gaveta de uma secretária imaginária, volto a subir as escadas, torno a entrar no quarto, saio de novo... São três minutos e meio, e não corri.

Tomás sorri:

– Vê como ela tinha tempo?

Infelizmente é verdade, mas a atitude dele é desagradável, ao ponto de Redonda se sentir na obrigação de lhe dizer:

– Por favor, Tomás, para com isso.

O marido riposta:

– Claro, aqui à frente dela é «para com isso»! Mas bem sei o que ouvi! «Porque quer ela ir lá?» «Que estupidez, andar a brincar às reconstituições!»

Tomás força o tom de voz, tenta imitar Redonda a falar, mas o resultado é patético. E a intenção óbvia: mostrar que a mulher não estava de acordo com este exercício, nem com a minha presença nesta casa.

A meu lado, Julieta encolhe os ombros, desiludida:

– Não vos entendo. Há anos que queriam que eu cá viesse, achavam um disparate nem vender a casa, nem usá--la! E agora, que me decidi a vir, é um disparate porque tento reconstituir o que se passou. Sou presa por ter cão e por não ter...

A lógica imbatível do seu raciocínio obriga-os a calarem--se. Então, Julieta enrola-se no meu braço, aperta-se um pouco contra mim. Sinto o seu peito no meu cotovelo e é quente e macio.

– Vamos continuar a conversa lá fora. Deixemos o casal tenso...

É o que eles são, um casal tenso, com uma impressionante falta de harmonia. Deixamo-los no *hall*, enquanto saímos pela porta principal. De repente, é como se saíssemos de uma gruta para o sol. A vista é linda, há um horizonte de mar aberto à nossa frente, como se caminhássemos em cima da água azul e quase transparente da Arrábida.

Exclamo:

– Uau!

Julieta enrosca-se mais em mim e diz, com orgulho:

– O meu pai escolheu muito bem o sítio.

Dom Rodrigo construiu a casa em meados dos anos 60, e foi uma empreitada complexa. Na Arrábida, não havia nada, a estrada era péssima, o cimento, os tijolos, as vigas, tudo teve de vir em carroças. Mas, dizia Dom Rodrigo, era o local mais próximo do paraíso que conseguiu encontrar em Portugal.

Descemos até à piscina, que está vazia e triste, e atrás de nós ouvimos o rumor de vozes, Redonda e Tomás a discutirem.

Julieta comenta:

– Andam pegados outra vez, o negócio não ata nem desata.

A filha está exasperada com os atrasos, anda nervosíssima e embirrenta. E Tomás passa a vida a dizer-lhe que assim nunca irá engravidar. De súbito, Julieta verifica que eles não nos podem ver, e então aproxima a sua cara da minha e dá-me um beijo na boca. Surpreendido, sorrio. Ela abraça-me e depois convida-me:

– Venha ter comigo hoje à noite. Vou ficar cá a dormir sozinha, eles têm de voltar para Lisboa.

Beija-me mais uma vez, faz-me prometer que venho. Depois, afasta-se de mim, para disfarçar. Tomás e Redonda reaparecem, com cara de poucos amigos. A minha visita chegou ao fim. Despeço-me de Julieta e o casal leva-me de volta para o *ferry* de Setúbal.

No carro, Redonda acusa a mãe de casmurrice, desagrada-lhe ter de a deixar sozinha numa noite em que há fogo na serra. Mas Tomás afirma ser imperativo voltarem a Lisboa, por causa do «negócio».

Tensos, muito tensos, aqueles dois.

21

O fogo na serra aumenta, há uma mancha alaranjada sobre a Arrábida, que ilumina a noite de forma estranha, bonita e perigosamente fascinante. Há fumo no ar e navego o meu barco no escuro, atravesso o estuário do Sado, vindo de Troia, a caminho da casa de Julieta. São dez da noite e estou a chegar, vejo o palacete do Tintin em frente, há só uma luz à porta e outra na sala. Julieta não sabe que venho de barco, só lhe disse que devia chegar a esta hora.

Lanço a âncora a cem metros da casa, a maré está baixa e o mar calmo. Deixo a luz de presença acesa, fecho a cabina e vou no meu pequeno bote a motor até ao ancoradouro da casa. Chego a um pequeno cais de pedra e descubro argolas de ferro no rebordo, enferrujadas pelo mar. Prendo um cabo numa delas e na mão sinto um objeto, metálico e curvo.

Subo para o ancoradouro e observo a casa. Há um pequeno caminho que vai dar à piscina, mas aqui ninguém me pode ver. Passa-me pela cabeça uma possibilidade. E se o assassino tivesse vindo de barco? E se...

Ajoelho-me. Apanho a argola onde atei o cabo, procuro o objeto metálico. Depois de algum esforço, retiro-o da argola. É um gancho, mas está tão enferrujado que não consigo decifrar as letras gravadas. Será o nome de um barco?

Coloco-o no bolso e começo a subir pelo carreiro empedrado. Até ali, dificilmente alguém me via, mas junto à piscina já sou visível a partir de qualquer janela do primeiro andar. Passo em frente da porta de serviço, que dá para a copa, a caminho da porta principal e ligo a Julieta.

Vem abrir, surpreendida, não ouviu o carro. Então aponto para o barco no mar, à nossa frente, e ela engole em seco. Emociona-se. Leva as mãos ao coração:

– Meu Deus, que saudades...

O pai adorava andar de barco, os barcos dos seus amigos ancoravam ali, em frente à casa, onde o meu está.

– Vinham de Setúbal, do Portinho, de Troia, até de Lisboa, o Raul, o...

Diz mais dois nomes, mas já não os ouço. O Raul! Lembro-me agora de que o advogado referiu ter um barco. Terá vindo visitar Madalena pelo mar? Mário Damião, o arquiteto que em 75 os apanha em flagrante, disse-me: «A casa parecia vazia, não havia carros.» Meu Deus, será possível? Imagino em segundos um Raul furioso, lançando-se à abordagem da casa, matando Miguel e Madalena com ciúmes, e depois culpando Álvaro, ao mesmo tempo que defendia Julieta e aconchegava os bens da família.

A minha sinistra fantasia deve ter-me transfigurado, pois Julieta toca-me no braço e pergunta:

– Está tudo bem?

Forço um sorriso, não tenho coragem para revelar o que me atormenta. Não hoje, não agora. Nem sequer refiro o gancho enferrujado que encontrei. Limito-me a inventar uma preocupação:

– Se a maré subir, o meu barco aproxima-se dos rochedos.

Ela ri-se, isso não a preocupa:

– Vê-se mesmo que não é de cá.

O barco está a distância suficiente, viu muitos ali e
nunca encalharam. Está mais preocupada com o fogo.
Redonda já lhe falou duas vezes desde que se foi embora.
Diz que o incêndio alastra, que a mãe não devia ter ficado
sozinha.

– Já lhe prometi que, se o fogo piorasse, chamava um
táxi e ia dormir a um hotel de Setúbal.

Para Redonda é difícil aceitar que, pela primeira vez em
quase trinta anos, a mãe queira ficar a dormir sozinha nesta
casa onde ocorreu a tragédia. É uma decisão inesperada, mas
Julieta tem mudado tanto nas últimas semanas que a filha
foi obrigada a ceder à sua vontade. A Redonda nunca lhe
passou pela cabeça que o motivo era eu.

Julieta enrola-se no meu braço:

– Se o fogo crescer, podemos fugir de barco... Que
romântico!

Como está uma noite quente, decidimos conversar no
terreiro, entre a casa e o mar. Trazemos duas cadeiras de
plástico da piscina e apreciamos aquele horizonte iluminado
pela Lua e alaranjado pelo fogo da serra. Cheira a fumo e cai
uma fuligem suave no terreiro, em cima de nós, mas não nos
importamos.

Julieta recorda a vida no hospital-prisão, as manias das
colegas, as embirrações da mãe de Miguel e avó de Redonda,
que impede os encontros entre mãe e filha. Recorda o pai,
Dom Rodrigo, que é vaidoso, demora horas de manhã na
casa de banho a arranjar-se e faz a barba com um pincel far-
falhudo antes de colocar cremes. Veste-se no Rosa & Teixei-

ra, gasta fortunas em fatos e é também bom *gourmet*. Adora peixe, organiza almoçaradas para os amigos aqui mesmo, neste terreiro, onde manda colocar as mesas, as cadeiras, os guarda-sóis. Os mais afoitos tomam banhos de bar, os outros ficam-se pela piscina. Ela e Madalena nadam até à pequena praia para a direita da casa, sobem as rochas, nadam de volta, enquanto os homens as incentivam.

– Fomos felizes, tínhamos tempo para tudo.

Julieta conhece Miguel em finais de 1968, e casa no verão de 1970, ainda virgem. Madalena, embora mais nova, ultrapassa-a, pois tem a sua primeira aventura com Bebé antes dessa data. E vai colecionar mais três namorados até casar com Álvaro. Já Julieta, é mulher de um único homem.

– Não dormi com mais ninguém.

Apesar de ter pretendentes, diz com um sorriso matreiro, não passa de um leve beijo na boca de um deles. Miguel, que a virá a trair tanto e tão profundamente, é o único e o último. A primeira vez é na noite de núpcias, como nos filmes.

– Comigo, mandavam as regras.

Nos primeiros tempos do casamento, não sente prazer especial. O sexo parece-lhe uma atividade desconfortável que não a entusiasma. Apesar dos conselhos mais ousados da irmã mais nova, a presença do marido oprime-a, tolhe-a e o seu universo sexual resume-se à posição habitual dos casais tímidos, a de missionário, nome que só aprende na prisão.

Miguel não incentiva novidades, bem pelo contrário. Deixa bem claro que não quer que ela acabe uma «doidi-vana», a fazer poucas-vergonhas, como muitas que andam por aí. Ela aceita o jugo dele sem pestanejar e, em 1973, fica finalmente grávida. Redonda nasce precisamente no dia 25 de abril de 1974, o dia da revolução.

– O Miguel odiou.

O marido considera mau presságio a filha nascer no dia em que começa a morrer o regime que ele idolatra. Meses mais tarde, com o universo familiar dos Silva Arca em processo acelerado de desintegração, Julieta chega à conclusão de que o marido tem razão.

– A partir daquela data, nada mais foi o mesmo.

Nem no país, nem entre o casal. A gravidez, o parto, a presença do bebé, erguem uma invisível parede entre Julieta e Miguel. Afastam-se fisicamente, não se procuram durante meses, e só terão um pequeno reavivar de atividade antes de Julieta descobrir que ele anda enrolado com a serigaita da fábrica.

– É injusto dizer que a Redonda, ou a revolução, acabou com o nosso casamento, mas foi a partir dessa data que as coisas mudaram...

A vida familiar agita-se, é como se a Terra começasse a dar voltas mais rápidas sobre si própria. Dom Rodrigo é preso, depois libertado; aposta erradamente em Spínola, dá-se o golpe de 11 de março e ele foge para o Brasil. Pouco depois, ela descobre a infidelidade de Miguel.

– Foi uma sucessão imparável de acontecimentos. Era como se Deus tivesse acelerado a nossa vida brutalmente.

Na penumbra do luar, confirmo a beleza de Julieta. Tem feições perfeitas, um nariz pequeno e bem desenhado, os olhos grandes, a boca carnuda. Está sentada com os pés na diagonal, olha para o mar, invadida pela nostalgia. De repente, solta uma pequena gargalhada:

– Nunca pude pôr em prática o que me ensinaram as colegas da prisão!

Ainda se corresponde com duas delas, que refizeram as vidas e casaram.

– Eram bem mais novas do que eu.

Digo-lhe que está maravilhosa, tem muitos anos para viver.

Ela abre um sorriso matreiro e pergunta:

– Acha?

Dá-me a mão. Agora, quer ir para dentro. Entramos em casa, e na sala sentamo-nos, no único sofá que existe. Está virada para mim, de lado, em posição de sereia, tal como a filha Redonda se sentou no primeiro dia que a vi na piscina. Terá sido a filha que se inspirou na mãe, ou a mãe na filha?

– Quem me dera ter coragem. A minha irmã tinha. A minha filha também.

Julieta compara-se às duas mulheres mais importantes da sua vida e julga-se inferior. Viveram mais do que ela, diz. Encho-lhe o copo com o vinho branco que trouxe do barco. Ela sorri e bebe vários goles. Os olhos já lhe brilham. Não sou inocente, sei que o álcool solta as mulheres, e esta precisa ainda mais de ajuda, pois há muito que não sente um homem dentro dela, deve estar muito ansiosa.

Faço-a a rir, distraio-a, e sinto que ela, pouco a pouco, se aproxima de mim no sofá, está aninhada junto ao meu braço, a cara no meu ombro, o peito encostado ao meu cotovelo. Passo-lhe o braço por cima da cabeça, começo a fazer-lhe festas nas costas, depois no pescoço, e dou-lhe a outra mão. Ficamos assim abraçados uns minutos, até que ela, um pouco despenteada, arrebita a cabeça e pergunta:

– Não me acha mesmo uma velha tonta?

Agarro-lhe na cara com a mão esquerda e beijo-a na boca. Com uma ligeira relutância, acaba por abrir os lábios. Entrego-lhe a língua, e ela vai cedendo e por fim abre a boca.

As nossas línguas tocam-se, sinto a respiração dela acelerar e o meu desejo surgir. Desço a minha mão pelas suas costas, chego ao seu rabo e aperto-o um pouco, como se o puxasse para mim. Continuo a descer para as suas pernas e afago-as com intensidade.

Julieta permanece de olhos fechados, a sua língua a ganhar coragem, combatendo com a minha, as suas mãos a procurarem o meu pescoço, as minhas costas, a minha barriga.

Após este longo primeiro beijo, paramos, a sorrir. Ela encolhe-se, diz que se sente muito «pequenina», há muitos anos que não faz isto e já não se lembra como é. Digo-lhe que vamos descobrir juntos. Só que ela prefere no escuro, quer subir para o quarto. Fechamos as janelas da sala e a porta de casa e subimos pelas escadas por onde um dia ela caiu, os dois de mão dada.

Avançamos pelo corredor, passamos pelo quarto de Madalena, onde esta e o marido de Julieta morreram assassinados, sem dizer uma palavra, só de mão dada, a olharmos um para o outro. Por fim, abrimos a porta do quarto de Julieta e ela entra para a casa de banho.

Olho pela janela: lá fora há um céu alaranjado, é o fogo na serra, está mais forte, mais próximo. Fecho as portadas. Aproximo-me da cama, acendo um pequeno candeeiro. Na casa, não se ouve qualquer barulho. Tiro os sapatos, dispo as calças, fico em cuecas e camisa, deito-me e espero.

Julieta reaparece. A transparência da sua camisa de noite permite-me examinar as suas formas. Veste cuecas mas não tem *soutien*, vejo os mamilos escuros e redondos, dois discos voadores que voam na minha direção. Ela fecha a luz da casa de banho, dá umas risadinhas nervosas, deita-se a meu lado. Abraço-a, sinto-a nervosa, pede que feche a luz:

– Prefiro às escuras, não quero que me veja as rugas, a barriga cheia de estrias.

Eu declaro:

– É melhor assim, também não vê o meu pneu.

Ri-se. Aviso-a de que cheiro mal dos pés e a sovaco, dispo a camisa e atiro-a para um canto, e ela dá-me uma palmada no braço, diz para eu parar de a gozar, chama-me palerma, mas está a rir-se, e então começo a beijá-la no ombro, dou-lhe uma pequena mordidela e digo:

– Não quero ouvir mais falar de defeitos, defeitos temos todos, até Deus.

O amor não tem a ver com a prática nem com a idade, mas sim com o que temos cá dentro para dar, e eu acho que ela tem muito, mesmo muito, e começo a passar-lhe as mãos pelo corpo, pelas pernas, pelo rabo. Depois, acaricio-a no pescoço, beijo-a na boca mais e mais, e depois no peito, primeiro por cima da camisa de noite, e só depois, quando a sinto a desejar, é que lhe toco no mamilo, que endurece, e ela geme.

Despimo-nos, tiro-lhe a camisa de noite pela cabeça, ela tira-me as calças, tocamo-nos um ao outro. Subitamente, Julieta diz que quer acender a luz, pergunto-lhe porquê e ela:

– Porque estive cega muitos anos, nunca vi um homem nu.

Acendo a luz e ela olha-me, fascinada. Examina-me durante longos momentos, com uma curiosidade insaciável, carregada de perguntas, toques, carícias, beijos ainda tímidos. Aos poucos, liberta-se dessa necessidade de observar e concentra-se na entrega. Aos poucos, transformo-me num professor jovem que ensina uma aluna mais velha. Oriento-a: como deve colocar os lábios em ó, como deve arquear a coluna, como deve mexer-se em cima de mim. Levo-a aonde ninguém a levou e ela é mais solta, muito mais solta do que eu esperava de uma mulher que passou quase trinta anos sem viver o sexo. Está a divertir-se, a viver emoções fortes e a ansiedade foi-se.

22

Ao longe nasce um barulho distante, um grito. Sinto uma sensação de cansaço profundo, o corpo de pedra, uma falta de noção da realidade, onde estou? Está escuro, oiço vozes, acordei ou ainda durmo, isto é um sonho? Mais vozes, mais perto, uma porta abre-se e um clarão atinge os meus olhos. Fecho-os, mexo-me, alguém dá um berro, onde estou?

– Mãe!

Sou acordado com brutalidade por Redonda. Há luz no quarto, ela acendeu-a ao entrar bruscamente e sem aviso. Olha para mim. Mexo-me, estremunhado, estou nu, faz calor no quarto. A meu lado, Julieta também acorda, a cara amachucada pela almofada, nua. Vira-se e afasta os cabelos, para ver melhor.

Tomo finalmente consciência da situação: Redonda regressou, apanhou-nos na cama, a dormir. Está de pé à entrada do quarto, a mão ainda na maçaneta da porta, a cara pálida, os olhos esbugalhados de surpresa. Atrás dela vejo um vulto, a cara de Tomás, espantado, primeiro, e depois à gargalhada, ao ver-nos ali aos dois, nus e expostos, humilhados, aflitos e estremunhados.

– Mãe, o que é isto?

Redonda mostra-se escandalizada. Julieta puxa o lençol para si, eu sento-me na cama, tento também tapar--me. Tomás ri-se, divertidíssimo, o que me enfurece. E a Redonda também, pois volta-se para trás e ordena que ele se afaste.

Depois, encosta a porta atrás de si, ainda indignada:

– Mãe, como foste capaz?

Julieta já recuperou a presença de espírito e responde--lhe:

– O que veio a menina cá fazer?

A filha explica-se: estavam em Cascais, ela não consegue dormir, ouve na rádio notícias de que o fogo na Arrábida se descontrolou. Preocupada, obriga Tomás a regressar. E acrescenta:

– Tentei falar, enviei sms...

Julieta encolhe os ombros: deixou o telemóvel na sala, não ouviu nada. Nem eu. Redonda ironiza:

– Claro, imagino que não.

Procuro os seus olhos, mas ela fixa-os na mãe. Quer explicações:

– Mãe, o que é isto?

Então, Julieta explode:

– O que é isto digo eu! Esta casa é minha, posso estar com quem eu quiser! A menina é que entrou sem avisar! Nem à campainha tocou!

Irada, enfrenta a filha com uma energia que nunca vi. E Redonda sofre. Desvia o olhar da mãe para mim e subita-mente parece triste, quando diz:

– Mãe, nunca pensei.

Julieta não desarma:

– Nunca pensou o quê? Por acaso, estamos a cometer algum crime?

De repente, suspende o que ia a dizer, dá-se conta das semelhanças com a cena horrível que presenciou há quase trinta anos. Ela estava onde se encontra agora a sua filha Redonda. Mas, se existe um segundo de agitação, passa-lhe depressa, e continua a sua defesa.

– Nem ele nem eu somos casados! Quem é a menina para me dar lições de moral, fez bem pior!

Redonda está estupefacta com este contra-ataque. Abana a cabeça, olha de novo para mim, e descubro algo que não pensava que existisse: dor. Redonda sofre por me ver com a mãe na cama. Ela não fica chocada com qualquer imoralidade, está de coração partido! Afinal, tem sentimentos fortes por mim. Nunca pensei, depois do que me disse há dias.

Entretanto, Julieta levanta-se, apanha a camisa de noite do chão e dá passos rápidos na direção da casa de banho. Entra a correr, encosta a porta e ouço depois água a correr.

Redonda dá meia volta, abre a porta do quarto e depois volta a olhar para mim, com uma tristeza profunda no olhar, e diz:

– Nunca pensei que me fizesses isto.

Não há nada que eu possa dizer neste momento para lhe curar esta ferida. Da casa de banho, Julieta protesta:

– O que está a menina pr'aí a dizer?

Mas a filha já saiu para o corredor, afasta-se. Eu levanto-me, começo a vestir-me. Julieta regressa e pergunta pela filha, e eu indico, com o olhar, a porta. Julieta sai também para o corredor, nervosa, alarmada, e de repente dá um grito. Reentra no quarto, está pálida, tem uma mão a tapar a boca. Como se tivesse visto um fantasma ou um morto. Foi de mais para ela, demasiado idêntico ao que aconteceu, vai quebrar, é o que me parece.

Pergunto:

– O que foi?

Ela senta-se na cama, atordoada. Aponta para a porta do quarto, sem falar. Vou até lá, observo o corredor, mas não vejo ninguém, só uma luz ténue junto às escadas. Regresso, sento-me na cama ao seu lado, abraço-a e volto a perguntar o que se passa.

Ela explica-me: viu, num dos seus *flashbacks*, qualquer coisa passada muitos anos antes.

– Vi o corredor vazio, e vi o que me assustou...

Recorda a angústia profunda que se apodera do seu coração há vinte e oito anos, a sensação de que existe algo errado no que vê, a sensação de que há alguém ali.

– Saí do quarto em choque, eles estavam mortos, cheios de sangue. E, quando olhei para o corredor, tive a sensação de que se encontrava lá alguém... Foi isso que revivi agora mesmo.

Ajudo-a a acalmar-se. Acabamos de nos vestir, e depois saímos juntos para o corredor. Passamos pelo quarto de Madalena, uns metros à frente do nosso. Julieta abre a porta, entra e depois imita o movimento de saída que fez na tarde do crime. De novo no corredor, para e olha. Uns segundos depois, leva a mão à boca.

– Já sei!

Aponta em frente:

– A porta para a escada de serviço, a porta mexeu-se!

Dá passos rápidos até lá, fala muito depressa, tem a certeza de que foi isso!

Eu pergunto:

– Mas estava aqui alguém?

Julieta não viu ninguém, mas acha que sim, uma porta não se mexe sozinha. Foi muito rápido, ela corre para a escada, e depois... e depois mais nada, não se lembra, já se despenhou, já bateu com a cabeça nos degraus, já desmaiou.

Sinto, mais uma vez, que diz a verdade. Acredito que estava lá alguém, o assassino de Miguel e Madalena, e ela só não o vê por segundos e porque está traumatizada com o que encontrou no quarto.

Descemos à sala, queremos partilhar com Redonda e Tomás este último *flashback*. Mal nos vê, Tomás brinca:

– Já acabaram?

Redonda, sentada no sofá, parece perdida nos seus pensamentos. Julieta senta-se ao lado da filha. Tomás instalou-se numa cadeira, com ar trocista. Eu mantenho-me de pé.

Julieta diz:

– Estava cá alguém na tarde do crime.

Revela o seu *flashback*. Pouco interessado nesses pormenores, Tomás comenta:

– Hoje também. E a divertir-se à grande e à francesa!

Incomodada, Redonda intervém:

– Por favor, Tomás.

Continua triste, nem olha para mim. Julieta apanha a deixa do genro e relembra:

– Entre o Miguel e a Madalena não chegou a haver sexo.

Tomás dá uma risada:

– Mas hoje há quem se tenha entusiasmado com a reconstituição!

Sinto que chegou a altura de falar das minhas dúvidas sobre o advogado Raul Salavisa Pinto.

– Hoje, quando cheguei de barco…

Redonda espanta-se:

– De barco?

Explico-me. Redonda cerra os dentes, há fúria nos seus olhos, mas limita-se a murmurar:

– Mais uma mentira…

Não caio na provocação de lhe responder. Mostro o gancho enferrujado que descobri na argola do ancoradouro. Eles olham os três para mim, genuinamente surpreendidos. Sugiro que não é impossível o assassino ter vindo por mar, vou tentar saber o nome do barco, mas para isso preciso de regressar a Lisboa, há uma loja onde retiram a ferrugem.

– Além disso, quero voltar a falar com Raul Salavisa Pinto.

Redonda pergunta:

– Porquê?

– Há qualquer coisa que não bate certo.

Já mais sério, Tomás pergunta:

– O Salavisa Pinto tinha um barco?

Ambas as mulheres olham para ele e depois viram lentamente a cabeça na minha direção. Redonda franze a testa, mas é Julieta quem murmura:

– Não, não podem estar a pensar que o Raul…

Redonda suspira:

– Isso é absurdo!

Foco os meus olhos em Julieta, pressiono-a e pergunto:

– É?

Pela primeira vez em vários meses, vejo-a incomodada, sem saber o que dizer. Baixa os olhos, perde a postura endireitada que tem nos últimos tempos, quebra e curva-se um pouco, como se estivesse a regredir, a voltar a ser a Julieta cega e insegura do passado. Fala baixinho, sem certezas. Reconhece que Raul Salavisa Pinto tinha um barco, ainda

tem, mas agora é outro, não o que possuía em 1975. Conta
que o advogado ia pouco à Arrábida de barco, lembra-se dele
uma ou duas vezes... Sinto-a desconfortável, como se houvesse ali uma história subterrânea qualquer. E adivinho que
Redonda conhece este segredo, pois força-se por parecer
desinteressada, examina as unhas. Está a proteger a mãe,
mas de quê?

Por fim, Julieta ganha coragem e diz:

– Houve um rumor...

Certo dia, Miguel, depois de ver descoberta a sua
traição com a secretária, comenta que não é o único na
família a «mijar fora do penico». Instado por Julieta a expli-
citar a vaga acusação, o marido revela que corre o rumor de
que Madalena anda metida com o advogado Salavisa Pinto.

– Na altura, não dei importância alguma, achei que era
o peso na consciência do Miguel a falar.

Pergunto a Julieta:

– Alguma vez falou com o advogado sobre esse rumor?

Há cerca de três anos, falam sobre isso. Raul nega,
indigna-se, vocifera contra Miguel, acusa-o de ser um des-
travado que passava a vida a dizer disparates. A quantidade
de pequenos segredos existentes naquela família não para
de me surpreender. Tanto, que quase me escapa o subtil
comentário de Redonda:

– É evidente que o Raul ia dizer que não! Logo a si...

Ainda sentado, Tomás dá uma pequena risada:

– É pá, a Madalena varria tudo. Eh, eh, até o advogado.

Julieta indigna-se:

– Não! Isso não é verdade, o Raul nunca andou com a
minha irmã!

Está nervosa, alterada e vira-se contra mim:

– Como é possível que esteja a desconfiar do Raul?

Paciente, digo que apenas lanço questões. Por que razão o advogado «inventa» as ameaças de Álvaro a Madalena, sendo ele a única testemunha? Porque nunca investiga os outros namorados de Madalena, o Bebé e o Mário Damião, e se fixa apenas em Álvaro? Será que teme que descubram que também ele namoriscou Madalena?

Furiosa, Julieta levanta-se e grita:

– Não tem o direito de pôr em causa o Raul! Ele foi a única pessoa que me defendeu, e foi sempre honesto em tudo o que dizia respeito à nossa família!

Como explicar tanta emoção? Será que ela, agora que já esteve na intimidade comigo, se sente à vontade para falar assim? Ou será que a emoção é provocada pelo objeto das dúvidas, o advogado? Quem mexe desta forma com Julieta, eu ou Raul?

Seja quem for, decido ripostar com uma pergunta incómoda:

– Porque nunca me falou nesse rumor, Julieta?

Ela repete-se, nunca o julgou credível. A seu lado, Redonda comenta, enigmática:

– Ó mãe, se calhar é melhor explicar-lhe certas coisas.

Julieta reage de imediato, autoritária:

– A menina esteja calada, só diz disparates!

Procuro acalmá-la. Sugiro que venha comigo falar com ele. Aproximo-me, toco-lhe na mão, faço-lhe uma festa na cara, e ela tranquiliza-se. Pelo canto do olho vejo que, no sofá, a fúria de Redonda regressa, ao ver-me a tocar na mãe. Tem ciúmes.

Alheio a esse pormenor, Tomás lança uma piada:

– Ó Redonda, é melhor voltarmos para Lisboa, estes senhores querem voltar para a cama.

As duas mulheres olham para ele ao mesmo tempo, ambas irritadas. Mas enquanto a mãe se cala, a filha explode:

– Cala-te Tomás, já não te posso ouvir!

Espantado, o marido abre muito os olhos:

– Ai agora a culpa é minha? Se calhar fui eu que quis cá vir!

Redonda cerra os dentes e atira contra ele a fúria que gostaria de descarregar em mim e na mãe:

– Ao menos fizeste alguma coisa de útil.

O marido levanta-se, ofendido:

– Por favor, era só o que me faltava! Estás a chamar-me inútil porquê? Por acaso é culpa minha que o meu patrão se tenha atrasado?

Deduzo que as «reuniões» em Lisboa não têm sido bem-sucedidas. Desagradada, Redonda exclama:

– Estás sempre a levantar problemas, sempre a dar-lhe ideias para ele adiar as escrituras!

Julieta, que entretanto se voltou a sentar no sofá ao lado da filha, murmura:

– O empata do costume.

Num segundo, mãe e filha voltam a ser aliadas, e o adversário é agora Tomás. Que sente a hostilidade, dá uns passos na direção da porta e resmunga:

– Bem me parecia que devias ter vindo sozinha.

Sai para o *hall* principal, deixando-nos aos três na sala. Redonda leva a mão direita à testa, na horizontal, como se com ela medisse uma profundidade, e murmura:

– Estou por aqui.

Tenho pena dela. Sinto que sofre e apetece-me abraçá-la e confortá-la, mas seria uma afronta a Julieta, que não arrisco cometer.

– Bem, vamos fazer a mala?

Para acabar com este desagradável momento, Julieta sugere que a filha a ajude no andar de cima a arrumar a pequena mala, para regressarem a Lisboa. Sobem as escadas as duas depois de se despedirem de mim.

Saio, passo por Tomás, que está encostado à porta do seu carro. Tem um ar ao mesmo tempo aliviado e trocista. Aliviado porque julga que assim me afastei de Redonda, e trocista porque desconsidera Julieta como mulher.

Pergunta, com um sorriso idiota:

– Então, a velha é boa na cama?

Não lhe respondo e desço para o ancoradouro onde deixei o meu pequeno bote.

23

Quando me preparo para saltar para o bote, sinto movimento nas minhas costas. Apesar de serem quase seis da manhã, com o dia prestes a nascer, não dei pela aproximação de uma pessoa. É Redonda. Volto-me para ela, que pergunta:

– Porque foste para a cama com a minha mãe?

Sinto-a ciumenta. Não estava à espera de uma reação destas. Aviso-a de que Tomás está no terreiro, pode vê-la.

Ela encolhe os ombros:

– Pouco me interessa o que pensa.

Esta rapariga confunde-me. O que lhe deu para aparecer assim, de forma intempestiva? Respiro fundo e relembro o que me disse:

– Querias continuar casada, ter um filho.

Íamos ser só «amigos», foram as suas palavras cruéis.

Redonda confessa:

– Eu sei, mas era mentira.

Era mentira. Os seres humanos mentem muito uns aos outros. Então nas coisas do amor é raro ouvir alguém dizer a verdade. Portanto, não devia ter acreditado nela, mas pensado, antes, que estava a mentir quando me disse o que disse, que queria voltar a apostar no casamento, que nada entre nós ia nascer, é isso?

Ela responde:

– É.

Havia uma razão para me dizer o que disse.

– Eu não sabia o que querias de mim, nunca o disseste.

Portanto, só se lhe tivesse declarado o meu amor é que ela reconheceria o seu. Como não o fiz, ela decidiu dizer-me o oposto do que o seu coração sentia. Portanto, a culpa é minha! Para as mulheres, a culpa é sempre dos homens, o que vale é que para estes a culpa é sempre delas, e assim será enquanto existirem seres humanos sobre a Terra.

Redonda pergunta-me:

– Estás apaixonado por ela?

– Pela tua mãe?

Ela rola os olhos, como quem diz «porque quem havia de ser?», como se eu fosse parvo por ter repetido a pergunta.

Suspiro:

– Apaixonado é uma palavra muito forte.

Não sou de emoções fáceis e rápidas, para mim é impossível ficar assim por alguém ao fim de tão pouco tempo.

Ela riposta:

– Não é nada impossível.

Eu digo:

– Para mim é.

E ela insiste:

– Para mim não.

Há uma competição entre nós, já começou, e isso é perturbador. Pelo menos para mim, não para ela, pois Redonda sorri e diz:

– Estou apaixonada por ti – dá um passo em frente, faz-me uma festa na cara. – Desde o primeiro minuto que te vi.

Naquela madrugada, ainda escura, vejo os seus olhos a brilharem, parece-me que fala verdade, e fico ainda mais perturbado.

Então ela pede-me:

– Não te apaixones por ela.

Se está enamorada de mim, faz sentido que não queira que me entusiasme com a mãe. No entanto, não é essa a razão por que me faz esse pedido. Redonda tem uma estranha previsão:

– Ias sofrer.

Intrigado, franzo a testa e pergunto:

– Porquê?

Redonda olha para a casa grande lá em cima, onde está a mãe, como se tivesse receio de que ela ouvisse o que vai dizer-me.

– A minha mãe ama outro homem.

Fico pasmado, não sei do que está a falar. Julieta nunca me disse que amava outro homem, parecia genuinamente excitada comigo. Sei do que falo, há três horas vibrava nas minhas mãos, estive dentro dela. E agora a filha diz que a mãe ama outro? Será possível? Eu sei que um homem, dentro de uma mulher, esquece-se de tudo e é como se mais nada existisse, como se todas as preocupações, as chatices, as desilusões, os fracassos da vida, tudo isso desaparecesse por segundos. Quando estamos com uma mulher, excitados, mais nada existe a não sermos nós, no momento mais importante da nossa vida de machos. Portanto, apesar de ter possuído Julieta, e talvez cego por isso mesmo, será que me escapou uma parte dela, um coração com senti-

mentos mais profundos, aonde nunca cheguei? Isto inco-
moda-me. Não sinto ciúme desse «outro homem», mas
saber que «ele» existe causa-me uma sensação desagradável. Contudo, não quero revelar curiosidade, não pergunto a Redonda quem é.

Ela insiste:

– Não voltes a estar com ela, promete-me, por favor,
não suporto essa ideia.

Isso, lamento, mas não posso prometer. Abano a cabeça
e digo:

– É melhor ires. O teu marido pode ver-te.

Redonda encolhe os ombros, como se lhe fosse indiferente ser descoberta pelo marido. Agarra a minha cara
com as duas mãos e beija-me na boca, procurando a minha
língua, e eu dou-lha. Um longo minuto depois recua e
volta por onde veio, pelo caminho das rochas, e deixo de
a ver.

Pego no cabo do meu bote e reparo que a maré subiu,
as argolas, que eram visíveis quando cheguei, estão quase
submersas, foi talvez por isso que o gancho ficou ali, um dia,
há muitos anos.

O motor do bote pega, rodo o leme, começo a afastar-
-me e olho para trás, à procura de Redonda, de a ver a entrar
em casa, mas não a avisto, nem à Julieta. No entanto, descubro um vulto escondido atrás dos pinheiros, próximo da
piscina. Deve ser Tomás. Ali donde está, viu de certeza o
beijo que Redonda e eu trocámos, teve a prova da infidelidade da mulher.

De repente, nasce um momento de receio, corre-me
um arrepio pela espinha. Imagino-o a perder a cabeça, a
magoar Redonda, a fazer qualquer coisa muito estúpida e

muito má. Ainda penso se devo regressar à casa, mas depois acalmo-me, afasto essas ideias e decido não voltar.

Horas depois já é dia, dobro o cabo Espichel a caminho de Lisboa, há uma mancha castanha de fumo sobre Portugal, os fogos continuam, a vaga de calor excita os incendiários e os imprudentes, os bombeiros estão esgotados. Eu também, mas tenho de me manter acordado para levar o meu barco de regresso a Lisboa. Talvez lance âncora mais à frente, na Fonte da Telha, para dormir umas horas, mas, por agora, resta-me refletir.

Penso em Madalena. Que impulso sexual tão forte ela tinha! Mal se separa de Álvaro, volta a Bernardo, o Bebé, o seu «primeiro», e logo depois segue para Mário Damião, o arquiteto; depois Raul Salavisa Pinto e, por fim, Miguel. Em menos de um ano, envolve-se com homens de quase todos os partidos. Começa num «capitão de abril», homem do MFA, amigo de Vasco Gonçalves, um bom homem, comunista sem empolgamento, que rapidamente se desilude com os excessos da revolução. Depois, regressa a Bernardo Souto, o rapaz que a desflorou, um menino de boas famílias, naturalmente do CDS. O terceiro da lista é do PS, socialista, admirador de Mário Soares, universitário, artista. Em segredo, ama ainda o advogado, um notável do PSD, próximo de Sá Carneiro. E estes são os conhecidos...

Terá tido sexo com Miguel? As evidências apontam para uma relação carnal não consumada, mas a presença dos dois no mesmo quarto, seminus, é prova suficiente de que desejam a terra prometida. É claro que, sendo ela pouco criteriosa nas paixões políticas dos seus homens, indo do comunismo ao centrismo, passando pelo socialismo e pela social-democracia, não há razão alguma que a impeça de se ter deslumbrado pontualmente com o cunhado Miguel, um órfão do Estado Novo, de extrema-direita. Para além disso, o cunhado é mulherengo e, embora as suas escolhas anteriores mostrem que preferia as classes inferiores, as costureiras e as secretárias, sabemos que os últimos meses do seu casamento com Julieta foram vazios de desejo. Primeiro porque ela fica grávida, e ele perde o interesse sexual nela. Depois, porque Julieta, ofendida e humilhada por ter descoberto o caso do marido com a secretária, «fecha-lhe as pernas». Se não ocorreu sexo entre Miguel e Madalena, foi apenas porque não houve tempo.

Será Madalena uma «ninfomaníaca», como Julieta a definiu há meses? É possível. À volta do seu poderoso e variado desejo sexual, rodopia a história trágica da família Silva Arca. É por causa dela que os crimes são cometidos e os homens traem as suas mulheres. À sua volta, os homens dançam como mosquitos atraídos pela luz.

Ou se afastam... Álvaro desilude-se com a mulher e rapidamente se cura com uma angolana, de dezasseis anos, que ele traz para Lisboa, engravida em meses, e que se transformou na energética e poderosa Ângela, um dínamo de energia, uma Beyoncé lusitana.

Bebé e Mário Damião são personagens sem surpresas. Chegam e depois partem, sem acrescentar muito. Já quanto a Salavisa Pinto, o quadro é mais rebuscado. Advogado de Dom Rodrigo, auxilia Madalena no divórcio e aproveita para lhe saltar para a cueca. À época, é ainda casado com a sua primeira mulher, a mãe do meu amigo Paulo, de quem se virá a separar no início dos anos 80. Entretanto, é o defensor mal-sucedido de Julieta e não consegue impedir a sua condenação. Mas salva, ao longo de décadas, o que é possível da fortuna da família Silva Arca, revelando enorme honestidade, muito admirada por Julieta e pela filha. Casa-se segunda vez, separa-se, casa-se terceira vez há cinco anos, e parece que está em vias de se separar de novo. (Soube isto num telefonema que fiz há uns dias para o filho.) É uma criatura complexa, ambígua, e, ao mesmo tempo, o melhor defensor e o maior carrasco de Julieta.

Será que podemos classificar estas pessoas, Madalena, Álvaro, Miguel e Raul, como destravados? Todos são infiéis, desregrados, mentirosos, uns mais do que outros. As personagens do passado, sejam as que ficaram em 1975, mortas, ou as que viajaram até ao presente, vivas, serão exemplos morais relevantes, gente que me pode ensinar alguma coisa? Pouco, é a minha conclusão.

No meio desta história, Julieta é a pessoa que mais admiro. Mantém-se fiel ao marido, é vítima de um terrível acidente, é acusada de um crime que acredito não ter cometido, recupera de um coma, vive presa num hospital muitos anos. Apesar de cega, tenta refazer a sua vida quando é libertada, mas é hostilizada, primeiro, pela sogra e, depois, pelo genro. Mantém a sua dignidade e anos mais tarde acontece-lhe um inesperado milagre: volta a ver! É uma mulher divertida, que o fim da cegueira transforma para melhor, como se um sopro do Espírito Santo a tivesse atingido. Volta a querer ser mulher, a querer ser bonita, a querer compreender o mundo, a querer amar!

Que mal tem ela ter-me seduzido? No início, faz de tudo para me acasalar com a filha, mas, com o passar das semanas, chega à mesma conclusão do que eu: Redonda não me deseja. Sendo assim, passa ela a desejar-me.

Redonda que me perdoe, mas a sua mãe foi muito mais limpa neste jogo do que ela. Redonda baralha-me: cria-me ilusões, depois rejeita-me, agora quer-me de novo, numa sequência errática e confusa. A mãe não: Julieta começa por tentar ligar-nos, e só quando vê a filha desinteressada de mim é que pensa em si própria.

Em desespero, Redonda vem agora dizer-me que a mãe ama outro homem, que eu tenha cuidado, que não me apaixone? A mim parece-me aquela coisa do «não fode nem sai de cima», é o que me parece. Além de que não me incomoda nada que Julieta ame outro homem. Não estou apaixonado por ela. Embora tenha gostado muito da nossa noite, e não me importe de a repetir, Julieta não é uma paixão. Julieta é uma amiga com quem fui para a cama, nada mais.

Neste momento, dou-me conta de que também eu já adultero a expressão «amiga». Eu, que tanto me irritava com as mulheres por chamarem «amigos» não só aos que o são verdadeiramente, mas também aos homens que dormem com elas sem serem seus namorados; também eu passei a usar esse conceito, agora que o sinto e compreendo. Julieta é uma «amiga», uma grande «amiga», mais velha do que eu, que sofreu muito na vida e com quem gostei imenso de passar uma tórrida noite sexual.

Como pode Redonda julgar a mãe, condená-la por ter dormido comigo? Ela não é uma mulher fiel ao marido! Beija-me, abana-se à minha frente, vira-me o rabo a excitar-me, deixa que eu lhe toque nas mamas! Só porque entretanto muda de ideias e, umas semanas mais tarde, já quer refazer o casamento e ter filhos, isso apaga tudo o resto? Quem é ela para me pedir que não repita a noite com a mãe? Ela, que ao fim de um ano de casamento com Tomás encornou-o com o Paulo Salavisa Pinto? Ela, que quando lhe falei sobre isso mentiu com todos os dentes que tem na boca? Ela, que disse que eu seria apenas e só «um amigo», agora vem garantir que essas palavras eram mentira, que não queria que eu me afastasse porque está apaixonada por mim desde o primeiro minuto em que me viu?

Quando alguém nos mente é como se tivesse ativado uma pequena bomba-relógio, que passa a fazer tiquetaque, tiquetaque, baixinho, até ao dia em que explode. Nesse dia, essa pessoa que nos mentiu mata-nos por dentro, mas também se mata a si própria, pois deixamos de confiar nela. Se Redonda já me mentiu uma ou mais vezes, como posso agora acreditar nela? Como vou saber que não me está a mentir mais uma vez?

Não sei para onde estas duas mulheres vão conduzir a minha vida, mas sei que Redonda me causa muito mais apreensão do que Julieta, e que confio mais na mãe do que na filha. Sei tudo isso, mas...

A verdade é que quando Redonda me beijou no ancoradouro, os meus joelhos fraquejaram. Não há nada que um homem possa fazer contra isto. Ela perturba-me. Não me domina, mas perturba-me, ao contrário da mãe. Ao lado de Julieta, sinto-me divertido, bem-disposto, confiante. Ao lado de Redonda, fico alarmado, duvidoso, baralhado. Todo o meu ser racional tenta combater esta sensação, desde os primeiros dias que me convenço de que ela não é de fiar, de que não quero amá-la, isso seria perigoso.

Mas a verdade é que quando Redonda estava a olhar para mim na cama com a sua mãe, reparei na sua dor e isso fez-me mal. Odiei-me, senti-me um porco por a magoar.

Sou assim, vingativo quando me rejeitam, e vinguei-me de Redonda dormindo com Julieta. Depois, quando admirei o esplendor da minha vingança e senti a dor que provoquei, odiei-me por isso, e daria tudo para não a ter magoado. Sim, se eu não tivesse sido apanhado de forma tão escancarada por Redonda, pediria a Julieta que ficasse calada, que não contasse à filha, e se, por acaso, tal se tivesse sabido, e Redonda me perguntasse a verdade, eu teria mentido! Ter--lhe-ia dito que jamais dormira com a mãe, teria respondido exatamente da mesma forma como ela me respondeu quando lhe perguntei sobre o Paulo. Se pudesse mentir-lhe, tinha mentido. Por amor.

Assim sendo, tenho de, pelo menos, admitir a hipótese de que ela me mentiu também por amor. Mentiu porque não me queria perder, não me queria causar dor.

Merda. O país está a arder em fogos. E nós também.

24

«*Se te voltas a aproximar da minha mulher vou-te aos cornos cabrão de merda.*» Passaram dois dias sobre os acontecimentos da Arrábida e ontem à noite recebi este sms de Tomás. Uma ameaça. Portanto, ele viu-nos, viu o nosso beijo no ancoradouro e passou à ação. Foi uma imprudência Redonda vir ter comigo, uma loucura, mas quem ama faz este tipo de loucuras e agora sei que ela me ama e ele também sabe.

Entrámos em terrenos sombrios. Como está escrito nos antigos mapas chineses, «daqui para a frente só há dragões», monstros que habitam nas profundezas dos seres humanos e que de vez em quanto se soltam e nos levam a perder a cabeça, a humanidade, a cometer selvajarias. Somos todos um bocado psicopatas quando se trata de amor e sexo.

Faz tanto calor... Na rádio diz que este verão de 2003 é o mais quente dos últimos cem anos, os fogos continuam, há milhares de hectares a arder. É agora meio-dia, parei à porta do escritório de Salavisa Pinto e estou a suar, à espera de Julieta. Fui deixar o gancho enferrujado numa loja de barcos, pedi que o limpassem, para ver se conseguimos descobrir a embarcação a que pertencia.

Julieta chega. Está muito bonita. Um leve vestido creme, um novo penteado, um sorriso simpático. Contudo, está pálida e sinto-a nervosa. Beija-me na cara, mas não me aperta como de costume, esborrachando-me contra o seu peito, para sentir as suas boas mamas. Agora, mantém uma certa distância. E queixa-se de Redonda.

– Não consigo falar com ela, só trocámos sms. Diz que o Tomás está intratável.

Eu sei porquê, mas, pelos vistos, ela não sabe, Redonda não lhe falou do nosso beijo secreto no ancoradouro. Julieta pensa que é o «negócio» que preocupa ainda o casal, mas eu adianto:

– Talvez Tomás tenha outros motivos.

Ela não quer saber. Dirige-se ao elevador, apressada. Por cada andar que subimos parece agitar-se mais. Remexe na sua carteira, no pó-de-arroz, no baton, abre um espelho para se ver melhor. Chegamos, entramos no *hall* do grande escritório de advogados, a senhora da receção manda-nos sentar e logo regressa, diz para a acompanharmos até ao gabinete de Raul Salavisa Pinto.

Amável, o advogado alegra-se por ver Julieta, abraça-a, pergunta-lhe como está. Jura-lhe que não foi para o Algarve só porque ela queria conversar com ele. Julieta senta-se, permanece nervosa. Explica que sou eu que tenho dúvidas, passa-me a palavra depressa.

Faço uma introdução, conto que Álvaro nega qualquer insulto ou ameaça a Madalena neste mesmo escritório, em 1975. E pergunto:

– Como podem existir duas versões tão diferentes?

Salavisa Pinto, tranquilo, mantém a sua: a discussão existiu mesmo, ele recorda-se bem, «como se fosse hoje». E ataca Álvaro:

– É óbvio que ele mente.

Reparo que Julieta se acalmou, a confiança com que ele fala tranquiliza-a. Eu prossigo: desenvolvo a teoria de que o assassino pode ter vindo de barco. O advogado espanta-se, nunca pensou em tal possibilidade.

Eu acrescento:

– É por isso que ninguém ouviu um carro a chegar, é por isso que Julieta e o senhor Simões não viram nenhum no terreiro, é por isso que, no quarto, Miguel e Madalena não deram por nada. O assassino veio do mar.

Desenvolvo a ideia: o desconhecido sobe pelo ancoradouro, depois passa pela piscina, entra pela porta das traseiras e sobe pela escada de serviço até chegar ao corredor. Depois de ver Miguel e Madalena no quarto, desce ao escritório pela mesma escada, pega na arma, volta a subir, vai ao quarto, dá dois tiros em cada um deles, matando-os. Entretanto, ouve Julieta a chegar e esconde-se perto da escada de serviço. Permanece invisível enquanto Julieta entra no quarto, descobre Madalena e Miguel mortos e sai. Recordo o seu *flashback*: ela vê a porta a mexer-se. Depois, cai.

Salavisa Pinto permanece em silêncio, surpreendido com a minha narrativa. No final, reconhece que nunca tinha pensado em tal coisa, mas que é uma hipótese muito boa. Pergunta:

– As pegadas molhadas são do assassino?

Sim, caso viesse por mar, deve ter-se molhado no ancoradouro. Aliás, pode mesmo ter vindo a nadar e deixado o seu barco mais longe, noutro local.

Salavisa Pinto concorda, com um aceno de cabeça, e pergunta:

– Acha que o assassino tinha um barco?

Sim, de barco é fácil chegar sem ser visto, e ninguém ia estranhar ver ali um, havia muitos amigos de Dom Rodrigo que visitavam a casa de barco.

Ele exclama:

– Pois havia! Um deles era eu, fui lá umas vezes, lembro-me perfeitamente do ancoradouro.

Julieta fica de repente mais nervosa, mexe-se na cadeira, rói as unhas.

Eu murmuro:

– O senhor tinha um barco...

É uma afirmação, não é uma pergunta, mas Salavisa Pinto responde como se fosse uma.

– Sim, um iate à vela.

Já o vendeu há muito tempo, comprou outro nos anos 90, maior, que está em Vilamoura. Tem tido pouca disponibilidade para lá ir, e a atual mulher não gosta de andar à vela. Julieta escuta-o, sempre a roer as unhas, e não olha para ele.

Eu repito:

– Foi lá várias vezes, de barco – Salavisa Pinto confirma com mais um aceno de cabeça. – Lembra-se quando foi a última vez?

O advogado franze a testa. Olha para mim, depois para Julieta, mas ela continua de olhos no chão, a roer as unhas.

– Não sei se estou a perceber a sua pergunta.

É agora, tenho de ter coragem. Endireito-me na cadeira e digo:

– Então, se calhar, é melhor eu fazer uma pergunta mais concreta.

Mantenho o contacto visual com ele, e vejo nos seus olhos surpresa, um ligeiro incómodo, mas nenhum receio.

– Aonde estavam o senhor e o seu barco na tarde do dia 3 de agosto de 1975?

Julieta abana a cabeça, morde os lábios, mas não tem coragem para olhar nem para mim nem para ele. Salavisa Pinto semicerra os olhos. Sinto-o furioso e ofendido. Fala pausadamente.

– Essa pergunta é inadmissível. Só por Julieta estar aqui é que não lhe digo o que penso de si.

Olha para Julieta, indignado:

– O que é isto, Julieta? Quem é este tipo para vir aqui, ao meu escritório, insultar-me desta maneira?

Depois olha de novo para mim e diz:

– Ouça, acabou a conversa, passe muito bem.

Então Julieta geme:

– Por favor, Raul, responde. Ajuda-me a acabar com este calvário.

Chora, embora continue a olhar para o chão, e vejo que Salavisa Pinto muda de imediato perante esta reação dela.

Pergunta, aflito:

– Mas o queres tu que eu diga?

Julieta geme:

– A verdade.

Suspira e acrescenta:

– Por favor, responde à pergunta.

Cedendo à voz de comando dela, o advogado altera de imediato a sua atitude. Quer satisfazê-la.

– Estava no Algarve. Andámos no meu barco nessa tarde. A minha primeira mulher pode confirmar.

Recebem o telefonema a avisá-los da morte de Madalena e Miguel na manhã do dia seguinte. Ele vem de carro sozinho para Lisboa, passa pela Arrábida, fala com a GNR, com a PJ, vai ao hospital.

Julieta solta o ar que lhe enche o peito, aliviada, e desabafa:

– Graças a Deus – ao dizê-lo, olha para o advogado e sorri. – Eu sabia, eu sabia!

Estica-se para a frente e estende a mão. O advogado dá-lhe a sua e ficam assim, agarrados, de mãos dadas. Ela comovida e aliviada, ele mais calmo e menos ofendido. E eu deixo-os, não tenciono estragar o momento.

Oiço a vozinha de Redonda, na minha cabeça: «Ela está apaixonada por outro homem.» Julgo ter descoberto quem é. Mantenho-me calado até que Raul se vira para mim e pergunta se tenho mais perguntas.

– Sim.

A tensão regressa à sala. Julieta retira a mão da de Raul, volta a olhar para o chão. O advogado empalidece, pressente que algo desagradável está para chegar.

Pergunto-lhe:

– Sabe que correu o rumor de que o senhor teve um caso com Madalena?

Ele abre muito os olhos, irritadíssimo, mas antes que possa explodir afirmo:

– Foi a Julieta quem me falou disso, o Miguel um dia descaiu-se.

Então Salavisa Pinto enrola os olhos, sabe que não pode negar. Suspira:

– Sim, a Julieta contou-me. Mas isso é um disparate, um delírio do Miguel, nunca aconteceu nada!

É difícil negar uma grande paixão, mesmo muitos anos depois. Salavisa Pinto entristece subitamente, a sua visão desfoca-se, fica como que absorto, preso numa recordação que o magoa. Já não está connosco, mas noutro lugar, noutro tempo. Deixo-o recuperar do embate, mas tenho de prosseguir.

– Sempre me causou alguma surpresa que o senhor não tenha chamado os ex-namorados de Madalena para testemunharem no julgamento.

Ele enruga a testa, não entende o meu raciocínio.

– Acho que não os chamou, não porque não os conhecesse, mas porque isso lhe podia causar problemas.

O advogado empalidece mais, está agora sem pingo de cor, a testa ainda mais franzida. E murmura:

– Desculpe, mas agora não estou mesmo a perceber.

Largo a minha bomba: falo em Mário Damião, o arquiteto que namorava Madalena em junho de 75. O advogado está envergonhado.

Reparo que Julieta mudou: agora é ela quem o observa com toda a atenção do mundo, quem examina cada gesto dele.

Continuo o meu relato:

– No início de julho, Mário Damião pegou no seu *Fiat* e decidiu ir à Arrábida visitar a namorada, que já não via há mais de uma semana. Quando lá chegou, descobriu-a ao pé da piscina, a fazer amor com outro homem. O namoro acabou nesse dia... – faço uma pausa e continuo: – Mário Damião só descobriu quem era esse homem no julgamento de Julieta, em tribunal. Era você.

Acontecem duas coisas ao mesmo tempo. Salavisa Pinto solta um gemido, como se uma flecha mortal o tivesse atingido, e escorrega um pouco na cadeira, como se estivesse a morrer devagarinho.

E, a meu lado, Julieta solta um grito de fúria:

– Nããããoooooo!

Está fora de si, ferida. De pé, a tremer, olha para o advogado.

– Diz-me que é mentira, Raul, por favor, diz-me que é mentira!

Ele jaz enfiado na cadeira, dobrado e humilhado, derrotado por uma memória enterrada há muito, muito tempo, que agora ressuscita, para o amaldiçoar.

Julieta implora, aos gritos:

– Diz-me, diz-me, diz-me... tu não, Raul, tu não!

Mas já percebeu que ele não vai negar. Há lágrimas a correrem-lhe pela cara. Chora e ouço-a gemer baixinho:

– Eu acreditei em ti, e tu mentiste-me! Eu amei-te tantos anos, tantas vezes, e tu mentiste-me!

A tristeza substituiu, por momentos, a raiva. Mas eis que esta regressa, algo cresce furiosamente dentro dela e explode:

– Pulha! És um pulha! Aproveitaste-te da minha cegueira, és um canalha!

Julieta dá meia-volta, sem sequer olhar para mim, e avança a correr para a porta. Abre-a, sai e fecha-a com estrondo.

Nem Raul Salavisa Pinto nem eu fazemos qualquer gesto. Estamos os dois calados, à espera de que ela volte a entrar. Passa um minuto, passam dois, olho várias vezes para a porta, na esperança de que ela se abra, mas tal não acontece. Ao perceber que Julieta não vai regressar, o advogado recupera um pouco a calma e a compostura e torna a falar. Já não me hostiliza, pelo contrário, está um cordeirinho.

– Você tem razão. Sim, eu evitei que se falasse dos ex-namorados de Madalena porque receava isto... É verdade, tive um caso com ela, mas só nos encontrámos três vezes.

Não sabe como, mas Miguel descobriu. Talvez Madalena se tenha descaído. Duas das vezes que se amaram foi aqui, neste mesmo escritório, naquele sofá para onde ele aponta. A outra foi na Arrábida, na tarde em que Mário Damião os descobriu. Quando ela morreu, Salavisa Pinto ficou aterrado. Temia que se descobrisse o seu amor proibido e por isso desviou as atenções dos namorados de Madalena. E sim, foi esse terror que o levou a atirar as culpas para cima de Álvaro.

Aliviado, reconhece:

– Eles nunca discutiram, e ele nunca a ameaçou.

Naquela tarde, em 1975, neste mesmo escritório, a única coisa grave que aconteceu foi ele e Madalena terem caído nos braços um do outro. Sorri e acrescenta:

– Foi nessa tarde que estivemos juntos pela primeira vez.

Depois de Álvaro sair, a questão do divórcio pacificamente resolvida, ele e Madalena ficam a conversar. Ela está lindíssima, é uma tentação, e ele deixa-se levar. Sentam-se no sofá, começam a beijar-se, acabam a fazer amor. Salavisa Pinto recorda, misturando a nostalgia com a gabarolice:

– Era uma mulher extraordinária – depois, dá uma pequena gargalhada e acrescenta: – São as duas! Que manas!

Pergunto-lhe se, das palavras de Julieta há pouco, posso deduzir que também ele e ela tiveram um... «caso»? Ele sorri, bem-disposto. É já de novo o macho alfa que sempre foi, capaz de cobrir todas as galinhas da capoeira.

– Sim, andámos, quase dois anos! Ela era cega, mas não morta! Bem pelo contrário, era uma ceguinha endiabrada! Mas depois, é sempre a mesma história, a minha atual mulher descobriu e tive de acabar com a folia!

Encolhe os ombros:

– A Julieta sofreu um bocado, coitada.

Foi por pressão da atual mulher (a terceira, de quem confirma que se está a separar) que se afasta de Julieta e dos assuntos da família Silva Arca, e manda avançar o filho Paulo. Há dois anos que é este quem trata dos assuntos familiares diretamente com Redonda.

Salta mais uma pequena risada:

– Foi pior a emenda do que o soneto.

Tal pai, tal filho, comenta. Depois de ele ter andado com Julieta, andou o filho com Redonda. E também tiveram de parar com aquilo, porque os respetivos cônjuges ficaram desconfiados.

O advogado abre um grande sorriso:

– Eh pá, com estas mulheres, é difícil um homem não perder a cabeça! Elas são um espanto, sempre foram!

Fica pensativo uns momentos e depois regressa ao crime. Revela que sofre muito com a morte de Madalena, e também com a de Dom Rodrigo e de Dona Emília. Repete o seu *mea culpa*, mas, mesmo assim, insiste na desconfiança de Álvaro.

– Porque foi ele colocado na prateleira pelo Copcon?

Para essa pergunta não tenho qualquer resposta. Deixo-o sem lhe falar no gancho que descobri no ancoradouro da Arrábida. É sempre bom manter um trunfo na manga.

25

Saio do gabinete de Raul Salavisa Pinto e avanço pelo corredor, sem ver Julieta. Alguém me chama, é o meu amigo Paulo. Quer saber o que se passou, ouviu Julieta gritar. Caminhamos lado a lado até ao *hall* do escritório. A rececionista abre a porta, saímos, carrego no botão do elevador. Paulo pergunta se vou mesmo escrever o livro, se vou falar do pai dele. Dá uma risada e lança uma pergunta confidencial:

– Sabes que o meu pai comeu as duas?

Finjo não ter compreendido, pisco os olhos, ele insiste:

– A que morreu e a cega. É pior do que eu! Eu só comi a filha!

Passa-me uma fúria pela alma, mas contenho-me. Olho para o elevador, que não chega. Ele pergunta:

– Porque é que a Redonda não veio?

Não sei, não tenho falado com ela, nem deve saber que viemos cá. Ele comenta, enigmaticamente:

– Pois, faz sentido.

E acrescenta, com um sorriso malandro:

– Marquei um almoço com ela para amanhã.

É como se me tivessem espetado uma faca no coração. Ainda bem que o elevador não chega. Despeço-me apressadamente, digo que tenho de procurar Julieta. Ele regressa ao escritório, bem-disposto, eu começo a descer a escada. Há um grande corrimão de ferro, é um prédio antigo, muito bem restaurado. Sinto as pernas fracas, a boca seca, seguro--me ao corrimão, fecho os olhos, respiro fundo.

Foda-se, apetece-me vomitar.

Ouço uma voz que chama por mim. Abro os olhos. Quatro ou cinco degraus abaixo, sentada nas escadas, vejo Julieta. Tem os olhos vermelhos, esteve a chorar, parece pior do que eu.

Zangada, pergunta:

– O que se passa consigo?

Nada, digo eu. Nunca se passa nada comigo.

– Está nesse estado por causa da Redonda, porque o Paulo vai almoçar com ela! Você nem quer saber de mim! Vocês, homens, são todos uns patifes! Eu ouvi a vossa conversa!

Já não chegava a filha ser ciumenta, agora a mãe também! Ela lamuria-se, queixosa, e faz beicinho:

– Os homens nunca gostam de mim. O Miguel gostava da secretária, e depois da Madalena. O Raul gostava da Madalena, você gosta da Redonda, nenhum de mim!

Desço os degraus, aproximo-me, ouço a sua acusação:

– Você é um mentiroso como os outros.

Essa agora? De que está ela a falar?

– Julieta, quando é que eu lhe menti?

Ela leva as mãos ao alto, teatral e melodramática:

– Por favor, você dormiu comigo, mas gosta da Redonda! Olhe para si, parece que viu um fantasma, ficou de rastos quando o Paulo lhe disse que ia almoçar com ela amanhã!

Sento-me nos degraus, ao lado dela, irritado:

– Quando é que eu lhe menti?

Volta a abanar a cabeça, incrédula. Eu digo:

– Nunca lhe disse que estava apaixonado por si, e também nunca me perguntou!

Julieta mostra de imediato a sua indignação:

– Ai agora a culpa é minha? Eu é que devia perguntado? Se está apaixonado pela Redonda, você é que devia ter dito, antes de ir para a cama comigo!

É uma lógica imbatível, por isso recuo para uma posição mais segura.

– Julieta, eu nunca lhe menti.

A mãe de Redonda procura os meus olhos:

– Já se esqueceu do que me falou ao ouvido, quando estava dentro de mim? Quer que eu lhe lembre as coisas bonitas que disse? Eu era fantástica, a melhor que tinha tido, e mais umas quantas coisas que não vou repetir porque não sou uma ordinária como você!

Respiro fundo. Foda-se, é verdade. Um homem quando está dentro de uma mulher diz tudo, esquece tudo, é um momento inebriante, espantoso, glorioso e, claro, extremamente perigoso. Depois dá nisto, cobram-nos. No entanto, defendo-me:

– Julieta, eu nunca lhe menti. Gostei muito de estar consigo, gosto muito de si, mas... a Julieta está a ser injusta.

Ela fica espantada:

– Injusta?

Explico-me:

– Acho que está a tentar desviar as atenções de si.

Ela fica calada, à espera, eu continuo:

– Se alguém mentiu foi a Julieta e não eu.

Ela indigna-se, a mão no peito:

– Eu?

Sim, mentiu-me quando disse que não dormia com nenhum homem desde o marido, Miguel. Afinal, dormiu com o Raul há uns anos.

– É uma mentira muito profunda, muito recente.

De repente, os olhos de Julieta enchem-se de lágrimas, agita-se e balbucia:

– Custa-me muito falar disso.

No amor todos mentimos, não a julgo por isso. Não somos namorados, não tem obrigação de me contar tudo, mas não aceito que se encha de acusações contra mim.

– Não lhe quero mal.

Então ela irrita-se, olha para a parede, amua.

– Você gosta mais da Redonda do que de mim.

E não era esse o objetivo de Julieta? Foi ela quem me incentivou a gostar da filha, e eu fui por aí e agora estou confundido. Não sei o quer Redonda.

– Ela tinha-me dito que ia apostar outra vez no casamento, queria um filho.

Julieta encolhe os ombros:

– Tretas… E marca almocinhos com o Paulo?

Sinto a faca a espetar-se outra vez, no mesmo ponto do coração. Baixo os olhos. Descrevo a Julieta o encontro secreto com Redonda, de madrugada, no ancoradouro da Arrábida.

Ela espanta-se:

– Depois de nós sermos apanhados por ela?

– Sim, logo a seguir.

Ela cerra os olhos e exclama:

– Que descarada! Nós tínhamos acabado de fazer amor e ela já a atirar-se a si! A minha filha não perde tempo.

Recordo-lhe o que vi nos olhos de Redonda quando nos descobre nus no quarto, e o seu pedido no ancoradouro, para eu não voltar a dormir com Julieta. Suspiro:

– A Redonda é infeliz, não ama o Tomás, mas é incapaz de deixá-lo.

Julieta também não a compreende.

– Ele não presta.

Revelo-lhe a ameaça de Tomás, o sms. Ela insulta-o:

– Que estupor!

Eu encolho os ombros:

– Está a lutar pela mulher. Ela é muito bonita.

Julieta dá-me um encontrão, não quer ouvir elogios meus à filha, tem ciúmes. Rimo-nos. A tensão baixou, mas há dentro de mim uma curiosidade ainda infinita.

Então, pergunto:

– Há mais alguma coisa que eu deva saber?

Julieta diz que não houve mais homens além de Raul, por quem reconhece sentir, há muitos anos, um afeto grande.

– Sempre foi querido comigo, mesmo enquanto era casada.

Depois, defende-a o melhor que sabe, tenta salvar os bens da família.

– Sempre confiei nele.

Quando ela sai da cadeia, é a única pessoa que a visita. Diz:

– Como estava cega, tinha muito medo de conhecer homens. Não lhes podia ver a cara e isso fazia-me muita confusão, não conseguia ter emoções por eles. Só me lembrava da cara do Raul, podia imaginá-lo comigo...

A primeira vez que Julieta e o advogado se amaram foi no escritório, no gabinete onde estivemos há pouco. Com a porta fechada à chave, amam-se no sofá. Ela não sabe que foi no mesmo em que, muitos anos antes, Raul amou a sua irmã Madalena. Não sabe nem eu lhe conto.

– Durou dois anos.

Um amor secreto e adúltero, um dia revelado. Julieta encolhe os ombros:

– O costume. A mulher do Raul descobriu, ele acobardou-se.

Afastam-se, praticamente deixam de se falar, mas ela sofre muito e nunca deixa de o amar.

– Mantive-o vivo, dentro do coração, mas nunca mais o vi.

Respira fundo:

– Os assuntos de família passam a ser tratados pela Redonda e pelo Paulo.

Julieta levanta-se (está farta de estar sentada) e diz, enquanto eu me levanto também:

– O resto já você sabe – sorri-me: – Quando aqui vim consigo pela primeira vez, foi difícil, mas nesse dia percebi que já não sentia o mesmo por ele... O tempo altera-nos, por dentro e por fora.

Agora é a minha vez de ser competitivo. Digo-lhe que Raul pode ser um homem honesto e de confiança nos negócios, mas com as mulheres parece pouco fiável. Já casou três vezes e é um mulherengo gabarolas.

– Acho que a Julieta merece melhor.

Ela endireita-se, orgulhosa.

– Sim, sou bem melhor do que a mulher dele! Eu podia ser cega, mas ela? Parece uma tábua de passar a ferro! E a cara? Parece engomada, toda esticada pelas plásticas!

Encolhe os ombros e reconhece que o tempo dela e de Raul já passou. Tal como o de Redonda e Paulo. Sinto a faca a entrar, outra vez, mas desta vez dói menos, pois Julieta acrescenta, a sorrir:

– A Redonda gosta de si.

Abraça-me. É outra vez calorosa, aperta-me contra o seu peito com força, cheiro o seu perfume, sinto uma ponta de desejo. Ela diz:

– Eu sei que ela gosta de si. Sou mãe e as mães sabem isso.

Sorrio e franzo a testa, cheio de dúvidas:

– Sou ameaçado pelo marido, não vou almoçar com ela amanhã. Da Redonda nunca tive nada de bom.

Julieta empertiga-se:

– Não diga isso. Teve a mãe!

Damos uma gargalhada. Ela pergunta:

– As mamas dela são maiores do que as minhas?

Rio-me:

– Não sei, nunca as vi.

– Mentira, já a apalpaste uma vez! São melhores do que as minhas? – Julieta arqueia a coluna, orgulhosa: – Olha que, para cinquentona, não estou nada mal! – Depois faz um ar tristonho e acrescenta: – Tenho de reconhecer: as dela e as da tia são melhores do que as minhas!

Está de volta a Julieta com o seu humor, o seu espírito rebelde e subversivo. Olha para mim e arqueia as sobrancelhas:

– Somos um bocado putas, não somos? Nós, as mulheres.

Encolho os ombros e respondo:

– Um bocadinho. Mas não de mais. Na conta.

Ela ri-se:

– E que conta! Olha, se me pagares bem, vou daqui para um hotel contigo! A minha filha que se lixe. Se gosta de ti, devia estar ao pé de ti!

Começamos a descer a escada, a rir. A meio da descida, mais sério, peço-lhe que não me oculte o seu passado, que não me minta, pois perco a confiança nela, e isso é terrível.

Ela ri-se, excitada, parece uma criança, benze-se, jura por Deus que não volta a mentir. No auge daquela euforia, de repente falha um pé no degrau, tropeça e por um segundo acho que vai cair pela escada, desamparada. O horror gela-me as veias e, num gesto brusco, atiro-me para a frente. Agarro-a e puxo-a pelo vestido, evitando que caia. Ficamos ali, a arfar, assustados, e ela murmura:

– Meu Deus, empurrou-me...

Nego, surpreendido:

– Não, Julieta, eu não a empurrei, eu agarrei-a!

Ela está com o olhar desfocado, no vazio, mas depois olha para mim, vagarosa, pisca os olhos, aflita, e explica:

– Não, não foi você, foi outra pessoa.

Mais um *flashback*. Ao tropeçar hoje, a vertigem recordou-lhe uma sensação idêntica, vivida naquela tarde na Arrábida. Só que há uma diferença fundamental:

– Fui empurrada. Senti uma força nas costas, uma mão nas costas, e foi por isso que tombei pela escada!

Estamos os dois emocionados, sabemos o que isso significa: o assassino que matou Miguel e Madalena também empurrou Julieta pela escada, quase a matando.

Ela murmura:

– Meu Deus, mas quem?

Não sabemos, mas acredito que um dia vamos descobrir.

Saímos dali, caminhamos pelo Chiado, já passa das duas da tarde e faz muito calor. Tenho fome, pergunto-lhe se quer almoçar, e ela diz que só num local fresco. Sugere que vamos ao Hotel do Chiado, há uma pequena esplanada coberta, no terraço.

Durante o almoço, as nossas pernas tocam-se. Sentimos o desejo crescer. É evidente que, depois, alugamos um quarto. Prometemos um ao outro que Redonda nunca vai saber desta recaída, que somos apenas bons amigos que gostam disto.

É a segunda vez que nos amamos. Ela continua uma aluna dedicada, eu um professor sempre disponível, mas estamos mais afoitos, mais intensos. Ela monta-me, quer ficar por cima, fode-me com vivacidade e ritmo, vem-se duas vezes, grita muito.

De seguida, conversamos banalidades, brincamos com o corpo um do outro. Sabemos que pode ser a última vez que estamos juntos e isso faz crescer em nós uma vontade maior, mais selvagem.

Algum tempo depois Julieta diz:

– Quero mais, na boca.

Deita-se, coloca a cabeça na almofada, e eu desço sobre ela e fodo-a na boca, com força, num vaivém permanente, enquanto ela me segura no rabo, até me vir.

Sinto uma energia imensa dentro de mim e ela também, não estamos ainda satisfeitos. Deixamos passar mais algum tempo, conversamos mais, rimos mais. Depois diz que quer ser possuída de novo e dobra-se para a frente, os joelhos e as mãos na cama, ergue o rabo para mim. Penetro-a por trás, à cão, com força, com ritmo, cavalgo-a sem parar até ela gritar de novo, várias vezes, e eu me vir pela terceira vez.

A noite já começa a chegar quando, esgotados e ainda nus, pensamos em tomar banho. As coisas já mudaram, sabemos que chegámos ao fim. Este interlúdio carnal e intenso foi bom, mas acabou-se. Sabemos que não nos vamos voltar a possuir, mas nenhum dos dois sente tristeza ou mágoa. Pelo contrário.

Eu levanto-me e ela pergunta, fingindo-se distraída:

– O Raul vai mesmo separar-se?

Dou uma gargalhada: esta mulher é um tratado!

26

Quando nos pedem que recordemos o que se passou há quase trinta anos, é normal que muitos de nós esqueçamos certos detalhes. Mesmo depois de fazermos um esforço, há sempre qualquer coisa de que não nos lembramos à primeira e que, às vezes, reaparece mais tarde. É isso que se passa com Carlos Antunes Serpa, o inspetor reformado da Polícia Judiciária que investigou o crime, em 1975. Tem recordações que não lhe ocorreram na nossa primeira conversa.

Combinei ir ter com ele a Setúbal, mas antes vim buscar Julieta a Cascais. Estou à porta de casa dela, disse-me que descia já, continua mesmo muito calor, o braseiro não se vai embora.

Quando Julieta sai, atrás dela vem Redonda, e fico incomodado. Não fiz o que ela me pediu, voltei a dormir com a mãe. Há um segredo entre nós, uma mentira. Espero que Julieta tenha ficado calada.

Redonda é calorosa, abraça-me fortemente, tal como a mãe fazia no passado. Esborracha-se contra mim, e aquilo sai-lhe com naturalidade, não é um ato forçado, é uma imitação natural da mãe. Fico inebriado pelo seu cheiro, pelo seu perfume.

Julieta assiste a este contacto físico poderoso e espera a sua vez. Prepara-se para me abraçar, mas, de repente, suspende o movimento e não chega a levantar os braços. Cautelosa, evita repetir o gesto de Redonda, dá-me apenas um beijo suave na cara. Não está a competir com a filha, envia uma mensagem de apaziguamento.

Já no carro, recebo um sms. O meu telemóvel está pousado junto à manete das mudanças, e Redonda pega-lhe, curiosa. Olha para o ecrã e espanta-se:

– O Tomás?

Retiro-lhe o aparelho das mãos, leio a mensagem, é mais uma ameaça.

– O que te quer ele?

Por segundos, Redonda teme uma relação secreta entre mim e o marido, como se eu a estivesse a trair, e por isso sou forçado a prestar um esclarecimento. Leio a ameaça, pancada física prometida, conto que já não é a primeira. Redonda não sabe o que dizer, mas acalmo-a: a maior parte das vezes as pessoas nunca concretizam as ameaças. Ela está com uma cara estranha, como se tivesse algo entalado na garganta.

Pergunto:

– O que foi?

Redonda encolhe os ombros, não quer abrir o jogo. Mas, no banco de trás, Julieta sabota a relutância dela:

– Por favor, filha, ele tem o direito de saber!

«Filha»? É extraordinária a forma como Julieta muda a maneira como fala com Redonda consoante os seus estados de alma e os seus interesses. Agora, é a mãe carinhosa e preocupada com a sua cria.

Suspira e conta:

– A Redonda saiu de casa. Está a viver comigo, e já disse ao Tomás que quer divorciar-se.

É por isso que há ameaças, o marido deve pensar que ando com ela, está possesso.

Julieta prossegue:

– Ontem fomos falar com o Raul sobre o divórcio. Depois almoçámos os quatro, com o Raul e o Paulo...

Melodramática, faz uma pausa. Se queria criar-me ansiedade, conseguiu. Redonda e Paulo a almoçarem, é o meu temor, e Julieta só avança o final do episódio depois de me fazer sofrer uns segundos.

– Depois, voltámos as duas para Cascais. Ontem, fomos jantar fora, espairecer a cabeça. No meu tempo, não havia tantos restaurantes na estrada do Guincho.

Há em mim uma sensação de alívio, Redonda e Paulo não estiveram juntos, nem sozinhos. A competição entre mãe e filha prossegue. Diz Redonda:

– A mãe ficou muito contente em saber que o tio Raul já está separado.

A filha a marcar pontos. Há um gozo no fundo do seu olhar, mas Julieta não está para jogos. Coloca a cabeça entre nós e comenta:

– Ó Redonda, por favor. Daqui a um mês anda com outra!

Redonda quer, evidentemente, demonstrar-me que a mãe é apaixonada pelo advogado.

– A mãe é mesmo engraçada... À frente dele, estava pelo beicinho, mas agora desdenha!

Esperta, esta rapariga. Quer que eu deixe de pensar na mãe. Indiferente à jogada da filha, Julieta encosta-se para trás no banco do carro, com um ar pensativo.

– Quem irá tratar do divórcio do Raul?

Redonda ergue as sobrancelhas, preocupada:

– Esperemos que a mulher não lhe leve tudo – e, fingindo olhar para as suas unhas, murmura: – Se fosse a si tinha atenção.

Como quem diz: se a esposa leva uma grande talhada da fortuna, quem vai sofrer é a próxima. E, como há uma forte possibilidade de seres tu, é melhor começares já a tomar cuidado, querida mãezinha.

Contudo, Julieta finge imunidade à questão e suspira:

– Graças a Deus, agora já não tenho razão para preocupações.

Olho para Redonda, que continua a examinar as unhas. Deduzo que o negócio com o patrão de Tomás está finalmente concretizado, elas são agora muito ricas. E é-me impossível não deixar de relacionar o desfecho da transação com a súbita decisão de Redonda: divorciar-se. O amor e o interesse, nas mulheres, são quase sempre simultâneos.

Julieta exclama:

– Sou uma velha rica.

Sorrimos os três, bem-dispostos. Mas, à medida que nos aproximamos de Setúbal, o estado de espírito de Julieta altera-se. Por cada quilómetro que fazemos perde jovialidade, fecha-se mais, num silêncio magoado e acabrunhado. Pergunto-lhe o que se passa e ela responde:

– Faz-me impressão ir falar com o homem que me meteu na cadeia.

Sugiro que fique no carro, mas nem quer ouvir falar nisso. Saímos do automóvel, entramos na pastelaria. Numa mesa, ao fundo, vejo o inspetor reformado Carlos Antunes Serpa.

Fica aflito, reconhece imediatamente Julieta. Apresento-os. Há um momento de observação mútua, tenso. Ela não o acusa, ele não pede desculpa. Tem o seu orgulho profissional intacto, continua convencido da sua verdade.

Para desbloquear o mal-estar, narro o que sei, falo de Bernardo Souto, de Mário Damião, os namorados de Madalena, e de Raul Salavisa Pinto, que omitiu o seu envolvimento. O polícia fica surpreendido.

Julieta diz-lhe que devia ter investigado melhor nessa direção, mas ele riposta:

– E quem me podia falar sobre isso? A senhora continuava em coma no hospital, a sua irmã Madalena e o seu marido tinham morrido, os seus pais estavam no Brasil e nunca mais voltaram!

Interroga o senhor Simões, a cozinheira e o jardineiro, e nenhum refere a existência de namorados de Madalena.

– A única pessoa que podia ter falado, o seu advogado, pelos vistos encobriu tudo!

Julieta não tem como defender Raul.

Refiro a hipótese de o assassino ter ido de barco, mas o ex-polícia encolhe os ombros. A sua crença é de que as pegadas molhadas na alcatifa do corredor são de Miguel e Madalena, que vieram da piscina. Fica em silêncio uns momentos e depois pergunta:

– Deixaram de acreditar que foi o Álvaro quem mandou lá alguém?

Conto-lhe que falei com Álvaro, fiquei convencido de que ele não tinha razão alguma para matar Madalena. E acrescento:

– Tal como o senhor defendeu no julgamento.

O polícia tem alguma coisa a dizer. Redonda e Julieta observam-no, ansiosas. Temo que as suas expectativas sejam altas, temo mais uma desilusão, mais um beco sem saída. Carlos Antunes Serpa endireita-se e reconhece:

– Na época, estava convicto de tudo o que fiz.

Olha para Julieta:

– Não tive qualquer motivação política para a acusar, ao contrário do que disse o seu advogado.

Quase trinta anos mais tarde, Carlos Antunes já esqueceu o quanto se ofendeu com essa acusação. Hoje, compreende-a. O país atravessa o turbilhão do Verão Quente. A própria Judiciária chega a entrar em greve, no outono de 1975. Até a tropa anda agitada e dividida. Naquele contexto irracional, a investigação é difícil. Setúbal é uma cidade comunista, a família Silva Arca é impopular.

Julieta murmura, com desdém:

– Fascistas.

O inspetor reformado encolhe os ombros, como que justificando as tontarias dessa época. Depois surpreende--nos:

– Em 1984, voltei a ouvir falar no crime.

O país avançara. Depois do 25 de novembro, os moderados do Grupo dos Nove, liderados por Melo Antunes, Eanes e Jaime Neves vencem a luta política. O regime democratiza-se, a revolução radical termina nessa data. Há eleições em 76, Soares é eleito primeiro-ministro; Eanes, presidente da República. Os governos mudam, a Aliança Democrática sobe ao poder em 79, e em 1980 Sá Carneiro morre em Camarate. Há uma crise financeira em 83, o FMI impõe as suas regras, o Bloco Central tenta equilibrar as contas.

– Contudo, alguns dos derrotados do 25 de novembro optaram pelo terrorismo.

Pergunta se nos lembramos das FP-25, as Forças Populares 25 de Abril? Sim, lembramos. Uma organização terrorista de extrema-esquerda que executa muitos atentados, e chega a matar o diretor-geral dos Serviços Prisionais.

– A partir de meados dos anos 80, eles começam a ser presos e a organização é desmantelada.

As FP-25 são julgadas em Monsanto, bem como o seu chefe, Otelo Saraiva de Carvalho. Um dos heróis revolucionários da esquerda radical acaba preso, dado como autor moral e mandante de crimes de sangue.

– Para os conseguir condenar, convencemos alguns a falar. Os «arrependidos».

É um desses «arrependidos» das FP-25 que, no meio das muitas histórias que conta ao investigador Carlos Antunes Serpa, refere o crime que ocorre na Arrábida, em 1975. Ou melhor, explica o polícia, refere-se aos «traidores», aos que tentam sabotar a revolução.

Recuamos de novo no tempo. Na primavera de 1975, é Vasco Gonçalves primeiro-ministro de Portugal, Otelo lidera o Copcon, e Cunhal está sentado no Governo. A esquerda revolucionária e comunista prepara-se para levar à prática ainda mais atos de destruição do sistema burguês, capitalista e fascista, que, segundo eles, ainda domina o país. Para tal, começam os contactos para a formação da FUR (Frente de Unidade Revolucionária), que inclui os comunistas e um grupo de pequenos partidos de extrema-esquerda, desde o MDP/CDE ao MES, e do qual só não farão parte o MRPP e a UDP. Em meados de agosto de 75, é anunciada oficialmente a criação da FUR, e é ela que vai patrocinar uma organização clandestina militar, os SUV (Soldados Unidos Vencerão), que tem como objetivo «sanear as forças armadas de fascistas e sociais-democratas».

Logo em setembro de 75, os SUV começam a dar conferências de imprensa. Os seus membros aparecem fardados de militares, sem insígnias que mostrem os seus postos, mas encapuzados, com capuzes pretos ou vermelhos, para não serem reconhecidos. Como se fossem terroristas.

– O Otelo finge-se preocupado, diz que não sabe quem são os SUV, mas o Carlos Fabião, um dos mais extremados militares do MFA, defende-os, dizendo que são «uma boa resposta da esquerda perante o receio de um golpe de direita».

Ora, serão estes mesmos SUV, ou pelo menos uma parte importante deles, que evoluirão mais tarde para uma organização terrorista, as FP-25. Derrotados no 25 de novembro pelos moderados, os comunistas de Cunhal e os radicais de esquerda de Otelo dividem-se, e escolhem caminhos diferentes. Cunhal e o PCP, mesmo a contragosto, aceitam a democracia; Otelo e os radicais colocam-se fora dela e passam à luta armada terrorista, reciclando parte dos SUV e formando as FP-25.

O «arrependido» das FP-25 revela, no entanto, que desde 1975 há «traidores», homens que os radicais julgam leais à revolução, mas que, na verdade, não o são. Um deles é precisamente Álvaro, o «capitão de abril» que era casado com Madalena.

Eu pergunto:

– Porque o consideram os radicais um «traidor»?

Segundo o «arrependido» conta, já desde julho de 1975 que Álvaro anda a «bufar» para o outro lado. Ou seja, embora assessor de Vasco Gonçalves, ele era uma «toupeira» do Grupo dos Nove, um espião dos moderados, e passava--lhes informação.

– É aí que o arrependido me diz: «Era um cabrão, além de traidor ainda mandou matar a mulher, e os gajos safaram--no!»

Redonda, Julieta e eu estamos perplexos: Álvaro, que os Silva Arca odeiam por ser um «capitão de abril», é afinal um traidor dos radicais de abril? Será possível?

O «arrependido» das FP-25 assim o jura. Acrescenta que Álvaro virá mesmo a escapar a uma tentativa de assassínio, «Não o conseguiram pifar» é assim que a situação é descrita. Teve sorte, ao contrário do outro «traidor», um homem também do Copcon, que fingia ser amigo de Otelo. A esse, «limparam-lhe o sebo».

O antigo inspetor explica:

– O tal segundo «traidor» era um tenente que foi encontrado morto em 1981. Na banheira, vítima de uma fuga de gás. Na época, não foi considerado prioritário investigar essa morte, nem a suposta tentativa de assassínio de Álvaro. As FP-25 foram julgadas em tribunal, em Monsanto, e o processo foi concluído sem que alguém tenha investigado essas histórias menores.

Carlos Serpa faz uma pausa e reconhece:

– Depois, os anos passaram, e confesso que nunca mais pensei no caso. A morte da esposa do capitão Álvaro era uma história antiga. O crime tinha sido julgado em 1976, Julieta fora condenada, e não havia factos suficientemente relevantes para reabrir o processo. Para quê remexer nesse assunto?

Ao ouvi-lo, Julieta murmura, chocada:

– Credo.

Mas há mais, o inspetor reformado ainda não despejou tudo. Olha para mim e pergunta:

– Lembra-se de, na nossa primeira conversa, eu lhe ter dito que, em finais de 75, tinha recebido uma chamada do Copcon?

Em novembro, alguém lhe fala, desagradado por ele investigar Álvaro. Sente a pressão política, e abandona a pista, como o Copcon quer. Contudo, nada é assim tão simples e linear. O inspetor reformado recorda:

– Pensei que era o Copcon que estava desagradado por eu levantar suspeitas sobre um «capitão de abril», um herói da revolução. Mas, na verdade, não foi bem isso que aconteceu.

Quem lhe telefona, em novembro de 1975, para proteger Álvaro e supostamente em nome do Copcon, é o homem que morre na banheira uns anos mais tarde, o tal tenente, o mesmo que o «arrependido» das FP-25 considera um «traidor» e que terá sido «eliminado».

Agora, nós os três estamos um bocado confundidos e Carlos Antunes Serpa faz um esforço para nos esclarecer.

– Não foi o Copcon, nem o Otelo, que queriam proteger Álvaro! Quem o estava a proteger, em 75, era o tal tenente, o outro «traidor». Esse homem já trabalhava secretamente, ainda antes do 25 de novembro, para o Grupo dos Nove, dos moderados. Tal como Álvaro.

Portanto, conclui Carlos Antunes Serpa, o que pode ter acontecido é que os radicais de esquerda, os homens de Otelo e de Vasco Gonçalves, descobrem que Álvaro já não lhes é leal, e por isso o afastam em julho, semanas antes do crime. Colocam-no no quartel do Ralis. Mas, há ainda alguém que o protege no Copcon, o tal tenente, o homem que telefona ao inspetor para lhe dizer que deve deixar de importunar Álvaro.

Ora, é a fação desse «traidor» que vai vencer a 25 de novembro, atirando com Otelo e a esquerda radical para fora do poder. E é por isso que Álvaro não voltará a ser importunado na investigação do crime da Arrábida. Mas acrescenta o ex-inspetor:

– Se Otelo tem vencido, os radicais preparavam-se para acusar Álvaro de ter morto a mulher, vingando-se por ele os ter traído. Como perderam no 25 de novembro, têm de usar outras vias para castigar os dois «traidores». Para os radicais, acusar Álvaro de um crime público não os conforta. Os radicais usam outros métodos. Não perdoam a traição à causa e tentam «limpar o sebo» a Álvaro e ao tenente, mas só são bem-sucedidos no segundo caso. O primeiro escapa ileso, o outro aparece morto. A vingança nunca foi perfeita, fica pela metade.

Tudo isto nos parece um pouco rebuscado de mais para ser verdade. Revelo ao inspetor que Álvaro nunca me falou de qualquer tentativa de assassínio contra ele, e não me pareceu um homem com receio. Tem filhos, netos, vive numa quinta em Belas, em harmonia familiar. Se foi ou não «um traidor» da revolução popular é algo que só ele nos pode explicar.

A história, ao mesmo tempo que se complicou, voltou à estaca zero. Estamos como no primeiro dia: a suspeitar de Álvaro, mas sem nada de concreto contra ele. A única coisa que sei é que terei de regressar a Belas.

27

Saímos da pastelaria e voltamos ao carro, escutando a raiva de Julieta, que se recusou a apertar a mão do antigo inspetor à despedida:

– Porque não reabriu ele o processo?

Está indignada, os olhos brilham de fúria:

– Em 1984, eu só estava há oito anos presa! Se este tipo tivesse falado ao Raul nisto! Perdi anos da minha vida por causa deste imbecil!

Está certa, é injusto. Mas o que podemos fazer? Redonda recorda-lhe que o tempo não volta para trás.

– Vamos olhar para a frente, mãe.

Senta-se ao meu lado no carro, está bonita, calma. O oposto de Julieta, que, no banco de trás, não consegue deixar de se mexer e grita:

– A menina não sabe o que é uma prisão!

Redonda repete:

– Vamos olhar para a frente, mãe.

É o seu lema de vida. Ela está também a falar comigo. Se eu olhar para trás, vou lembrar-me de algumas coisas que ela fez mal, das suas hesitações, dos erros, amá-la-ei menos. Se eu e Julieta olharmos para trás, encontraremos as vezes em que nos amámos, vamos gostar, vamos sentir uma emoção que pode complicar a minha ligação com Redonda. Se Julieta olhar para trás, vai reviver os crimes, a cegueira, a prisão, a desilusão com Raul. Mas, se todos olharmos para a frente, podemos ter uma nova vida.

Olhemos, pois, para a frente.

Ligo a Álvaro, está fora de Lisboa, combinamos encontrar-nos no dia seguinte, em Belas. Sugiro às minhas acompanhantes:

– Talvez amanhã seja melhor eu ir sozinho.

Redonda concorda, mas Julieta revolta-se:

– Era só o que faltava, eu quero confrontá-lo!

Vinte e oito anos depois, quer ajustar contas com o destino. Mas há tanta emoção nela, tanta raiva e fúria e ressentimento, que temo um descontrolo da situação. Não se vai a casa de um homem insultá-lo ou acusá-lo de um crime! Tento convencê-la a não ir, mas ela está irredutível. Esta mulher é teimosa. E perigosa.

– Não se queira chatear comigo…

Julieta deixa cair este aparte, como se fosse uma ameaça vaga e difusa, mas não é. Nas entrelinhas, está-me a dizer que, se não a deixo ir a Belas, ela revela a Redonda o nosso encontro tórrido e secreto no Chiado, e isso dará cabo da boa química que cresce entre mim e Redonda. Não tenho, pois, espaço de negociação.

– Ok, irá comigo a Belas, amanhã.

Satisfeita, Julieta acrescenta:

– E agora, vamos para a Arrábida. Quero lá ficar esta noite.

Redonda olha para mim, surpreendida, como quem pergunta: «Sabias disto»? Encolho os ombros, não fazia ideia de que Julieta queria ir para a sua casa. Redonda pergunta:

– Mãe, será boa ideia?

Julieta ignora-a, parece estar noutro lugar.

Guio o carro pela estrada que liga Setúbal ao Portinho. Antes de chegarmos, no meu retrovisor vejo outro carro. Tenho a estranha sensação de que estamos a ser seguidos, a qual se torna realidade quando, já em casa, um carro entra pelo portão, atrás do nosso, e para perto de nós. É Tomás, quem abandona o volante, sai a correr do automóvel e salta para a minha frente.

Assustada, Redonda grita:

– O que queres?

Mas ele só tem olhos para mim.

– Ó meu cabrão, quem julgas que és?

Há muitos anos, no liceu, ensinaram-me que, numa situação de possível confronto físico, se temos uma chave pontiaguda à mão de semear, a devemos colocar entre os dedos indicador e anelar, com a ponta para fora. Pode ser útil para dar um murro em alguém. É o que faço, calado, sem reagir à provocação.

Tomás grita:

– Já comeste a mãe e agora queres comer a filha, meu cabrão?

Ele é mais alto do que eu, está nervoso, alterado, mas não avança mais. Continuo quieto. Redonda dá um passo na direção do marido e grita o seu nome, mas ele aponta-lhe o dedo e grita:

– Não o defendas, minha puta!

Isto está bonito, penso. Se ele toca em Redonda, com um dedo que seja, salto-lhe para o focinho num segundo.

Julieta murmura:

– É mesmo bem-educado...

Redonda, muito séria, cresce na direção do marido:

– Já tomei a minha decisão e nada do que tu digas a vai alterar. O nosso casamento acabou, mete isso na cabeça de uma vez por todas!

Aponta o dedo estendido para o automóvel do marido e diz:

– Por isso, entra no carro e sai desta casa!

Admiro a calma com que ela fala numa situação de tensão, esta rapariga tem dons que eu desconhecia totalmente. Tomás faz uma pausa de um segundo, e no seu olhar há asco:

– Claro, minha puta! Claro!

Ergue os braços ao alto:

– Agora que o negócio está feito, já não precisas de mim! O meu patrão já passou o cheque, não é preciso pedir mais favores ao Tomás, esse merdas!

Redonda franze a testa:

– Favores? – ri-se, com escárnio, e contra-ataca: – Por acaso foste tu que tiveste a ideia do negócio? Por acaso foste tu que andaste meses atrás de licenças, a falar com os bancos, a convencer o teu patrão? O único favor que me fizeste foi marcar uma reunião! Que grande favor! É preciso ter lata!

Mas Tomás nada ouve. Está possesso, furibundo, sente-se desprezado.

– É assim que me tratas? Agora que tens o dinheiro, dás-me com os pés?!

Nesse momento, Julieta, que estava junto à porta, dá um passo na direção do genro e intromete-se:

– O senhor por acaso já percebeu que o dinheiro não é dela? O dinheiro é meu, caro Tomás. E eu, que saiba, ainda não morri.

Irado, ele volta a sua raiva contra a mãe de Redonda.

– Claro que é seu, sua cascavel! É tudo seu! O dinheiro é seu! Os homens são seus! Todos! Este caramelo também é seu!

Aponta para mim, sou eu o caramelo. Passei de cabrão a caramelo, será uma promoção ou uma despromoção?

Imparável, Tomás explode:

– Até comigo se meteu, sua bruxa! – olha para Redonda e aponta para a mãe: – Tu sabes o que ela fez? Ainda não estávamos casados, e já se atirava a mim, a ceguinha! Esta bruxa quis ir para a cama comigo! Redonda, a tua mãe, além de assassina, é uma porca!

Julieta ri-se, divertida:

– Essa é boa! Isso querias tu, seu eunuco seco! Nem uma vaca conseguias emprenhar!

Ups, que não sei se isto foi boa ideia. Humilhado, de cabeça perdida, Tomás cerra os dentes e dá um passo em frente, investindo contra Julieta. Eu salto e coloco-me entre eles, mas Redonda é ainda mais rápida do que eu e, num segundo, está à frente do marido e tem, o que segura ela na mão? Redonda pegou numa faca e eu gelo por dentro:

– Redonda, não.

A faca já está colada à garganta do marido e este parou imediatamente, petrificado, surpreendido com aquele gesto inesperado, com a ameaça da arma branca.

Redonda murmura, entre dentes:

– Se tocas com um dedinho que seja na minha mãe, furo-te a garganta.

Então Tomás recua. Murmura o nome da mulher, balbucia, não acredita que ela o está a ameaçar assim. Mas Redonda não se cala.

– És um traste, agora sei isso melhor do que nunca...

Agora, já tem a certeza de que ele foi suficientemente porco para se meter com a mãe. Tinham casado há poucos meses, a mãe era cega, queria viver com eles, ele tenta seduzi-la, aproveita-se da fraqueza dela. Na altura, Redonda entra em estado de negação. Sente a verdade, mas recusa-se a acreditar. Porém, agora já acredita.

– Foste tu, meu porco, que te meteste com ela! E como ela não te deu troco, vingaste-te!

Rejeitado, Tomás hostiliza Julieta, impede-a de viver com o casal, quer que ela fique longe da casa onde eles moram. Não porque tema a «assassina», apenas porque não suporta a humilhação de Julieta ter recusado abrir as pernas para ele.

– És um canalha. Ela estava fragilizada, acabara com o tio Raul, sentia-se sozinha e tu tentaste aproveitar!

Tomás fica em silêncio, boquiaberto, espantado, pálido. Julieta recuou um pouco, atrapalhada. Eu observo a roupa suja daquele pequeno triângulo a ser lavada. Redonda recalcou tanta porcaria dentro dela, tanto tempo. É difícil acreditar que tenha permanecido casada com um homem por quem sentia tanta repulsa.

Ela continua a falar:

– Nunca mais olhei para ti da mesma maneira.

Está tensa, mantém a faca apontada ao marido. Tenta desenvolver um pensamento:

– Foi por isso...

Tomás espera, Julieta espera, eu espero. Estamos todos suspensos das palavras de Redonda. Que diz:

– Foi por isso que me encantei com o Paulo – faz um esgar: – Tinha nojo de ti... Mesmo assim, fiz um esforço para esquecer tudo.

Sim, diz Redonda. Esqueceu Paulo, o mau carácter do marido, a investida sobre a mãe! E fê-lo para não prejudicar Tomás.

– Tinhas-me apresentado ao teu patrão, se te deixasse ele despedia-te. Foi ele quem mo disse!

Olho para Julieta e vejo que há um brilho nos seus olhos. Só não sorri porque a situação não é apropriada, mas parece-me que também ela acha esta justificação de Redonda um pouco apressada.

Tomás está incrédulo, nem consegue reagir. Redonda continua, a faca ainda espetada na direção do marido:

– Não te deixei porque tive pena de ti! Não vales nada! Eu sei bem o que o teu patrão diz de ti. Só não te despediu ainda porque tem consideração por mim, percebes?

Siderado, Tomás sente-se atingido e humilhado. Balbucia:

– Vocês...

Está a quebrar, recua um pouco, parece ter perdido a batalha. Redonda cresce outra vez para ele, reaproxima-se, tem a faca apontada e ordena:

– Vais meter-te no carro e sair daqui e é já!

O marido dá um passo atrás. Ela continua, autoritária:

– E nem penses em aproximar-te de nós. Já falei com o advogado e, se for preciso, vou para tribunal já. Não te quero ver mais, quero-te fora da minha vida!

Atarantado, Tomás pisca os olhos. O seu tom de voz muda, passa a suplicar, tenta falar-lhe ao coração:

– Ré-Ré... Tu não podes dizer isso.

Enche-se de ridículo, é um ser patético, que me inspira desprezo e pena. Redonda grita-lhe:

– Ou desapareces, ou eu chamo a GNR!

Ao ouvir falar na Guarda Nacional Republicana, Tomás estremece, baixa os olhos e diz, com a voz enfraquecida:

– Não, isso não, eu vou, não faças isso.

Combalido, de ombros caídos, entra no carro. Liga o motor, faz a manobra, passa perto de nós sem nos olhar e parte. Mal ele desaparece, Redonda fraqueja. Vejo-a vacilar, os joelhos a falharem e amparo-a. Sinto-a tremer, abraço-a, tento acalmá-la até a sua respiração ofegante estabilizar.

– Credo, que espetáculo deprimente! – É Julieta, que ainda murmura: – Estava a ver que ia haver outro crime nesta casa...

Não achei piada a este comentário, mas ela é mesmo assim, subversiva. Contudo, Julieta percebe que talvez tenha ido longe de mais. Dá um passo na direção da filha, abraça-a e diz:

– Obrigada. – Redonda sorri. Julieta continua: – Obrigado por ter acreditado em mim. Eu posso ter muitos defeitos, mas jamais me meteria com o seu marido...

Nem ela se deve ter apercebido bem do estranho significado destas palavras. Há um momento de incomodidade entre nós os três. Não que a frase não seja verdadeira, acredito mesmo que ela nunca se meteu com Tomás, a investida foi dele. No entanto, Julieta já dormiu comigo, e fê-lo sabendo que havia um sentimento qualquer entre mim e Redonda, e isso não a impediu. A frase soa exagerada, não pelo seu significado literal, mas porque Julieta não é propriamente um exemplo de pureza moral no seu jogo de afetos e desejos.

Apercebendo-se disso, ela desvia as atenções e repete à filha:

– Não percebo como ficou tanto tempo casada com ele.

Redonda suspira fundo, olha para a mãe e diz:

– Ainda se lembra onde estávamos há dois ou três anos?

Nesses tempos, Julieta é cega, as duas vivem com dificuldades, só o casamento melhora a vida de Redonda.

– Se eu me tivesse separado do Tomás, vivíamos de quê?

Hoje, quase três anos depois, é tudo mais fácil: Julieta já vê, é autónoma, vive bem sozinha; têm dinheiro e em breve terão muito mais. A vida de ambas mudou radicalmente. Além disso, Redonda recorda:

– Não se esqueça de como a mãe ficou depois de o tio Raul se afastar. E de como eu me senti logo que percebi que o Paulo nunca iria separar-se...

Os homens que ambas amavam não têm a coragem necessária para viver com elas, para as amar. Raul afasta-se de Julieta, o filho Paulo afasta-se de Redonda. Comeram-nas, mas não as amaram. E elas ficam as duas tristes. Só que a Redonda ainda resta Tomás. A troco de uma estabilidade económica mínima, permanece naquele casamento inglório, tortuoso e tenso. As feridas mudam as pessoas, as renúncias mudam as pessoas e as infidelidades também. Enganado, ele torna-se inseguro. Distante, ela congemina uma revolta, uma fuga, mas não tem coragem para dar qualquer passo.

Só as mudanças de há uns meses alteram o cenário. Eu apareço na vida dela; há um milagre e Julieta recomeça a ver; o negócio com o patrão de Tomás vai para a frente. Tudo será diferente.

Redonda justifica-se:

– Mas foi difícil. Não arranjava coragem para deixar o Tomás, tinha medo de ficar sozinha.

Olha para mim, como se me dissesse: «Se tu, na primeira noite, me tivesses dito que me amavas, que eu era a mulher da tua vida, que não eras capaz de viver sem mim e que não ias descansar enquanto eu não ficasse a teu lado, talvez eu tivesse a coragem de separar-me mais depressa e não vivesse nesta angústia.»

Dou-lhe um beijo na cara, acalmo-a.

– Tudo acabou, o Tomás foi-se embora. Vamos para dentro.

Só que agora Julieta já não quer. Surpreendidos, olhamos para ela.

– Tive um mau pressentimento. Sei lá se o Tomás não faz um disparate. É melhor não dormirmos cá esta noite.

Encolho os ombros, por mim é igual. Redonda também não se incomoda. Voltamos a entrar no carro.

28

Estamos na quinta de Álvaro, em Belas, à sombra de uma grande árvore, no relvado do jardim. Corre uma brisa abafada, o dono da casa está surpreendido, não se lembra de dias tão abrasadores como estes, há mais de quinze anos que ali vivem e nunca viu nada assim. Os filhos e os netos nadam na piscina, ouvem-se os seus gritos felizes.

O reencontro de Álvaro e Julieta é emocional, mas estranho. Ele tem os olhos molhados, abraça-a, com um genuíno sentimento de saudade, nostalgia e até pena. Ela permanece fria, seca, ainda não dissipou a dúvida, teme que tenha sido ele o causador de tanto sofrimento.

Ângela está sentada ao lado do marido, orgulhosa e possessiva. Não quer mulheres bonitas por perto, ama-o, trata-o como sua propriedade, vê-se isso na forma como cumprimenta secamente Julieta e Redonda, como se irrita quando Álvaro gaba a beleza desta última.

Ele troca um olhar de macho comigo, como que a dizer: «Não deixes fugir uma mulher destas, olha para mim e faz como eu», mas eu passo de imediato ao assunto do dia: os namorados de Madalena que descobri, Raul Salavisa Pinto e as suas omissões. Despejo as revelações do inspetor reformado, o que disse o «arrependido das FP-25» nos anos

80, a acusação de que Álvaro teria «mandado matar a mulher».

Ângela indigna-se, os olhos a chisparem de fúria.

– O quê?

Álvaro pede-lhe calma, quer esclarecer tudo. E conta:

– Como lhe disse da primeira vez, desiludi-me com os radicais, afastei-me deles aos poucos.

Regressa a 1973, relembra o início do movimento dos «capitães de abril», que se sentem mal pagos e querem o fim da guerra. É nesses tempos que inicia a amizade com Vasco Gonçalves. Admira nele a paixão com que fala, a intensidade das suas crenças.

– Estávamos fartos. Fartos do Estado Novo, do Marcello Caetano e do Tomás! Fartos da guerra sem fim, de ir e voltar à África! Mas também de ver um país pobre, sem direitos, isolado do mundo.

O movimento arrisca, e falha, um primeiro golpe nas Caldas, mas, em abril de 1974, é bem-sucedido, e o regime cai. Álvaro olha para Redonda e sorri:

– No dia em que tu nasceste.

Julieta permanece tensa. Ângela desaprova o sorriso do marido à rapariga, mas ele ignora-a e continua. Recorda o que se passa no país e também em casa: o afastamento que se instala entre ele e Madalena, as discussões com Miguel, as desilusões de Dom Rodrigo. O «capitão de abril» é cada vez mais um peixe fora de água na família Silva Arca. Aponta para Julieta:

– Só me dava bem contigo.

Ela mantém-se tensa e inexpressiva. Álvaro prossegue a sua narrativa: em setembro, o general Spínola demite-se, mas uns tempos antes nomeia Vasco Gonçalves para primeiro-ministro. O presidente que se segue, Costa Gomes, vai manter o amigo de Álvaro no cargo.

– E eu continuo assessor dele, ou ajudante, como ele me chamava.

Álvaro faz «missões», vai a Angola, apaixona-se por Ângela, trá-la para Portugal. Já não vive com Madalena e evita a família. Porém, intercede por Dom Rodrigo quando ele é preso em setembro de 74, e consegue a sua libertação mais cedo do que muitos outros. Apesar de afastado dos Silva Arca, tem amizade às pessoas, exceto a Miguel, com quem corta relações.

– Desculpa, Julieta, mas ele era mesmo um fascista.

O «capitão de abril» examina o horizonte, passa por ele uma onda de nostalgia.

– Lembras-te como era Portugal em 74, Julieta? Lembras--te como as pessoas viviam, como os pobres viviam? As crianças, nas quintas, comiam sopas de cavalo cansado, sopas de pão e vinho, não bebiam sequer leite! Ninguém tinha pensões, nem salário certo, nos campos; a PIDE prendia, perseguia, estragava a vida de quem manifestava ideias diferentes!

Julieta permanece muda, orgulhosa das suas crenças. Álvaro continua:

– Quando vejo como vivem hoje os meus filhos e netos, não posso deixar de sentir orgulho! O nosso país era miserável, em 74, e melhorámos muito. Nunca nos devemos esquecer disso...

Mas, acrescenta, uma coisa é defender a democracia, o fim da guerra, a descolonização, o desenvolvimento! Outra, completamente diferente, é defender uma ditadura de radicais de esquerda, um país comunista. Suspira mais uma vez:

– Era isso que Portugal podia ter sido.

No dia 11 de março de 1975, depois de falhado o golpe dado por Spínola, a revolução acelera. Ele lembra-se bem do que viu e ouviu:

– Haviam de ter visto a assembleia do MFA naquela noite!

Álvaro descreve um cenário de loucura, de excitação política radical. Os comunistas e a extrema-esquerda tomam conta dos destinos: são decididas as nacionalizações, as ocupações de herdades; a proibição de certos partidos políticos considerados «fascistas». A retórica é alucinante, as vontades perigosas, a intensidade das paixões elevadíssima. A revolução precipita-se e ele assusta-se.

Nessa mesma noite, sente as primeiras dúvidas. Teme os excessos, perde a confiança em Vasco Gonçalves, que se transforma aos seus olhos num homem perigoso. No entanto, continua seu assessor e apenas se permite um único gesto infiel. Ao ouvir falar em prisões de empresários, políticos, militares, «gente do antigamente», deduz que Dom Rodrigo está na lista. Na manhã seguinte, telefona para a casa de Lisboa, mas não há resposta. Tenta então a Arrábida. É o próprio Dom Rodrigo quem atende. Bem-educado, como sempre, mas frio. Álvaro diz-lhe que tem de fugir, nessa tarde, para Espanha, pois será preso. Desta vez, é a sério. Na assembleia do MFA falou-se em «fuzilamentos sumários». O pai de Julieta está relutante, mas acaba por lhe prometer que assim fará.

Neste momento, Álvaro engole em seco e as lágrimas sobem-lhe aos olhos:

– A única pessoa a quem contei isto, até hoje, foi à Madalena.

Julieta morde o lábio, emocionada, mas nada diz, fechada na sua teimosia.

Álvaro suspira:

– Ainda bem que o seu pai seguiu o meu conselho.

Já Miguel, a quem Álvaro apanha na fábrica, é rude e desliga-lhe o telefone na cara.

– Nem me ouviu.

Nesse momento e sem aviso, Redonda levanta-se, aproxima-se de Álvaro e dá-lhe um beijo. Ficamos todos surpreendidos, em especial Ângela, que se enerva com a atitude ousada da rapariga. Álvaro sorri-lhe e Redonda diz-lhe:

– Obrigado por ter tentado salvar o meu avô e o meu pai.

Volta a sentar-se e sinto-me orgulhoso dela. Álvaro sorri-lhe outra vez e depois recupera o fio da sua meada. O seu desencanto com a revolução agrava-se. Incomoda-se com o que se passa no Alentejo, as ocupações selvagens que o transformam numa verdadeira «Bulgária»; as vagas de prisões arbitrárias; as manifestações descontroladas; as barricadas; os piquetes do Copcon que fazem o que lhes dá na gana; o assalto ao jornal *República*, à Embaixada de Espanha, à Rádio Renascença.

Vasco Gonçalves, Otelo, Cunhal, Rosa Coutinho, Carlos Fabião – os homens que verdadeiramente dominam o país – revelam-se muito mais radicais do que ele deseja.

Expressivo, o «capitão de abril» abre muito os olhos quando diz:

– Para mim, houve um momento de puro terror, quando Carlos Fabião proclama que está na altura de fazer o julgamento do fascismo, e que é preciso ir a Santa Comba desenterrar Salazar e fazer o julgamento dele! Em público, perante o cadáver colocado em tribunal no banco dos réus!

Julieta benze-se, indignada:

– Esse santo homem, que tanto fez pelo nosso país!

A seu lado, Redonda murmura:

– Por favor, mãe, tenha dó. Ele era um ditador!

Ângela comenta, entredentes:

– É como na minha terra, mandam matar quem não está de acordo com eles...

Ninguém quer perder tempo a debater Salazar ou outros ditadores. Álvaro só recorda esse episódio para demonstrar o grau de loucura que se apodera da esquerda radical portuguesa. Portugal está difícil de entender: a Assembleia da República virá a aprovar, meses mais tarde, uma Constituição onde se diz que Portugal vai rumo ao socialismo, apenas com os votos contra dos deputados do CDS.

Julieta relembra:

– Nem o Sá Carneiro foi capaz disso.

Contudo, para Álvaro o CDS é muito à direita, e mesmo o PPD não lhe enche as medidas. Identifica-se cada vez mais com o grupo dos moderados, de Melo Antunes, Vítor Crespo, Vasco Lourenço, que em agosto virão a ficar conhecidos como o Grupo dos Nove.

– Entre março e julho de 1975, à medida que a revolução resvala para a esquerda, eu vou-me afastando de Vasco Gonçalves.

O seu chefe sente a distância e quase não lhe dá trabalho. Ainda bem: o esplendor do «gonçalvismo», como fica conhecido esse período, causa-lhe náuseas. Dá por si a concordar com Mário Soares, que em julho, num comício do PS na Alameda Afonso Henriques, pede a demissão de Vasco Gonçalves. Arrepia-se com os cânticos das esquerdas radicais, com o «Força, força, companheiro Vasco, nós seremos a muralha de aço!»

Mas o temor reverencial impede-o de afrontar o chefe. Prefere calar-se e tentar passar despercebido. Será, no entanto, e sem muita surpresa, afastado de assessor do primeiro-ministro nos últimos dias de julho.

– Nem falaram comigo, nem se justificaram. Pura e simplesmente mandaram-me para o quartel do Ralis.

É lá que Álvaro vai ouvir a célebre máxima de Otelo, quando este diz que «os fascistas devem ir para o Campo Pequeno», e dá graças a Deus por Dom Rodrigo estar já a salvo no Brasil. E é lá que é surpreendido pela notícia da morte de Madalena.

– O que se passa a seguir, já vocês sabem.

Sendo assim, salto diretamente para a questão que hoje nos traz aqui:

– E porque o acusa um «arrependido» das FP-25 de ser «traidor» e de ter morto a sua mulher?

Álvaro fica calado e pensativo durante alguns segundos. Olha para mim, olha para Julieta, para Redonda e, por fim, para Ângela. A mulher dá-lhe a mão, incentiva-o com os olhos a falar. E ele explica:

– Eles tinham motivos para me odiar.

Regressa ao início de julho de 1975. Certo dia, ainda assessor de Vasco Gonçalves, passa-lhe pelas mãos um documento secreto. Nele, referem-se pela primeira vez os SUV, a organização clandestina que opera dentro dos quartéis e é comandada pela esquerda radical militar. O documento descreve as ideias inspiradoras, refere nomes, quartéis, operações. Ele sente de imediato que se cruzou com informação perigosa. Faz uma fotocópia do documento e uns dias depois conversa com um seu amigo do Copcon, um tenente chamado Rafael. Partilham as angústias com os excessos de Otelo e de Vasco Gonçalves e, perante o documento, decidem contactar o grupo dos «moderados» e «passar» a informação secreta.

– Foi essa a nossa «traição». Eles descobriram.

Provavelmente, reconhece Álvaro, é por isso que é afastado e mandado para o quartel. Contudo, aparentemente, pelo menos, ninguém desconfia ainda do seu amigo tenente, que continuará no Copcon até ao 25 de novembro.

Entretanto, a balbúrdia engole o país. A Igreja revolta-se, o Norte revolta-se, há cada vez mais tensões, e o Governo de Vasco Gonçalves acabará por cair em finais de agosto. O novo primeiro-ministro, Pinheiro de Azevedo, tem o apoio do PS, do PSD e do CDS, mas também não consegue travar os excessos.

Portugal caminha para a guerra civil. De um lado, os civis, Soares, Sá Carneiro, Freitas do Amaral; o Governo de Pinheiro de Azevedo; e os moderados do MFA, liderados por Melo Antunes. Do outro, a esquerda comunista e radical, liderada por Cunhal, unida na FUR; apoiada pelos radicais militares do MFA, Fabião, Rosa Coutinho e Otelo, com o seu Copcon. No meio, equilibrando-se, o presidente Costa Gomes.

Nas ruas, há a aparência de que a esquerda radical está a vencer; há manifestações diárias, barricadas, um cerco à Assembleia. Porém, mesmo na tropa as coisas estão a mudar, e há cada vez mais homens, nas chefias, a pensarem como Álvaro e a reverem as suas lealdades.

Revela o «capitão de abril»:

– Estão é calados. Até ao 25 de novembro, ninguém falou.

A orgia revolucionária está totalmente descontrolada, e os SUV já operam no terreno. Há bombas a rebentarem quase todos os dias, e confrontos cada vez mais intensos. Este crescendo atinge o clímax a 25 de novembro de 1975, quando tropas dos radicais e dos moderados se confrontam.

Liderados por Eanes e tendo como pontas-de-lança os comandos, cujo chefe é Jaime Neves, os militares do Grupo dos Nove impõem-se e terminam com a loucura revolucionária de Otelo e seus companheiros.

Todavia, recorda Álvaro:

– Uns dias antes, no auge daquela trapalhada toda, e talvez pressentindo que estão a perder, os radicais começam a ajustar contas com quem os «traiu».

No Ralis, e prestes a ser pai, Álvaro é abordado pelos homens de Otelo. Dão a entender que sabem que ele os traiu em julho, e atiram-lhe à cara a investigação da morte da mulher. Sem subtilezas, avisam-no de que logo que vencerem a luta pelo país ele será «eliminado». O método será simples: a acusação de ser o mandante de um crime passional, o assassínio de Madalena, sua mulher, e Miguel, seu cunhado.

– Preparavam-se para dar cabo de mim.

Aterrado, logo nesse dia Álvaro telefona ao seu amigo Rafael, do Copcon, a contar-lhe o sucedido. É por causa disso que o tenente Rafael fala para a PJ, a dar a entender ao inspetor Carlos Antunes Serpa que o Copcon não achava graça a que eles estivessem a investigar um «capitão de abril».

– Não foi uma pressão, percebe? Ele estava a proteger-me, não contra a investigação da PJ, mas contra a cilada que os radicais do Copcon preparavam contra mim. Foi uma tentativa preventiva de me safar de uma acusação totalmente falsa.

É claro que, reconhece Álvaro, ninguém sabe o que teria acontecido caso o 25 de novembro não tivesse o resultado que se conhece. Derrotados Otelo e a esquerda radical, e saindo vencedores os «moderados» com quem Álvaro e

Rafael já alinhavam há meses, nunca mais o importunam. Aos poucos, a normalidade regressa.

– O julgamento iniciou-se, prestei o meu depoimento, ouvi as dúvidas do advogado, a condenação de Julieta.

Desejoso de acelerar a história, pergunto:

– Mas, anos mais tarde, os radicais vingaram-se?

– Sim.

Em 1981, o tenente Rafael é encontrado morto na banheira, supostamente por uma fuga de gás. Álvaro não acredita nessa hipótese, mas o caso é arquivado pelo Ministério Público por falta de evidências de crime. Embora, em 81, Álvaro seja já um civil e um homem diferente, com quatro filhos de Ângela e um negócio montado, os seus amigos do *bas-fond* militar juram-lhe que a morte do tenente é um ajuste de contas, uma vingança das «traições de 75».

A máquina do tempo de Álvaro regressa de novo a 1975 e explica:

– O documento dos SUV, que eu copiei e os moderados têm nas mãos desde julho de 1975, virá a ser muito útil uns anos mais tarde, quando se começam a investigar os atentados terroristas das FP-25, que são, em parte, herdeiras dos SUV.

Baixa o tom de voz:

– Há muita gente que foi presa por causa daquele «documento». Daí a morte de Rafael, o homem que passou o «documento» aos moderados. Seis anos depois, eles vingaram-se.

Eu pergunto:

– E a si, nunca o importunaram? O «arrependido» disse à PJ que também lhe tentaram limpar o sebo.

Álvaro baixa os olhos e encolhe os ombros:

– Não, nada disso, nunca me fizeram nada.

Então, acontece algo verdadeiramente inesperado. Ângela, que até ao momento se remetera a um papel secundário, ouvindo a nossa conversa sem intervir, levanta a voz e ralha ao marido à nossa frente:

– Isso é que não, Álvaro! Não posso educar os meus filhos e os meus netos para dizerem sempre a verdade e ficar calada quando tu dizes uma mentira!

29

Envergonhado, Álvaro não levanta ainda a cabeça. Depois, lentamente, arregaça a manga do braço esquerdo, até deixar à mostra o princípio do antebraço. Há ali uma ferida antiga, uma cicatriz. Fala em voz lenta, monocórdica:

– Em finais de 1983, vivíamos nos Olivais, com os quatro filhos, num pequeno T2. Eu já tinha o negócio das flores. Uma noite cheguei a casa na carrinha e apareceram dois homens. Com meias de senhora enfiadas na cabeça e pistola na mão. Desatam aos tiros. O vidro da frente explodiu, senti a bala a entrar no braço esquerdo. O que vale é que não sou canhoto... Levei a mão direita ao coldre que usava no sovaco. Usei até há poucos anos, todos os dias... Saquei da pistola e ripostei.

Abana a cabeça e morde o lábio:

– Nunca percebi bem o que se passou. Um deles gritou, devo tê-lo atingido. O outro deixou de disparar, só gritava palavrões. Talvez a arma se encravasse. Quase ao mesmo tempo, umas pessoas lá em cima, nas janelas, desataram aos berros, a gritar «ladrões», «chamem a polícia»! Eles fugiram. Meteram-se num carro e desapareceram.

Álvaro vai ao hospital, e depois à PSP. Faz queixa, mas declara que são ladrões. Sabe quem eles eram, porque vieram, mas não quer que mais ninguém saiba. Dá a mão à mulher e diz:

— Só a Ângela.

Nos meses seguintes, redobra a vigilância, pois teme novo ataque, mas nada acontece. As FP-25 estão a ser desmanteladas, serão julgadas em breve, e nunca voltam para o importunar. Suspira:

— O meu 25 de Abril só terminou aí.

Para ele, o 25 de novembro contém os excessos do Copcon e acaba com a barafunda das manifestações, das barricadas, da intimidação diária. Mas só quando a luta armada terrorista finalmente finda é que o rasto da revolução se extingue. Suspira, mais uma vez:

— Mesmo assim, tivemos sorte.

Julieta indigna-se:

— Sorte?

Os dois principais suspeitos do crime da Arrábida olham-se nos olhos, e tenho a certeza de que nenhum deles matou Miguel e Madalena. Álvaro mostra-se sereno, pacífico, a sua alma está tranquila há muitos anos, ao lado de Ângela, dos filhos e dos netos. Mas Julieta não se pacificou ainda, sofreu muito e continua a culpar a revolução.

Álvaro insiste:

— Sim, sorte.

Defende que Portugal, apesar de tudo, não sofreu uma revolução demasiado cruel. Morre pouca gente. Nenhum dos personagens que deteve as rédeas do poder se revela um sanguinário.

— Nem Spínola, nem Vasco Gonçalves, nem Otelo, nem Costa Gomes, nem Cunhal, nem obviamente Eanes ou os civis. Sim, tivemos sorte. Não faz ideia o quão perto estivemos de uma guerra civil. Se fosse em Espanha, tínhamos acabado com milhares de mortos.

Ele lembra-se. Ele vê nos quartéis as preparações para os confrontos, as chefias menores carregadas de ódios, de raivas, de planos perigosos; ouve falar das armas desviadas, das bombas preparadas; dos planos alucinados para matar os líderes civis. Recorda os comícios e as bombas no Terreiro do Paço, Pinheiro de Azevedo a proclamar «o povo é sereno»; a mania dos golpes, das «intentonas» ou «inventonas», como ficaram conhecidas; a cidade de Lisboa cercada pelos buldózeres, camiões e tratores; a Assembleia da República com os deputados fechados lá dentro, sem poderem sair; o medo de que um rastilho de pólvora incendeie tudo.

Repete:

– Tivemos sorte.

Mas Julieta abana a cabeça, não está de acordo e exclama:

– O 25 de abril destruiu a minha família!

O seu pai e a sua mãe fogem para o Brasil e só regressam de lá em dois caixões, mortos de desgosto por saberem que uma filha e um genro tinham sido assassinados e a outra filha condenada.

– O 25 de abril meteu-me na cadeia. Cega, mal andava, e condenaram-me! Nem a minha filha me deixaram ver durante tantos anos...

O azedume regressa. Como se a injustiça pessoal que a vitimou fosse o resultado lógico de uma narrativa política que engloba o país, a família, ela própria.

A seu lado, Redonda intervém:

– Mãe, olha para a frente.

Julieta faz um esforço para conter as paixões perigosas que ainda a consomem. Respira fundo, olha para as crianças que ao fundo do jardim nadam na piscina, acalma-se. Depois diz:

– O estranho é que eu acredito em ti, Álvaro.

Olha para ele, depois para Ângela, como que a procurar tranquilizá-la.

– No fundo do meu coração, nunca acreditei que tinhas sido tu a matá-los... Não eras homem para isso.

Ângela enerva-se, pois a frase de Julieta soa como uma desqualificação do marido. Só depois de a proferir ela se dá conta disso.

– Desculpa, não é isso que quis dizer! És bom, sempre foste. Não eras homem para matar a minha irmã e o meu marido, é isso.

Álvaro sorri-lhe, agradece a sua declaração. Então, Julieta pergunta-lhe:

– E tu, acreditas em mim?

O antigo «capitão de abril» ergue as sobrancelhas:

– Na época, quando foi o julgamento, confesso que achei que tinhas sido tu. Parecia-me perfeitamente possível que o Miguel se tivesse metido com a Madalena, que os apanhasses em flagrante e, num acesso de cólera...

Nesse momento Julieta interrompe-o, e tem lágrimas nos olhos:

– Porquê?

Levanta-se, leva as mãos à cabeça:

– Por que razão toda a gente me acha capaz de matar?

Redonda tenta acalmá-la, mas a mãe afasta-se ligeiramente. E pergunta, a ninguém em especial:

– Eu era assim tão má pessoa? Comia criancinhas ao pequeno-almoço? Era da PIDE? Torturava comunistas? Meu Deus, era apenas uma rapariga de vinte e poucos anos, acabada de ser mãe, que adorava os meus pais, a minha irmã, e respeitava o meu marido, apesar de tudo!

Correm-lhe as lágrimas pela cara, mas continua:

– Sim, cresci numa família que apoiava o Estado Novo, que parou no tempo, sei lá, mas isso faz de mim uma assassina? Porque foi tão fácil, a toda a gente, acreditar que eu era capaz de matá-los?

Redonda levanta-se, abraça-a, e também tem lágrimas nos olhos. Álvaro murmura:

– As provas estavam contra ti.

Julieta abana a cabeça, funga. Depois, recompõe-se. Afasta um pouco a filha, enche o peito de ar e diz: – Ainda estão... Mas mesmo assim – funga outra vez: – Eu acho, sempre achei, que fui condenada porque era uma «fascista». A polícia, o tribunal, o povo, todos queriam a «fascista» na cadeia. Fui um exemplo, uma metáfora dos tempos. E com isso perdi metade da vida.

Ficamos todos em silêncio, em homenagem calada ao seu sofrimento, ao tempo que ela perdeu. Ninguém sabe o que dizer.

Como sempre, é a própria Julieta quem quebra os silêncios e os enguiços. De repente, os seus olhos avermelhados pela comoção fixam-se em mim, sorri-me e diz:

– Acho que esta é uma boa forma de o seu livro acabar – observa em volta: – Aqui, nesta simpática quinta, junto da família do Álvaro, eu e ele a falar da revolução, eternamente irreconciliáveis.

Sorri para o cunhado, mas depois leva a mão à cabeça e senta-se:

– Não consigo mais...

Continuamos todos em silêncio, a observá-la. Redonda tenta dar-lhe a mão mais uma vez, confortando-a. Desta vez, Julieta não afasta a filha e diz:

– Estou cansada desta investigação, não vale a pena escarafunchar mais no passado. Não sei o que se passou, acho que nunca ninguém vai saber, mas não quero continuar a pensar mais nisso. Nem mais um dia.

Sorri, para todos e para cada um de nós.

– Quero ser feliz, aproveitar a vida, apaixonar-me.

Aponta para a piscina e afirma:

– Quero ser como tu, Álvaro, ter netos como tu, juntá-los à volta de uma mesa ao almoço, ouvi-los a gritarem felizes, como gritam os teus. É isso que quero, mais nada.

Dá uma gargalhada inesperada, feminina:

– Bolas, quero ir às compras, usar vestidos bonitos, passear no *shopping*, dançar à noite, arranjar um homem! Quero ser feliz, como a Ângela. Que sorte que tiveste, querido Álvaro...

Nesse momento, Ângela levanta-se. É de novo a mulher decidida e expansiva que conheci no primeiro dia. Dá um passo em frente, estende a mão a Julieta e diz:

– Venha daí comigo, venha conhecer os meus netos! Convido-a para almoçar. E, se quiser tomar banho na piscina, empresto-lhe um biquíni. O meu número dá de certeza, temos ambas mamas grandes!

Julieta dá uma gargalhada e levanta-se de novo. Ângela abraça-a. Depois, toca no ombro de Redonda e ordena:

– Tu também. Levanta-te! Olha que estás muito quente, que eu bem vejo!

Pisca-me o olho. Redonda franze a testa, sem perceber bem porque foi vítima daquela graçola. Embora relutante, segue atrás da mãe, ambas rebocadas por aquela força da natureza que é a mulher de Álvaro.

Eu e ele ficamos a vê-las afastarem-se. Cruzam-se com uma menina com talvez seis anos, que dá um beijo à avó e depois corre na nossa direção. Abraça-se ao avô e conta que a mãe e a tia chegaram e compraram gelados no Santini.

Álvaro exclama:

– Que delícia!

Aponta para mim e manda a neta dar-me um beijo:

– Esta é a Lua.

Os seus cabelos são como pequenos canudos enrolados, é bonita e muito risonha. Pergunta-me:

– Não queres vir tomar banho na piscina? Está tanto calor!

O avô promete-lhe que iremos ter com ela. Entretanto, chegam junto de nós duas mulheres. São as filhas de Álvaro, que se aproximam e beijam o pai. Ambas muito bonitas, a mais velha (a mãe de Lua) é mais clara do que a mais nova e menos tímida. Depois de me cumprimentarem, dão meia-volta e regressam à casa.

Álvaro sorri:

– É isto que é importante. As pessoas. As ideologias nada significam. Não interessa se somos comunistas, socialistas, sociais-democratas, liberais, conservadores, nacionalistas, fascistas... Nada disso vale um chavelho comparado com o sorriso das nossas filhas ou das nossas netas. Nada disso vale comparado consigo, comigo, com a Julieta... As pessoas é que interessam, não são as ideias dos intelectuais iluminados, que só trazem mal ao mundo!

Foi essa a lição que retirou da revolução:

– As ideias do Salazar e do Marcello fizeram sofrer muita gente, e depois as nossas também, e o que ganhámos todos com isso? Só quando as pessoas se deixaram de preocupar com ideias e passaram a olhar mais para elas próprias e para o direito que têm a ser felizes é que Portugal acalmou!

Recorda aquela noite terrível à porta de sua casa, nos Olivais.

– Eu podia ter morrido.

Olhamos para a piscina. Os netos e as duas filhas de Álvaro estão já a nadar. Ele especula:

– Já viu o que perdia? Se eu tivesse morrido, o que seria da Ângela, com quatro filhos às costas?

Gabo-lhe a sorte de ser amado assim. Ele está de acordo, mas acrescenta um comentário profundamente perturbador:

– Por ela, era capaz de matar.

Fazemos contacto visual. De repente, o meu coração acelera. Será que me enganei sobre ele? Ele sorri e conta-me uma história.

– Há coisa de dez anos, passava muito tempo fora de casa, por causa dos negócios.

Angola, Índia, Brasil, Holanda. A Ângela andava-se a queixar, e um dia quis ir trabalhar. Estava farta de ficar em casa a olhar para as paredes, os filhos já eram todos adolescentes, quase adultos. Empregou-se numa imobiliária, e andava toda satisfeita.

A dada altura, ele começa a desconfiar dela. Ângela fala muito de um colega, um negro, e Álvaro sente o chão a fugir-lhe debaixo dos pés.

– Acordava à noite com pesadelos, a vê-la a ser possuída por um preto!

Cego pelos ciúmes, certa tarde faz-lhe uma visita surpresa e aparece na imobiliária sem avisar. Dá com Ângela e o colega sentados, frente a frente nas respetivas secretárias, em amena cavaqueira.

– Só de vê-la a rir-se para ele, senti uma raiva pelo corpo todo, uma fúria que quase me cegou.

Álvaro bate com a mão no peito e confessa:

– Nessa tarde, soube que era capaz de matar alguém. Por amor.

Nunca se passa nada, é uma pura invenção da cabeça dele, e até acaba por ficar amigo do colega de Ângela, mas percebe nessa tarde o que é o ciúme descontrolado.

– É esse o perigo de amar tanto, como eu amo a Ângela. A esta, se a visse na cama com outro, garanto-lhe que lhes dava dois tiros.

Fecha os olhos, como que a afastar esse pensamento, mas acaba por dizer:

– Pelo menos a ele dava, fosse quem fosse.

Portanto, tenho o suspeito principal do crime da Arrábida a declarar à minha frente que era capaz de matar alguém por amor. E eu acredito nele: Álvaro é genuíno, e é precisamente por acreditar que sei que não foi ele quem matou Madalena e Miguel.

Apetece-me contar o que se passa entre mim e Redonda, as ameaças de Tomás. Apetece-me partilhar com outro homem os perigos da minha vida emocional. Mas não o faço.

Álvaro está de novo a olhar para a piscina e diz:

– Nunca senti nada parecido pela Madalena, jamais seria capaz de matá-la.

Apreciamos a azáfama: as crianças aos gritos, Ângela dando ordens, Julieta e Redonda fingindo incómodo com os salpicos.

Depois ele pergunta:

– E você? É evidente que a Redonda está interessada, ainda não percebeu?

É a minha vez de sorrir, mas não lhe respondo. Ouvimos um grito, Ângela chama-nos para almoçar. Minutos mais tarde, sentamo-nos à mesa, há uma grande algazarra com as crianças presentes. As mães e a avó estão sempre a levantar-se, a dar-lhes a comida na boca ou ordens, mas pouco a pouco elas vão terminando, regressam ao jardim e ficamos só nós, os adultos.

As filhas de Álvaro e Ângela estão sentadas as duas à minha frente, com Redonda à minha direita, Julieta à minha esquerda, e os donos da casa nas cabeceiras. A filha mais nova é calada, pouco certa das suas opiniões, acabrunhada. A mais velha, a casada, é muito conversadora. Sorri-me, lança comentários divertidos. Despeja charme por todos os poros, é mulata, cabelos longos, pele macia. E gosta de tocar.

Há mulheres que gostam disso. Nos nossos joelhos, nos braços, nas mãos. É uma coisa física. A filha casada de Álvaro é assim, toca-me. Não chega a ser atrevimento, é apenas à-vontade, mas para quem está a ver parece *flirt*.

Mais tarde, já depois de terminado o almoço, Álvaro e eu ficamos de novo sozinhos, ambos a fumarmos charuto e ele diz-me:

– Às vezes, as mulheres são o contrário do que parecem ser. A minha filha mais nova, por exemplo. O namorado acabou o namoro, ela está triste, perdeu confiança. Em vez de meter conversa consigo, permaneceu calada. Já a mais velha... – sorri-me: – Está casada, tem duas filhas lindas, transborda autoconfiança. Por isso, mete conversa consigo, e quem a vir até pode desconfiar.

Eu abano a cabeça, desconfiar de quê? Mas ele aproxima-se de mim e, num tom de sapiência e confidenciali-
dade, diz:

– A Redonda ficou cheia de ciúmes, isso é bestial! Hoje
à noite vai ter sorte!

30

Hoje é 3 de agosto e neste mesmo dia, há vinte e oito anos, foi cometido um crime nesta casa onde estamos. Hoje faz muito mais calor do que nessa tarde. Sentámo-nos, os três, em frente ao mar. No horizonte, vemos Troia, envolvida por uma mancha de fumo castanha, pois na serra de Grândola lavra um grande incêndio.

Foi por volta desta hora, sete da tarde, que aconteceu o crime, e Julieta está sorumbática, perdida nas suas recordações. Bem se esforça por se libertar deste fardo horrível, em casa de Álvaro mostrou-se decidida a parar com a sua busca pela verdade, mas é evidente que continua torturada pela incerteza e pela culpa que lhe atiraram para cima.

Cada dia que passa, considero-a mais. À sua maneira, é uma lutadora. Aguentou muito, mas nunca desistiu de se salvar. Redonda, nos últimos dias, disse-lhe que olhasse para o futuro e não para o passado, mas talvez ela nem precisasse desse conselho da filha. Nunca se fechou, nunca cristalizou e, mesmo quando pensamos que está a soçobrar, surpreende-nos.

Na sua boca, nasce um leve sorriso. Está a olhar para o mar. Vejo um barco que se aproxima e executa uma manobra semelhante à que fiz quando cá vim há umas noites. Observo um homem, solitário, que manobra com perícia a embarcação, recolhe as velas, lança a âncora. Olho para Redonda, e ela olha para mãe, franzindo a testa.

Julieta pergunta:

– Pensavam que só vocês é que iam ter sorte?

Não entendemos à primeira, e ela acrescenta:

– Convidei o Raul.

Sorrio. Redonda levanta-se e começa a acenar ao barco, afastando-se um pouco de nós.

Julieta murmura, entredentes:

– Nada de contar ao Raul as nossas aventuras tórridas, ouviu? Não me estrague o futuro.

Dou uma pequena gargalhada. Levantamo-nos e seguimos Redonda, que já desce ao ancoradouro. Minutos depois, Raul chega no seu bote e convence-nos a jantar no barco. Comemos a bordo, peixe cozido e saladas, bebemos vinhos brancos. Com a nossa conversa animada procuramos esquecer a sordidez do aniversário do crime.

Redonda é meiga comigo, Julieta com Raul, somos dois homens com sorte. O advogado confirma que se vai separar da sua terceira mulher, Julieta finge-se desinteressada, mas sinto-me contente por ela.

Depois do café, Redonda e eu sentamo-nos na amurada, à popa, com os pés pendurados a tocarem no mar. Mesmo à noite, a água continua quente e a mulher que amo desde o primeiro momento em que a vi está ao meu lado, a rir-se das minhas graçolas.

– Ainda bem que tens jeito para as finanças, podes tratar das minhas contas, sou péssimo nisso... Um dia tentei jogar na bolsa e perdi uma fortuna.

Redonda aconselha-me: para ser bom investidor é preciso não ter emoções com o dinheiro, ser frio, estabelecer

objetivos, nunca se iludir com subidas ou descidas. E conclui:

– Tudo o que sobe, desce.

Eu brinco:

– Então é melhor aproveitar quando está a subir!

Ela pergunta:

– Mas está?

E eu:

– Se calhar, era melhor verificares.

Damos um primeiro beijo, meigo e quente. Decidimos
regressar a casa, despedimo-nos de Raul e Julieta, e ela
pisca-me o olho. Ficam a dormir no barco, informa, com um
sorriso maroto.

Redonda declara que a água está tão quente que lhe
apetece ir a nadar até terra. Assim fazemos. Enfiamos as roupas num saco à prova de água que Raul nos empresta e que
levo às costas enquanto nado.

Já próximo do ancoradouro, Redonda abraça-me
dentro de água, diz-me coisas excitantes ao ouvido. Pelo
canto do olho, vejo lá ao fundo, na curva da estrada, um
carro a parar, a desligar os faróis. Digo a Redonda que
alguém deve ter tido a mesma ideia do que nós, tomar
banho à noite, mas ela nem olha para lá. As suas mãos
começam a brincar com o meu corpo, agarro-a pelo rabo e
aperto-a contra mim, enlaço as minhas pernas nas dela,
beijo-a nas orelhas e no pescoço.

Agora, Redonda quer ir para casa. Deslaçamo-nos e
nadamos para o ancoradouro. Subimos pelo caminho a
pingar, passamos pela piscina e entramos em casa pela porta
das traseiras. Atravessamos o *hall*, subimos pela escada de
serviço, a correr. Ela à frente e eu a dar-lhe palmadinhas no
rabo, corremos pelo corredor, molhados, entramos no

quarto dela. Redonda vai direita à casa de banho, deseja tomar um duche quente e uns segundos depois estamos os dois nus, debaixo do chuveiro, o desejo a crescer em nós.

Secamo-nos à pressa e saltamos para cima da cama. Redonda prefere a luz apagada, liga o seu *ipod*, a música soa alto, recomeçamos aos beijos. O telemóvel dela toca, é Julieta, e Redonda finge-se indignada:

– Olha a parvalhona, a querer interromper!

Rejeita a chamada, abraça-se a mim e é fabulosa, muito melhor do que eu pensava, nunca estive com uma mulher tão bonita e com um corpo tão perfeito. Começo a esque-cer-me de mim, concentro-me nela, procuro o seu prazer, e vamos descobrindo o corpo um do outro, a excitação a aumentar.

Então, o telemóvel toca outra vez.

Redonda dá uma pequena gargalhada:

– A minha mãe é mesmo comichosa!

Envia-lhe um sms a dizer «agora não podemos». Rimo--nos e eu abraço-a outra vez, toco-a, entro dentro dela, as nossas respirações aceleram, os meus sentidos enfeitiçam--se, o calor cresce dentro de mim e...

De repente, ouço um barulho estranho, uma porta a abrir nas minhas costas, e a luz acende-se! Viro a cabeça para trás e oiço o berro de Redonda e o berro de... Tomás!

Acontece tudo muito depressa. Primeiro, vejo um homem negro da cabeça aos pés, só um segundo depois per-cebo que está vestido com um fato de mergulho, é um homem-rã sem barbatanas, apenas com os pés nus. Numa das mãos segura uma pistola, que aponta para nós, mas tam-bém pinga.

Já saí de dentro de Redonda, ela mexe-se debaixo de mim, mas não consegue libertar-se, pois ainda estou em

cima dela, e então rodo depressa para a minha direita, viro-
-me de repente para ele, tento levantar-me.

Liberta, Redonda ergue-se também, senta-se na cama.
Tomás berra:

– Filhos da puta, cabrões, eu mato-vos, eu fodo-vos a
vida!

Aponta a pistola para Redonda e grita:

– Puta de merda!

Tem os olhos encarnados, a cara tensa, os músculos do
pescoço parecem cabos esticados. Temo um disparo e, num
segundo, coloco-me à frente de Redonda, o cano da pistola
a menos de dois metros da minha cara. Ela grita, mas só se
Tomás me furar é que lhe acerta. Oiço um clique, o meu
coração falha uma batida.

De repente, Tomás muda a expressão, está agora confuso, a arma não dispara. Ele sacode-a, prime o gatilho, mas
a bala não sai. Redonda grita, fora de si.

O meu cérebro captou o problema (a água encravou a
arma do estúpido) e envia uma ordem ao meu corpo.
Avanço, de joelhos, pela cama, na direção dele. Ergo-me, os
músculos preparam-se para um salto em frente. Então,
Tomás recua, dá meia volta, corre para a porta. A sua vantagem perde-se, a arma não funciona.

Salto para o chão, corro atrás dele, ouço Redonda a
gritar nas minhas costas:

– Cuidado!

Em dois passos, alcanço o corredor. Tomás corre uns
metros à minha frente, para a escada de serviço, persigo-o,
ganho terreno, estou mais perto, o homem-rã tem dificuldades em descer. Passamos pelo *hall* de serviço, a porta para
o jardim ficou escancarada, vou dois metros atrás dele, ele
salta para a rua e...

Com violência, algo o atinge, um pau, qualquer coisa dura, estou a tentar travar, saio também cá para fora, vejo-o estatelar-se à minha frente, o corpo sem forças rebola uns metros. Vejo Julieta, tem um remo na mão, foi com ele que atingiu Tomás, e agora dá-lhe nova paulada na cabeça.

Parei, estupefacto. E nu.

Raul aparece a meu lado, vestido. Ficamos os dois embaraçados porque estou assim. Então, Julieta coloca o remo ao alto, como se fosse uma combatente medieval, a padeira de Aljubarrota depois de matar os espanhóis. E diz, triunfante:

– Está KO, o homem-rã.

Ofegante, sorrio. Nesse momento, ela repara que estou nu e comenta, encolhendo os ombros:

– Ora... Nada que nunca tenha visto!

Há um duplo sentido que ambos entendemos, mas Raul olha para ela, espantado. Julieta encolhe os ombros:

– Os homens são todos iguais...

Surge Redonda, a arfar, nervosa. Veste uma *T-shirt* e a tanga do biquíni, e chora. Nesse momento, tomamos consciência da gravidade da situação.

Redonda informa-nos, a soluçar:

– Já chamei a GNR, vêm a caminho.

Raul quer prender Tomás. Desce, a correr, ao ancoradouro, traz um cabo do bote, ata os pés e as mãos do homem-rã. Ele está a recuperar o tino. Vê-nos e começa a choramingar, a soluçar, a queixar-se de Redonda. O sacaninha entrou pela casa adentro de pistola em punho, a querer matar-nos, só não disparou porque a arma encrava, e agora choraminga!

Apetece-me dar-lhe um pontapé no focinho, mas Redonda não me deixa e ordena-me:

– Vai-te vestir.

Raul aperta um pano de cozinha à volta da boca de Tomás, cala-o à força. Julieta, ainda agarrada ao remo, olha para o meu baixo-ventre nu e murmura:

– É uma pena, mas tem de ser.

Raul está surpreendido com o atrevimento dela, mas Redonda dá uma gargalhada e, contagiado, ele ri também. Depois, Redonda abraça-me, dá-me um beijo na boca e diz:

– Meu herói, obrigado.

Em voz baixa, Julieta comenta:

– Cuidado, olhe que ele está nu e o peru ainda se entusiasma!

Faz uma careta, ri-se para Raul e diz:

– Os homens são uns sempre em pé, todo o cuidado é pouco.

Perante o à-vontade dela comigo, Raul não sabe o que dizer, e eu desapareço num ápice, subo ao quarto para me vestir. Só no corredor me dou conta das semelhanças entre o que se passou hoje e o que ocorreu precisamente há vinte e oito anos.

Tal como Tomás, o assassino também sobe pela escada de serviço, também vem molhado e deixa pegadas no corredor, também descobre um casal na cama a fazer amor. Sinto um arrepio na espinha: tivemos sorte, o Tomás é incompetente, deve ter molhado a arma a nadar. Seria dele o carro que vi a apagar os faróis na curva?

Quando regresso ao jardim, Julieta confirma que tentou avisar-nos pelo telefone quando viu um homem-rã subir pelo ancoradouro.

– Achavam que eu vos queria interromper? Que disparate, não sou nenhuma puritana!

Como nós não atendemos, ela e Raul metem-se no bote e chegam à casa num instante. Julieta traz o remo na mão e quando ouve alguém a correr, vindo da porta das traseiras, deduz que é o homem-rã e prepara o remo.

– Eu bem disse ao Raul que só podia ser este idiota.

Um jipe chega, é a GNR. Um tenente de pança e bigode aproxima-se de nós. Espanta-se com o homem-rã atado com cordas e de trapo na boca, mas mais ainda ao olhar para Julieta. Parece que viu um fantasma.

Balbucia:

– Faz hoje vinte e oito anos estive aqui também, vi a senhora no chão, parecia morta.

Naquela noite, ele era cabo e magro. A sua vida não muda muito, sobe a sargento e depois a tenente, e engorda, aumenta o número de furos no cinto. Depois desta curta divagação comenta:

– Ainda bem que hoje ninguém morreu.

Recolhe os nossos depoimentos. No final afirma, virando-se para Julieta:

– A senhora tem sempre alguma coisa na mão, desta vez é um remo.

Ela defende-se:

– Alguém me pôs a pistola na mão.

O tenente encolhe os ombros, já conhece o argumento. Chama o colega e aproxima-se de Tomás. Pegam nele e na pistola e transportam-nos até ao carro. Depois, o tenente regressa e explica-nos que ele será levado a um juiz, pode até ficar em prisão preventiva. Aconselha Redonda a fazer uma queixa-crime. Com ar sério e pomposo, remata:

– Isto é violência doméstica.

De seguida, dá-lhe um novo acesso de nostalgia. Quer saber o que aconteceu aos empregados e ao motorista.

Julieta informa-o: o senhor Simões e o jardineiro já morreram, a cozinheira está acamada, num lar, em Setúbal. O tenente sorri a Redonda:

– A menina chorava muito, com febre. Foi a cozinheira quem a adormeceu, depois de lhe dar o antibiótico.

Olha de novo para a casa, depois para o mar e murmura:

– Até o barco é parecido com o que passou aqui naquela noite.

Raul incomoda-se, alarmado.

– Este barco é meu, comprei-o há uns anos! Não foi este barco que viu aqui!

O tenente riposta:

– Eu sei. Mas são parecidos.

Para ele, explica, todos os barcos à vela são parecidos. Despede-se finalmente e entra para o jipe, onde está Tomás, algemado e acabrunhado, de olhos postos no chão, um cobardolas. Vemo-los partirem, e depois nem conseguimos falar.

Vamos à cozinha, bebemos um café, Redonda pergunta a Raul o que pode mudar no processo de divórcio. Ele esclarece-a.

Depois diz:

– É uma ironia espantosa isto ter acontecido precisamente no dia em que se completam vinte e oito anos.

Ninguém emite comentários. Julieta pergunta a Redonda se quer que fique com ela em casa, mas a filha abana a cabeça. Então a mãe dá a mão a Raul e diz:

– Nesse caso, vamos para o barco continuar o que estávamos a fazer.

Depois, acrescenta:

– E vocês aproveitem.

Dá um beijo à filha e ela e Raul saem de casa e descem ao ancoradouro. Nós fechamos as portas, desta vez à chave.

Subimos ao quarto, mas sinto Redonda nervosa, irrequieta. É impossível recriar o clima de há umas horas. Ela deita-se na cama e encosta a cabeça no meu ombro.

– Desculpa, só quero adormecer assim.

Tenho uma visão: a luz a acender, Tomás vestido de homem-rã. Fecho os olhos. Faço festas na cabeça de Redonda para a ajudar a adormecer. Uma coisa o sacana do Tomás conseguiu: evitar que houvesse sexo esta noite nesta casa. Álvaro enganou-se na previsão.

31

Gosto de sexo de manhã e estava com esperança que Redonda gostasse também, mas ela acordou a chorar, angustiada. Receia uma maldição na família, mulheres que prevaricam e que pagam com a morte, sente-se igual à tia Madalena. Tento animá-la, mas as minhas palavras não a curam. Continua fechada na sua melancolia. Digo-lhe que Tomás aprendeu a lição, não vai voltar a fazer outro disparate porque senão ainda acaba preso. Digo-lhe que vou ficar ao lado dela, sempre, amo-a, desde o primeiro momento que a vi.

– Devias tê-lo dito.

Eu sei, devia. Logo naquela primeira noite, devia ter-lhe dito que era a mulher da minha vida, não descansaria enquanto não fosse minha para sempre. Não disse, mas digo agora, vou fazê-la feliz como ela nunca foi, e as nuvens negras desaparecerão.

Em silêncio, Redonda levanta-se, vai à casa de banho, faz o que tem a fazer e quando regressa diz:

– Se o tivesses dito na primeira noite, nada disto aconteceria.

Ó diabo, lá vamos nós outra vez, a culpa é sempre dos homens. Permaneço calado e ela prossegue:

– Separava-me e não tinhas dormido com a minha mãe.

Será que vou pagar este preço tão alto pelo que se passou entre mim e Julieta? Mas, de repente, Redonda surpreende-me quando diz:

– Isso não é justo.

Não sei bem aonde iremos com esta conversa. Ela continua:

– A culpa não é só tua. Eu também te afastei – respira fundo: – Além disso, se me tivesses vindo com essa conversa da treta logo na primeira noite, eu fugiria de ti. Não é possível amar alguém que acabámos de conhecer.

Sorrio:

– Assim gosto mais.

Redonda começa a vestir-se. Quer ir tomar o pequeno-almoço com a mãe, e um pouco mais tarde já estamos a bordo do barco de Raul. Recebo um sms da loja de barcos onde deixei o gancho. Falo para lá e oiço o que têm para me dizer. Depois, junto-me aos outros na cozinha e informo-os:

– *Madagáscar*.

É o nome do barco a que pertence o gancho enferrujado que encontrei no ancoradouro. Raul não sabe de que estou a falar.

– Quando?

Distraído, respondo:

– Uma noite vim cá ter com a Julieta…

Num segundo, dou-me conta do meu deslize, vejo Julieta empalidecer. Raul franze a testa:

– Com a Julieta?

Ela está aterrada, teme que Raul descubra que eu e ela estivemos juntos. Eu digo, atrapalhado:

– Desculpe, que disparate, com a Redonda!

Sorridente, Redonda salva-nos de um melodrama grave ao dizer, encolhendo os ombros:

– Combinámos um encontro secreto os dois, uma noite.

Aliviado, Raul sorri-me, como um macho cúmplice e exclama:

– A malta dos barcos é que sabe!

Isto vale-lhe um pontapé nas canelas, dado por uma Julieta irritada com o comentário do advogado, que a relembra a tarde em que Raul foi visitar Madalena à Arrábida.

– Estúpido!

É impressionante como as mulheres sabem virar a seu favor uma situação difícil. Segundos atrás, tive um deslize e Raul ia descobrindo que eu e Julieta havíamos estado juntos. Agora, ela safou-se e ele é o visado. A culpa é nossa, dos homens. Somos tão gabarolas dos nossos feitos que ficamos cegos e não só pagamos um preço alto pela gabarolice, como também passamos ao lado da realidade feminina mais secreta, que acontece sem nós darmos por ela.

Pergunto a todos:

– O nome do barco, lembram-se dele?

Repito o que disse: *Madagáscar*. Julieta olha para mim, franze a testa e murmura:

– Esse nome não me é estranho.

Uns segundos depois, faz uma careta desiludida, murmura «já sei» e nós esperamos que nos esclareça.

– Era o barco do Kurt.

Raul lembra-se também. Redonda e eu perguntamos, ao mesmo tempo:

– Quem?

Julieta explica: um alemão, com quase cinquenta anos, amigo de Dom Rodrigo, fornecedor das suas fábricas.

– Tinha um barco, de vez em quando vinha visitar-nos.

Subitamente, leva a mão à testa. Abre muito a boca, fica assim uns segundos, como se estivesse cega outra vez, ou em transe.

Preocupada, Redonda pergunta:

– Mãe, o que é?

Está assustada, mas Julieta abre os olhos e balbucia:

– Meu Deus, como não me lembrei?

Então conta-nos. Na tarde do dia 2 de agosto de 1975, na véspera do crime, o alemão Kurt para o seu barco em frente à casa, e vai visitá-los. Desafia-os para um passeio e lá vão com ele. Julieta, Madalena e Miguel, e também o bebé Redonda.

– Eu não queria levar-te, mas o Miguel tanto insistiu.

É um disparate, recorda Julieta. Nessa tarde está um vento fresco, nada como o calor abrasador de hoje, e o bebé constipa-se. À noite, sobe-lhe tanto a febre que Julieta apanha um susto. Aos quarenta graus, mete-o na banheira para o arrefecer, e logo no dia seguinte, de manhã, fala para o médico. É por isso que parte muito cedo para Lisboa com o senhor Simões, com o bebé na alcofinha.

À medida que nos desfia as suas recordações, Julieta vai ficando mais pálida. Quase sem darmos por isso, mirrou um pouco, encolheu-se. Parece de novo a Julieta cega e diminuída que conheci há uns meses. Faltam-lhe as forças, agarra-se à mesa do barco, senta-se.

– Mãe, o que foi?

Redonda angustia-se, sente a mãe em choque. Julieta murmura:

– O «buraco negro».

O vórtice onde se escondem as sombras do passado, o abismo na memória dela, estará a abrir-se outra vez?

– Um *flashback*?

Redonda está ansiosa e eu também. Ambos sentimos que se aproxima uma revelação importante, provavelmente fundamental. Uma memória escondida num poço sem fundo.

Julieta murmura:

– O «buraco negro», afinal, não eram só aqueles momentos. Também era para trás.

Não a entendemos. Raul dá-lhe um copo de água. Ela bebe, depois faz uma pausa, respira fundo e diz, em voz baixa:

– Agora já sei porque pedi ao senhor Simões que ficasse a tomar conta do bebé, no carro.

Continuamos sem perceber, e então Julieta começa a chorar. Fecha os olhos, tapa a cara com as mãos, soluça. Redonda pousa uma mão sobre os seus ombros, mas Julieta estremece. Tem uma primeira convulsão, todo o seu corpo treme. Redonda olha para mim, aterrada. E é então que aquilo começa…

Aquilo é um uivo. Já não é um choro terrível, mas um uivo sinistro e aterrador que vem do fundo do coração de Julieta, um uivo que lhe toma conta da alma, um uivo de dor, uma dor enterrada profundamente no mais obscuro recanto do seu ser, onde mora o que há de mais importante ou terrível que cada um de nós tem. Redonda abraça a mãe, mas ela continua a uivar. É um momento horrível: nunca esperei ver um ser humano tão destroçado.

É Raul quem pede a Redonda que se afaste e abraça Julieta. É ele quem consegue acalmá-la, é ele quem logra silenciar aquele urro com a força do seu afeto. Devagar, Julieta recupera. Soluça ainda, demora algum tempo até voltar a ser quem é. Redonda trouxe-lhe mais água, e passam muitos minutos até ela nos contar o que viu na escuridão da sua alma.

– Agora me lembro do que vi naquele dia, do que senti.

Foi um pressentimento, mas ela tenta negá-lo. Procura destruí-lo, afundá-lo para sempre dentro de si. Só que ele está lá, sempre esteve, e agora ressuscitou. Limpa as lágrimas a um guardanapo de papel e conta-nos:

– Foi durante o passeio no barco do Kurt. A certa altura, eu estava lá em baixo, na cabina, com a Redonda nos braços.

O bebé chora, ela tenta adormecê-lo, mas demora algum tempo. Depois, sobe para o convés. Vê Kurt, sorri-lhe, mas o alemão, ao leme, parece irritado. Julieta não liga, sabe que o homem é dado a alterações de humores, o pai sempre o disse. Então, olha para a proa do barco e vê um cenário que a aterra. Miguel e Madalena estão de pé, junto ao mastro, e trocam sorrisos.

Ela fecha os olhos. Custa-lhe recordar aquela cena.

– Eu conhecia o sorriso do teu pai, esse tipo de sorriso... E também o da minha irmã.

Foi um único momento, mas no seu coração aterra uma sombra profunda e tenebrosa. Atrapalhados, Miguel e Madalena vêm ter com ela, aproximam-se, fingem que nada se passa. Ambos haviam bebido vinho, fazem de conta, mas o terror cola-se ao seu coração. E nessa noite não desaparece, apenas se esconde nas catacumbas do seu ser. Só se reaviva por um momento: quando chega a casa no carro, vinda de Lisboa e diz ao senhor Simões que espere um pouco.

Agora, esse momento de terror é uma força viva, regressou, ela lembra-se:

– Estava aterrada...

Desde o passeio da véspera, no barco do alemão, que Julieta suspeita do marido e da irmã. É por isso que sobe as escadas sozinha, à procura deles. Vinte e oito anos depois, abrem-se finalmente as comportas da sua alma e solta-se o monstro, a besta negra que ainda vive dentro dela.

Esta inesperada revelação assusta-me. A existência de uma terrível suspeita no coração de Julieta gera uma outra suspeita, sobre a própria Julieta. Se ela temia um caso entre o marido e a irmã, então tinha uma motivação para os matar!

Redonda raciocinou como eu, e por isso grita de imediato, zangada, tentando negar com veemência uma realidade tão perigosa.

– Mãe, isso não é possível!

Infelizmente é. O que Redonda recusa é admitir que possa ter existido um motivo para a mãe perder a cabeça e cometer o crime. Mas Julieta já duvida de si própria. Libertou a alma de um peso, mas descobriu um novo pesadelo. Questiona-se, como se falasse consigo própria:

– Ó meu Deus, e se... E se fui eu?

Redonda, furiosa, luta contra o cérebro da mãe.

– Não foste tu, mãe! Não foste!

Julieta recomeça a chorar. Não me parece que chore por ela. Agora, é por Redonda. A filha sempre acreditou na inocência da mãe, agarrou-se à ideia com desespero, era a única forma de a amar. Se isso colapsar, a imagem dela arruína-se e a vida de Redonda perde o norte.

Julieta tenta acalmá-la:

– Mas, Redonda, eu fui a única pessoa que viu esses sorrisos.

Só ela sentiu a picada do ciúme, só ela cegou.

Furiosa, Redonda olha para ela e grita:

– Não, não foste!

Julieta leva as mãos à cara, limpa as lágrimas, fala devagar:

– Fui, sim, filha. A Madalena despachou os criados para Setúbal. E o senhor Simões, estava comigo, ficou no carro.

Redonda estica o dedo indicador, abana-o muito rapidamente para a direita e para a esquerda, como se ele fosse um ponteiro do conta-rotações de um carro que estamos a acelerar. Depois afirma:

– Não! Houve outra pessoa que os viu!

Raul franze a testa, teme que dali não venha coisa boa. Pergunta:

– Quem?

Nesse momento, sinto um orgulho enorme na mulher que amo. Redonda foi mais rápida do que eu, viu tudo mais depressa do que eu.

E digo:

– O alemão.

Redonda aponta-me o dedo, triunfante. Julieta e Raul estão espantados, olham para mim, e depois voltam a sua atenção para Redonda. Esta diz:

– Nem mais. O tal Kurt.

Num segundo apenas, aquele espantoso mundo que deu voltas e mais voltas por cima das nossas cabeças, sem um único momento de lógica que fosse, assenta finalmente num ponto de apoio e para de rodar.

Kurt, o alemão. Um amigo de Dom Rodrigo. Com um barco. Chamado *Madagáscar*.

Lentamente, Julieta senta-se de novo, leva as mãos à cabeça e murmura:

– Meu Deus...

Está de novo pálida, de novo encolhida. Raul pergunta-lhe:

– Outro *flashback?*

Julieta foca então um ponto no vazio, vê-se que faz um esforço para puxar pela memória. Redonda olha para ela ansiosa, a arfar. Sorrio-lhe, mas ela permanece tensa.

Momentos depois, Julieta afirma:

– Não sei... Foi qualquer coisa que a minha irmã me disse no barco, depois de eles virem para perto de mim, o Miguel e a Madalena. Eu e ela descemos à cabina, a Redonda estava outra vez a chorar e...

Mais uns segundos em silêncio. Mais um olhar perdido. E depois:

– Sim, eu já estava com o bebé ao colo. Ela... Ela disse qualquer coisa sobre o Kurt. Não, eu perguntei... Assim é que é: perguntei-lhe se sabia o que se passava com o Kurt! Estava com um ar tão mal-disposto, tão carrancudo, nem me falara quando subi lá acima. E foi aí que ela disse aquilo... – cala-se de novo, a testa franzida, a cara num esgar. – A Madalena encolheu os ombros e respondeu: «São ciúmes.» E depois acrescentou: «Está chateado porque eu não lhe ligo patavina.»

Julieta abana a cabeça, como que pedindo piedade para a irmã.

– A Madalena riu-se. Estava um bocado alterada, devia ter certamente bebido. Eu fiquei surpreendida e perguntei: «Ciúmes? Porquê? Que disparate!» Ela riu-se outra vez e disse: «Pois é, os homens são uns disparatados.»

Julieta suspira.

– Foi isso. Depois a Redonda voltou a chorar e eu concentrei-me nela, e não falámos mais no assunto. Passado algum tempo regressámos a casa, despedimo-nos do Kurt. Ele continuava carrancudo, dei-lhe um beijo, Madalena também, o Miguel deu-lhe um aperto de mão. Prometemos repetir o passeio.

Reparo que Redonda está a olhar fixamente para mim. Eu sei o que ela está a pensar, está a pensar o mesmo que eu: Julieta não foi a única a sentir ciúmes da cumplicidade existente entre Miguel e Madalena. O alemão também os sentiu, e por isso permanece carrancudo e calado. Mas, nesse caso, é porque tem motivos para tal?

Digo-o em voz alta:

– Será que o tal Kurt também teve um caso com a Madalena?

Raul abre a boca, quase chocado com a hipótese:

– Pode lá ser!

É provável que lhe custe a aceitar ter sido substituído nas preferências sexuais de Madalena em tão curto espaço de tempo. E logo por um homem mais velho do que ele!

A sempre atenta Julieta desta vez ignora este evidente lapso do advogado. Está mais uma vez absorta, mergulhada nos confins da sua memória.

Redonda pergunta:

– Mãe, há mais alguma coisa?

Julieta diz que nunca ouviu falar dum caso entre Madalena e Kurt, nem jamais tal lhe passou pela cabeça. Mas, mal acaba de o dizer, estremece de novo:

– Oh, meu Deus... Eu vi-o! Eu vi o barco do Kurt!

Solta-se mais um fragmento de memória, mais um *flashback*. Na tarde do crime, quando vem no carro com o senhor Simões e o bebé, pela estrada principal, Julieta vê, no mar, o barco de Kurt, o *Madagáscar*. Estava ancorado, parado, as velas recolhidas.

Portanto, à hora do crime, o barco do alemão fundeara a menos de trezentos metros da casa da Arrábida!

Subitamente, as peças do *puzzle* encaixam: Kurt tem ciúmes de Miguel e Madalena, Kurt fica furioso na véspera, Kurt para o barco durante a tarde próximo da casa. Terá sido ele o assassino de Miguel e Madalena, o homem que empurra Julieta pela escada?

Só falta uma peça para terminar o *puzzle* e eu pergunto:

– E a pistola?

Julieta abre muitos os olhos, leva mais uma vez uma mão à boca. A última peça encaixa finalmente quando ela conta:

– Kurt sabia da pistola.

Recorda uma tarde, quase um ano antes do crime: vê Dom Rodrigo e Miguel com Kurt no escritório, a admirarem a arma. Quando ela entra, o pai explica-lhe que, em tempos turbulentos, é sempre essencial estar precavido. Avisa todos que, a partir daquela data, a arma ficará ali, na gaveta do escritório, para o caso de ser necessária.

Redonda grita:

– Foi ele! Só pode ter sido! Foi o alemão quem os matou.

Dá um pulo para a frente e abraça a mãe:

– Eu sabia mãe, eu sabia que não tinhas sido tu!

32

No dia seguinte, ao final da tarde, estou no Algarve. A meio caminho entre Aljezur e a Carrapateira, numa zona onde sei que vivem muitos alemães. Descobri a quinta de Kurt, perdida no meio da serra. É uma casa de campo, uma espécie de monte alentejano, branca com uma faixa azul.

Paro o carro, nervoso. Aproximo-me da porta e toco ao batente. Aparece uma mulher gorda, tipicamente alemã, loira e bochechuda, uma *fraulein*. Fala um português arranhado. Explico que venho da parte de Julieta Silva Arca, preciso de falar com o senhor Kurt. Não sabe se ele me pode receber e fecha-me a porta na cara.

Recordo a descrição que Julieta me fez do alemão. Um homem alto e forte. Um metro e oitenta e tal e músculos exercitados, formados antes de os músculos masculinos terem entrado na moda. Um homem loiro, de olhos azuis, testa grande. Julieta diz que era bonito, e tinha a pele queimada pelo sol e pela água do mar.

O assassino volta sempre ao local do crime.

Esta é uma máxima antiga que quase sempre se verifica. Confirmámo-la hoje ao início da tarde, em Setúbal, no posto da GNR, onde prestámos declarações sobre o incidente com

Tomás. O tenente que conhecemos ontem lembra-se de quem era o barco que viu horas depois do crime, em frente à casa da Arrábida, na noite de 3 de agosto de 1975.

– De um senhor alemão, amigo da família Silva Arca. Kurt qualquer coisa.

Conta-nos que o alemão vem de bote até à casa, sobe, diz que viu uma ambulância e um jipe da GNR, ficou preocupado. Pergunta ao tenente o que se passou, ele conta-lhe o crime. Kurt mostra-se chocado, quer ajudar. Pede que o deixem falar com alguém, o tenente chama o jardineiro, Kurt diz que o contactem, se precisarem de alguma coisa. Depois, o alemão despede-se, triste e amargurado. O barco afasta-se, na direção do mar...

Ao ouvir a descrição do tenente, Redonda comentou:

– Que monstro.

Revelámos à GNR a suspeita de que terá sido ele o assassino. O tenente manteve-se cético. Diz que passaram muitos anos, o caso foi julgado, não sabe se será possível tomar qualquer providência. Para mais, precisamos de prestar declarações sobre violência doméstica, foi isso que nos trouxe ali.

Eu fui o primeiro, demorei meia hora e depois saí. Um amigo meu, que trabalha numa empresa elétrica, tem acesso à lista de clientes e, como sei o nome completo de Kurt, telefonei-lhe e pedi-lhe um grande favor.

Uma hora depois (só Raul dera já o seu depoimento, Julieta estava a ser ouvida e ainda faltava Redonda), o meu amigo falou-me de volta e deu-me uma morada.

Menti a Raul, disse-lhe que recebi uma chamada urgente da minha mãe, que tinha de voltar a Lisboa, e pouco depois enfiei o meu carro no *ferry* e parti, rumo ao Algarve.

E agora estou aqui, à espera de ser recebido.

A porta reabre-se, a *fraulein* convida-me a entrar, explica-me que o senhor Kurt está no alpendre. Atravesso uma sala repleta de motivos náuticos. Nas paredes, há peixes pendurados, redes, cabos, sextantes, fotografias de navios. Mas não vejo uma única fotografia de pessoas. Nem uma mulher, nem um homem, nem uma criança, só peixes e remos e barcos, mas nenhuma pessoa. Nem sequer um Neptuno para amostra.

No alpendre, sentado numa cadeira de rodas, está o que resta de Kurt. Não é nada como Julieta o descreveu. É um homem muito magro e seco, como se o seu corpo tivesse sido chupado por dentro, um pneu a quem alguém tirou o ar. Parece desconjuntado, tem umas luvas estranhas nas mãos, os dedos semelhantes às garras de um pássaro.

Olha para mim assustado, como se me temesse. No entanto, força um sorriso, mexe um dos braços com dificuldade, aponta para uma cadeira, sugere que me sente. E diz:

– Há muitos anos que espero que alguém venha.

A voz é fraca. Desculpa-se: sofreu um acidente há seis anos, caiu de uma escada de quatro metros de altura quando estava a cortar os ramos de um pinheiro, ficou paralisado da cintura para baixo. Com o tempo tem vindo a perder as forças. Afasta com um gesto autoritário a *fraulein* e, em alemão, manda-a para a cozinha, ver televisão, com o som bem alto, para não ouvir as conversas. Repete as ordens em português, para eu perceber. E queixa-se:

– É uma víbora, quer mandar em mim.

Pergunta-me quem sou e o que faço ali. Conto a história integral: como conheci Julieta e Redonda, de quem sou o namorado, e como soube do que se passou naquela tarde, na Arrábida. Falo numa revolução distante, em quatro balas e dois milagres improváveis, e em como fomos chegando à conclusão de que não tinha sido Julieta a autora do crime.

Há outra pessoa, um homem, nessa tarde na Arrábida, e é ele quem mata Miguel e Madalena com a pistola que estava na gaveta da secretária do escritório, é ele quem empurra Julieta pela escada e depois lhe coloca a pistola na mão direita. Esse homem ancora o barco próximo da casa, leva o bote até ao ancoradouro, ata-o com um gancho à argola. Sobe, passa pela piscina, entra na casa pela porta das traseiras, sobe as escadas de serviço e molha a alcatifa do corredor com as suas pegadas. Vê Miguel e Madalena no quarto dela, enfurece-se, desce ao escritório pelas mesmas escadas, pega na arma, sobe de novo, entra no quarto e dá dois tiros em cada um deles.

Depois, é surpreendido pela chegada de Julieta. Esconde-se junto à porta do corredor para as escadas de serviço, vê-a entrar no patamar do primeiro andar, avançar para o quarto, descobrir os mortos e sair, cambaleante, pelo corredor. Quando ela começa a descer as escadas principais, de costas para ele, esse homem empurra-a com violência. Vê-a cair, tombar desmaiada, e mesmo assim desce atrás dela e ainda tem a frieza de lhe colocar a pistola na mão, antes de fugir pela porta por onde entrou, descer à piscina, ao ancoradouro e, de bote, regressar ao seu barco.

Esse homem tem sorte várias vezes, digo a Kurt. Tem sorte porque o senhor Simões está dentro de casa, junto a Julieta, ou a chamar a ambulância pelo telefone, quando ele passa de bote em frente à casa para regressar ao seu barco, e por isso o motorista não o vê. E tem sorte porque, como as mãos estão molhadas quando pega na arma, as suas impressões digitais esbatem-se, e ficam só as de Julieta, a quem ele coloca a arma na mão.

Por fim, tem ainda sorte porque o país está em convulsão, a investigação é apressada, e há muita raiva contra os «fascistas», como chamam à família Silva Arca. Ninguém quer acreditar na inocência de Julieta, como ela sempre diz quando sai do coma e como continua a dizer hoje, que já não é cega e se lembra do que se passou naquela terrível tarde de agosto.

O alemão permanece em silêncio, mas irrita-se quando falo em sorte. É orgulhoso e tem razões para isso, cometeu um crime quase perfeito.

No entanto, quando termino apenas me pergunta:

– E porque acha que esse homem os matou?

– Matou por ciúmes.

Há algo paradoxal neste homem, parece frágil e mau ao mesmo tempo.

Ele diz:

– É verdade.

Reconhece o duplo assassínio sem especial emoção. Depois, começa a arengar contra Madalena, diz que era uma leviana, uma sem-vergonha, uma prostituta reles. Como se ele fosse um anjo vingador, encarregado de parar com a luxúria perturbadora que aquela mulher trazia dentro da alma.

Finalmente reconhece:

– Sim, estivemos juntos. Duas vezes.

A primeira vez acontece no barco. Ele passa pela Arrábida, ela está em casa sozinha. Kurt convida-a para um passeio, saem para o mar, fundeiam em Troia, amam-se. A segunda vez acontece no dia antes da chegada de Julieta para as férias de verão. Desta vez, Madalena manda os criados a Setúbal às compras e amam-se no quarto dela.

Depois, tudo muda. Julieta está lá, os dias passam, Madalena não lhe telefona, depois chega Miguel. Um dia, decide aparecer de surpresa, convida todos para um passeio, na esperança de estar com Madalena. Mas ela é diabólica, insinua-se junto de Miguel mesmo nas barbas da irmã!

Ele enfurece-se. Nessa noite, telefona para a casa da Arrábida, mas Madalena desliga após dois minutos de conversa, diz-lhe que está tudo acabado.

– Desprezou-me.

Ofendido, Kurt nem dorme nessa noite e, na manhã seguinte, está enfurecido. Quer ir ter com ela, passa com o barco em frente à casa, ao final da manhã. Não vê ninguém, nem o carro de Miguel, e fundeia no Portinho da Arrábida.

– Telefonei de lá, de um restaurante.

Madalena volta a rejeitá-lo, torna a desligar-lhe o telefone na cara, e ele começa a beber. Está cada vez mais raivoso, regressa ao barco, e passa de novo em frente à casa. Dessa vez vê-os, com os binóculos. Miguel e Madalena estão nas cadeiras da piscina, aos beijos, e ele perde a cabeça. Deixa o barco percorrer pouco mais de trezentos metros, lança a âncora e vai de bote até à casa dos Silva Arca. Está alcoolizado e, ao prender o gancho do bote à argola do ancoradouro, cai no mar e molha-se.

O choque com a água fá-lo ganhar uma nova lucidez. Concentra-se, mas não perde a ira que o consome. O que acontece a partir dali é exatamente o que há pouco descrevi.

– Pensei que a Julieta tinha morrido, parecia morta quando lhe pus a pistola na mão. Só percebi que não quando lá voltei, à noite.

O *assassino volta sempre ao local do crime.*

Preocupado, segue as notícias nos dias seguintes, chega a telefonar para a casa da Arrábida, fala com a cozinheira, que o informa do estado de Julieta, um vegetal no hospital.

– Percebi que me ia safar quando a polícia culpa a Julieta. Nunca me chamam a depor, para eles não existo. São uns incompetentes.

Em momento algum tem vontade de visitar Julieta na prisão, teme que ela se lembre de alguma coisa. Continua a sua vida. Há quinze anos, reforma-se e vem viver para esta quinta em Aljezur, que compra nessa data. Depois, por azar, o acidente deixa-o naquele estado. Mas não quer saber, tem oitenta anos, viveu uma boa vida, e agora já ninguém o vai julgar, o crime prescreveu. Orgulhoso, afirma:

– Dizem que não existem crimes perfeitos, mas, pelos vistos, há. A mim, ninguém me caçou. Mas também, se um dia aí aparecer a polícia, tenho sempre uma saída.

Leva a mão ao bolso das calças, retira uma pequena caixa, que abre com algum esforço com os seus dedos-garras. Mostra-me o conteúdo: dois comprimidos.

– É veneno. Engulo isto e nem chego ao portão vivo.

Nem sei o que me apetece fazer-lhe, mas respiro fundo e controlo-me. Ele esboça um gesto de desprezo e diz-me:

– Escusa de pensar em matar-me, quem se lixava era você e não eu. Você é que tem a vida pela frente, eu, se morrer agora, não me importo nada! – Ri-se de mim e pergunta: – Aliás, qual é a sua ligação a esta história?

– Curiosidade.

Ele dá uma gargalhada, cheia de escárnio.

– Essa é boa! Você tem presença de espírito! Ó homem, por favor, acha que acredito nisso?

De repente, recorda-se do que eu disse no início.

– Ah, já sei, você é o namoradinho da filha. Se for tão boa como a mãe ou como a tia, é um belo naco.

Está a conseguir provocar-me. Não posso deixar. Chegou a hora de partir. Levanto-me e digo:

– Não temos nada mais para conversar.

Olha para mim de esguelha, os olhos vivos e frios.

– E o marido dela?

Sinto uma pontada de medo. A pergunta dele tem implicações perigosas. Este homem seguiu-as, a uma certa distância. Conhece a vida de Julieta e Redonda. Será que ainda lhes pode fazer mal?

Respondo-lhe:

– Vai divorciar-se.

Ele ri-se, como se guinchasse:

– Claro! Vai divorciar-se... Que inocente, mais um que caiu na esparrela! Você não passa de um mero amante. Como eu fui da Madalena, como foram vários e como devem ser vários os da Redonda. Você é como eu, caiu na teia dela, está à mercê dela! Um destes dias leva um piparote, ela vai enxotá-lo como se fosse uma mosca, e nesse dia vai ver!

Tento ripostar:

– Se esse dia chegar, não vou matar ninguém.

Ele escarnece outra vez:

– E o marido dela? Não tem medo de que ele apareça e lhes dê um tiro?

Mal ele sabe que isso quase aconteceu. Respondo-lhe:

– Não tenho medo de nada.

Afasto-me deste monstro. Deixo para trás um velho mau, a gritar palavrões, a insultar-me, a mandar-me voltar ali, sei lá que mais lhe sai da boca. Se não estivesse de cadeira de rodas seria perigoso, mas assim não é. Saio porta fora, entro no carro e meto-me a caminho, de volta.

À noite, já na casa da Arrábida, em frente ao mar, falamos os quatro sobre o velho alemão. Julieta quer processá-lo, fazê-lo pagar pelos homicídios, mas é impossível, o crime já prescreveu.

O que sabemos é que a dúvida acabou, a incerteza terminou, sabemos finalmente o que se passou em 1975 naquele Verão Quente que abalou o país.

Julieta pergunta:

– E agora?

Redonda diz:

– Olha para a frente, mãe, olha para a frente.

Sim, temos de olhar para o futuro. É a única saída para todos.

Próximo da meia-noite, Julieta e Raul sobem ao quarto dela. Pela primeira vez, desde 1975, Julieta vai dormir na casa da família com os demónios esconjurados.

Redonda e eu deitamo-nos também. Seremos capazes de construir um amor, uma família, um «nós»? A música toca no seu *ipod*, beijamo-nos. Ouvimos um barulho no quarto de Julieta e rimo-nos. Redonda pede-me que apague a luz e, no escuro, abraçamo-nos mais, beijamo-nos, envolvemo--nos um ao outro, crescemos um para o outro. Entro finalmente dentro dela, agora é que vai ser, amá-la-ei até ao fim pela primeira vez, não vou parar...

Só que, misteriosamente a porta do quarto abre-se, a luz acende-se de repente e nós apanhamos outra vez um susto. Viro-me, desta vez não há ninguém à porta, fico confundido.

Depois, aparece Julieta, que faz uma careta e diz à filha:

– Cá se fazem, cá se pagam!

Dou uma gargalhada. Aos berros, Redonda chama nomes à mãe, diz que ela é insuportável. Mas Julieta já fugiu, a rir, divertida. Esta mulher é um tratado! Rimo-nos também e, como a mãe deixou a luz acesa, Redonda olha para mim, para o meu corpo. Observa-me, toca-me, vê como a desejo e fica entusiasmada. Salta para cima de mim e recomeçamos a amar-nos, sem reparar que a luz permanece acesa e a porta aberta.

Não importa. Quando um homem está dentro de uma mulher, esquece tudo...